中国文化之魂

——众说《荒原问道》

主　编：陈思和

副主编：姚海涛　杨　华

中国出版集团

世界图书出版公司

广州·上海·西安·北京

图书在版编目（CIP）数据

中国文化之魂：众说《荒原问道》/ 陈思和主编 .— 广州：世界图书出版广东有限公司，2025.1重印

ISBN 978-7-5192-0154-8

Ⅰ . ①中…　Ⅱ . ①陈…　Ⅲ . ①长篇小说—小说评论—中国—当代　Ⅳ . ① I207.425

中国版本图书馆 CIP 数据核字（2015）第 208295 号

中国文化之魂——众说《荒原问道》

责任编辑　钟加萍
出版发行　世界图书出版广东有限公司
地　　址　广州市新港西路大江冲 25 号
http：// www.gdst.com.cn
印　　刷　悦读天下（山东）印务有限公司
规　　格　710mm×1000mm　1/16
印　　张　14
字　　数　246 千
版　　次　2015 年 8 月第 1 版　2025 年 1 月第 3 次印刷
ISBN　978-7-5192-0154-8/I · 0380
定　　价　78.00 元

目　录

《荒原问道》提出了知识分子的很多问题

李敬泽

平心而论，《荒原问道》不是一本读起来让人很快乐、很舒服的书。在整个阅读的过程中，也许是由于我们作为读者也是一个知识分子，既是阅读也是反思。这样饱满的有重量的一部书，在某种程度上讲，它是我们当代以来关于知识分子叙事的一个阶段性的总结。它回应了关于知识分子的很多命题，构成了很充分的对话空间，同时，也是更重要的，它还开启了一些新的主题、新的方向，拓展了知识分子的话语空间。

知识分子在今天的存在是有很多问题要深思的，最大的问题是知识分子话语严重的自我封闭。我常常感到今天有些知识分子生活在空中，生活在云里雾里，生活在自己话语的运行中，不向真实的经验敞开，甚至也不向自己的真实境遇敞开，是自我运转，且有些沾沾自喜。知识分子赋予自己各种正当感，包括伦理的、道德的正当感，使这种运转构成了一种奇观。在某种程度上讲，这样一种知识分子的自我浪漫化，是知识分子写作自20世纪80年代（书中的80年代皆为20世纪80年代，以下简称80年代）以来，逐渐演进到现在的一种封闭退化。我觉得，知识分子需要历史理性，需要真正有力量地去面对历史，也需要真正有力量地去面对当下，思考现存世界是怎么真正运行着的，思考人是怎么活着的。在微信上，我常常听到一些知识分子发言，感觉他们对人是怎么活着的毫不关心，对世界是怎么运转的也毫无好奇，可能是因为他们觉得自己已经知道什么是真理了。这样一群自以为真理在握，实对话语利益感兴趣的群体是有问题的。包括我们在内，包括我自己在内，我觉得我们都有这个问题。

就《荒原问道》来讲，我最喜欢的还是那种自我怀疑的精神，那种穿行在历史中，同时也穿行在生活中的荒凉感，那样一种不能安顿的感觉，我觉得是真实的，相比来讲，一些写作中那种太有把握、太斩钉截铁的感觉是可怕的。我们现在为自己虚构了很多固若金汤的城池，比如我们可以虚构出一个民国，一个简直是空前绝后的美好的民国，这真实吗？我们对得起我们自己的历史理性吗？我们还虚构出了很多东西，而且把它变得固若金汤。如果我们连如此切近的历史都不能够拿出一点历史理性去正视的话，就更不用去说有能力去面对我们现在的生活、现在的世界。所以我想对于知识分子来讲，精神、知识都是很重要的，但重要的不是我们抓住这个统，道统也好，文统也好，然后就可以安身立命了。我个人觉得这个统也许在那儿，也许不在那儿，但是它救不了我们，它一点都不能够使我们免于面对苍茫的历史，面对复杂的当下。这个时候，我们必须面对精神上的压力，面对复杂的经验，必须要有一种艰苦的、痛苦的认识态度。从这个意义上说，《荒原问道》是很有意思的。

小说前一部分是对知识分子主题的回应，但在后一部分里，也开启了某种思想上的可能、精神上的可能，所以我看到最后好问先生写了一封信，说“我在荒原上，我也不读什么书了，我开始读人间这本大书，直到这时候我才真正读懂了人”。当然我也觉得他是过于自信了，何以就能够读懂了人，这是多大的一句话。我不相信他能读懂人，但是我想读人间这本大书是对的，读人间这本大书可能永远是知识分子所面临的大问题。对于知识分子，读书是我们拿手的，搞精神谱系、知识谱系是我们拿手的，但关键真正考验我们的是愿不愿意和能不能、有没有能力去读人间这本大书，道就在于此。我也喜欢他的这些话，叫作“知识蒙蔽了我的眼睛，思维限制了我探索无限之可能”。知识不会蒙蔽我们的眼睛，但是怕的就是我们手里拿着知识，但我们只是把知识当成了我们的话语利益，在我们对知识的掌握中，并无求真的热情。知识太多，有时候是可以使人的求真意志瘫痪的。

从这个意义上说，作为一个文人，作为一个读者，我觉得这本书是非常有意思的，它向我们提出了很多很多的问题。中国当代文学中对知识分子的书写，可以说是不绝如缕，是很重要的脉络，这个脉络发展到现在，我觉得确实到了一个需要深入反思、深入探讨的关头。这种反思和探讨，还不仅仅和创作有关，也与知识分子的当下境遇有关。在这个意义上，我觉得把这样一本书放在此时此刻，放在当下，去探讨它，恐怕是有着比这本书本身更广泛的、更高端的意义。

（李敬泽：评论家，中国作家协会副主席）

知识分子主题的新开掘

——评徐兆寿长篇小说《荒原问道》

雷　达

当合上这部大著之后，我就像完成了一件大事一样，长出了一口气。在它出版之前，我就在电脑上看过其中的一些片段，当时的一个感觉是启蒙主义又回来了，但因为是电子版，我没有再看下去。小说出版后，它第一时间就摆在了我的面前，翻了几页，就被其中密集的思考所裹挟，使我不得不掩卷沉思。我再读几页，又是如此。它总是将人带入到那些逝去的荒唐岁月里而难以自拔。很快，这本小说引起了大家的关注，尤其是知识分子在它身上似乎找到了对话的空间，于是在兰州、上海、北京大学都开了研讨会，但我因为各种原因仍然没有读完它。最近，中国作家协会要开它的研讨会，我才下决心将其一口气读完。不得不说，这是近年来我阅读过的异常厚重的一部小说，也是2014年长篇小说中最有分量的一部。

这部小说就是最近在媒体上被广泛评论的《荒原问道》。它的作者是西北师范大学传媒学院教授徐兆寿。《荒原问道》是徐兆寿的第七部长篇小说。早在12年前，徐兆寿就以一部《非常日记》轰动社会，曾一度引发“非常热潮”，他也成为一个畅销书作家，出版了《生于1980》、《非常情爱》、《幻爱》、《非常对话》、《爱与性的秘密》等畅销书。但是，可能正是因为这种“热潮”和“畅销”，使徐兆寿的小说一直在社会上和校园里流传，并没有引起文坛的广泛关注。他也被评论者定性为畅销书作家，其作品所涉及的沉重的精神信仰问题始终不被关注。2006年，徐兆寿在出版长篇小说《幻爱》后，就主动地谢绝了出版社的邀约，开始冷静地思考如何不重复自己，如何写出超越自身的作品。时隔8年之久，《荒原问道》终于出版。可以说，这部小说是徐兆寿自身的一次大转型。他从大学校园开始转向广阔的社会空间，从描写青年大学生转向描写几代知识分子的精神生活，从带有浓厚的性意识的情爱叙事转向沉重的精神叙事。

“在远赴希腊之前，我又一次漫游于无穷无尽的荒原之上。我先是去了一趟曾经支教的甘南州迭部县的藏区。那是尚未被开发的地方。一路上，又一次看见亘古的河流，又一次目睹迭山万壑，而巨大的鹰在头顶盘旋。”这样的远景描摹，何尝不是我所去过的西部。甘南、迭部、阿拉善、河西走廊、青海高原、戈壁、沙漠……那么熟悉的山河。双子沟、“文革”、红卫兵、毛泽东逝世、高考、80年代、思想解放运动等……又是多么熟悉的经历。

开始读的时候，它使我们会想起80年代的新启蒙，想到伤痕与反思文学，想到一些著名的文本，特别是主人公夏木的形象与经历，使我想起张贤亮的《绿化树》、《男人的一半是女人》，杨显惠的《告别夹边沟》，高尔泰的《寻找家园》等。作者也不是没有受到这种文本的影响和启发，然而进入小说的内部机理，就会发现有大量的作者独立的、新鲜的、深刻的体验，而且是站在今天，重新思考知识分子的命运、信仰、价值和精神追求。作品的意义是面对全民族，是对整个社会精神归属和灵魂安慰的思索。这是它的价值。

为什么说它不是80年代反思文学的重复和简单的刷新，而是其发展、深化呢？因为80年代的文本比较多地局限于政治文化、政治批判，属于政治叙事，过于纠结于政治上的对与错，但是徐兆寿在描写陈十三这个年轻一代的知识分子时已经不再局限于政治化叙事，而是将人性全面打开。人物的命运、性格不再以简单的政治文化来揭示，而是从人生的复杂、心理的复杂、心灵成长的曲折来反映，甚至不回避性文化的大量介入来反思中国知识分子的性格命运，进而在儒释道等各种文化追求中，反思人物的意义、人物的精神价值。这是很不简单的一部作品。

这部作品当然离不开知识分子的受难史，这是它主要的骨架，但是它的背景却十分广阔，从校园到乡村、从荒原到都市、从苦难到异化，广泛地思考生命、时间、生死、幸福、生存、性爱等问题，把作者自己的生活经验和文化思考融汇到这里，作为一个60后的作家非常不易。它有外在结构，即半个世纪苦难的命运，以夏木为最。背后的事件是我们知道的困难时期、“文革”、思想解放、新启蒙等，写了一个孤独的思想者，精神领袖。值得注意的是，徐兆寿不是人云亦云地去写流放、藏匿、逃亡，比如《牧马人》的模式，而是为我们打开了另外一个社会，那个社会写得非常详细，有很多很多人，包括像王秀秀这么一种畸形的性压抑的女性（王秀秀给我留下的印象太深刻了），还有钟氏三姐妹，这些经验是新的，是以前写知识分子时我们很少看到的。这是一个底层的民间社会。知识分子回到了民间的怀抱，夏木在此疗伤、躲避，求助于劳动者，这是过去20世纪50年代以来知识分子普遍的一个困境，确实是这样。知识分子实在无路可逃的时候，只有到民间底层社会去逃避，才能保全自己的身体。如张贤亮《绿化树》中的章永麟，在马厩里边抱着马头痛哭，这种知识分子的受难是一种外在结构，但徐兆寿《荒原问道》中知识分子的受难不是常见的外在结构，而是有创新、有心灵刷新，还有内在结构，是知识分子自身的心灵史、精神史。

小说最动人的地方是陈黄之恋。陈子兴和黄美伦的师生恋在小说中占的篇幅很多，我原以为师生恋在荡气回肠的前半部分就结束了，没想到后来又出现那么多故事，最后还是苦苦纠缠，女主人公死在地震中，成为一个极为动人的华彩章节。陈黄之恋，使我想到了俄狄浦斯情结，即恋母情结，后来又觉得超过恋母了。我还想到了《约翰•克利斯朵夫》中的萨皮娜、少年维特、洛丽塔、华伦夫人，中外小说史上有很多类似的故事和人物，但是我又觉得徐兆寿写的东西和这些风格都不一样，我认为前一部分写得更好，就是写学校的那部分，非常真实。

小说最值得关注的是荒原意象。作者本身就生活在西部，他写的那些故事都发生在西部，不是硬贴到荒原上面，而是本来就生发出来的荒原中的故事，非常自然。其中九州县、双子沟、兰州、西远大学等等，无不是荒原化的存在，小说后来描写的夏木到学校以后所面临的存在也是一种荒原意象，这就是今天生活中的伦理危机、去精英化。这是新的精神问题，不是老的精神问题，所以我说这部小说是对以往知识分子主题的新的开掘。这是作品比较可贵之处。

面对知识分子叙事，要探讨的问题很多。首先，知识分子的形象写得怎么样，我觉得总体来说，很好。知识分子的形象很难写，历来如此。知识分子形象为什么难写，我也不知道。有模式化、类型化的倾向。过去我们提到的有受难型、封建型、书呆子型、狂放型，好像这些形象都是相对固定的，最熟悉的反倒最不好写，容易形成思维定势。我觉得夏木和陈子兴还是有血有肉的。但是夏木这个人物是否存在着某种被动性，是值得思考的。夏木从农场逃出来以后，在农村当了插门女婿，其中他念念不忘的一句话是将知识全部抛开。他就喜欢当羊倌，甚至让他去当教师他也不当，就是一定要当农民，不要当知识分子。这与他后面的精神领袖、传奇色彩、叛逆性、颠覆性的思维，似乎有断裂。夏木不可能在青年时代停止他的思考，知识分子可能灰心丧气、很痛苦，但是他不可能停止思考。

总体来讲，《荒原问道》是近年来出版的一部在主题上有久违亲切感、意蕴上非常独特、题材上容量很大、反映时代上跨度很大的精神性长篇小说，是一部非常难得的作品，也是近年来长篇小说的重要收获。

（雷达：评论家，中国小说学会会长）

中国知识分子的问道隐喻

——评徐兆寿的《荒原问道》

陈晓明

我一直在想，当代文学史上，西部尤其是西北为什么一直成为一道耀眼的风景。那么多的大作家都闪耀自那里：王蒙、张贤亮、路遥、陈忠实、贾平凹、张承志、昌耀、杨显惠、周涛、刘亮程、红柯、雪漠……那些作家，有一半以上并非土著，而是去“发现”那里，或是被那里“养成”。最重要的是，在那些作家所创作的作品身上，有一些当代文学最为重要的品质：沉重、悲壮、高迈、宏大……这是为什么？

在中国史上，西北曾经是汉唐史中举足轻重的“边塞”，皆因为丝绸之路。汉武帝、天马、西域、敦煌、佛教、玄奘……多少传奇都出自那里，汉文化的自信也建立在那里，中国的帝王在那里才被称为天可汗。那时的西北高原，是知识分子跋涉、扬名、求道的场域。西天取经是知识分子为中原心灵向西求法的中国故事，边塞诗则是一阕恢宏的交响史诗。英雄、悲壮、苍凉、牺牲、荣耀、信仰……似乎这些人类伟大的品质皆在那里可以寻觅。虽然自北宋后，古老的陆上丝绸之路阻塞，海上丝绸之路开通，中国的传奇便向东南转移，一直到了现代。然而，自当代开始，西北因为红色政权的建立，重新被激活。西北风一度是中国最为狂热的气象。当然，改革开放之后，西北又显出委顿之象，但是，自延安文艺精神之后被激活的文学则一直呈现出一种蓬勃之象，不断地有重量级的大作品问世，让文坛不时感到错愕。

似乎是，只要出生或来到西北这边苍茫大地上的知识分子，就会被那历史的气氛所弥漫、所熏染、所感动、所激活。历史上汉唐文明所裹挟着的那种自信、豪放、英雄之气始终在冲击着作家知识分子的心胸，使他们在委顿的现实面前，不断地一次次出发。因此，在我看来，他们的心中，沉积着一种历史的气息，那种悲壮、苦难、苍茫、豪迈之气，都不时地散发出一些东部作家所难有的美学气息。同时，一些有着更高追寻的知识分子便不断地从西北出发，带着历史的沉重呼吸，向今天的现实发问。张贤亮、昌耀、张承志、陈忠实、贾平凹、雪漠……他们不断地从边缘、荒凉的西北向着加速度行进的整个中国发问，甚至起义。也正是因为如此，西北的文学精神才值得文坛立足仰望、激赏。

带着这样的一种理解，我读懂了徐兆寿的《荒原问道》。也正是带着这样的一种深知，我不得不说，《荒原问道》不仅继承了西北文学那种苍凉、悲壮、高蹈的美学精神，而且重新开掘了知识分子的精神空间，使西部文学有了新的气象，甚至开拓了中国知识分子题材小说的美学领域。

徐兆寿生于甘肃凉州，即天马的故乡，后在西北师范大学和复旦大学求学，今天教书于兰州的西北师范大学。他早年写诗，后开始写小说，并进行文学、文化、旅游、影视等多方面的研究，可谓涉猎广泛。他长时期地漫游于西北那片苍凉的大地，并跋涉于各种文化的高原，似乎就是为了写出一部他所希冀的西部知识分子小说。这种设想暗含在徐兆寿诸多的诗歌、散文、随笔以及早期的小说中。早在1997年，他就写出一部“极端浪漫主义的抒情长诗”（叶舟语）《那古老大海的浪花啊》，诗评家谢冕先生评论说：“我发现了现在诗中罕见的激情……他那高亢的歌唱，使一切流行和迎合时尚的诗歌都显得渺小和鄙陋。他直逼价值主题，不回避，使一切踟蹰在‘边缘’的诗人都显得卑琐。”2006年，在出版长篇小说《幻爱》时，评论家雷达在“序言”中写道：“徐兆寿的创作属于智性的，带有文化哲学色彩的写作，它与社会学、生理学和精神分析理论有密切的血缘联系，有时候你甚至会觉得他是从弗洛伊德、荣格，或者福柯、杰姆逊等人的理论的某一点的启发下突发灵感的，他的语言擅长精神剖析，层层剥笋一般……徐兆寿是文坛上的一个‘另类’，一个怪才。无论在甘肃作家群里，还是在全国作家群中，都是极其独特的。我们需要这样的作家，我们需要意识到他的不可替代性。”可以看出，从长诗《那古老大海的浪花啊》到小说《幻爱》，徐兆寿走过了一条从诗歌向小说、从抒情到理性、从诗人到学者的转型之路。

而在此期间，非常值得一提的是，2002年徐兆寿出版了一部轰动社会的小说《非常日记》，被称为“中国首部大学生性心理小说”。《非常日记》是那一年最畅销的小说之一。在这部小说中，他确如雷达先生所说，弗洛伊德、荣格等心理学家对他的影响是极大的。这是一部心理小说，但在社会上引起了各种不同凡响，争议很大。他为了表明自己的写作“正确”，又进一步开始研究性学。2005年，他在大学里“首开性文化课”，成为开风气的青年学者。2006年前后，徐兆寿在性学研究方面已经有了很大的名头，曾被称为“青年性学领袖”、“青年性学三杰”之一。他出版了好几部这方面的著作。他的博客也成为备受关注的文化博客之一。他和李银河是当时影响最大的性学界的学者。但是，在他自己的意识里，他并不想成为性学专家，他只是想告诉人们他当年写《非常日记》是有很深的理由的。为了这个理由，他跋涉冒险了数年之久。但到2008年之后，徐兆寿的认识发生了巨大的转变。他在自己的博客里写道，现在中国青年最大的问题不是来自身体上的，而是心灵上的，现在中国青年的性问题已经很开放了，不再需要为其鼓与呼，而要做的，恰恰是信仰、伦理、道德的重建。从那时起，他放弃了性学研究，开始研究中国传统文化与西方文化，试图在古老的传统里找到可以安身立命的“道”来。从这一轨迹来看，徐兆寿都是站在时代的病理上来着手写作、研究的，有着前驱的精神。

从2006年之后，徐兆寿没有再出版小说。他埋首于中国传统文化和西方文化的海洋里，孤筏重洋，一去经年。2014年，他捧出了《荒原问道》这部极具知识分子精神的小说。我如此“知人论世”和“深根究底”，并非单单要历数徐兆寿的创作来路，而是出于我对西北作家群精神来路的一种探寻。尽管每个作家都有其自身的精神之路，但生于西部、长于西部、写于西部的徐兆寿为我们提供了一个西部知识分子作家的精神个案。从他的身上，我们仍然能看到整个中国知识分子那些关注现实和为时代命题而赴命的精神。《荒原问道》便是如此。

小说为我们描绘了一个广阔的西北地理空间，同样也描绘了两代知识分子半个多世纪的心灵空间。老一代知识分子夏木（即夏好问）早年离开京城远赴西北，任教于西远大学，后被遣送至双子沟。一起到双子沟的彭清扬教授意外死亡，夏木怕再被牵连，只好逃到附近的柳营农场。从此他打消了回到西远大学的期盼，改名夏忠，娶了农场书记的女儿钟秋香为妻，生下三个儿子，彻底做了一个农民。岁月悠悠，乾坤再转，“文革”后夏木又回到西远大学，但他孤傲清高，钻研中医，演绎周易，四书五经、经诗子集无所不通，但述而不作，在西远大学深受学生拥戴，却在职称评定等当今教育评价体系中并不得志。年轻一代的博士陈子兴生于20世纪70年代初，成长历程中没有夏好问那样的曲折磨难，也没有夏好问那样的传统文化功底，但是他的成长也是惊心动魄的。他初中时遇到了一位英语老师黄美伦，并深深地爱上了她。黄美伦既是他的恋人，也是他文化精神上的母亲。在黄美伦那里，他意外地受到了外国文学的教育。但受家人和学校的干预，黄美伦被学校开除，不知去向，陈子兴在自杀未遂后终于活了过来。在后来的大学生活中，作为信仰失落的一代的代表人物，他的精神生活中经历了理想、信仰、情爱等幻灭的经历。他对北京大都市产生了反感之情，回到西远大学。一个偶然机会他得以与夏木深交，奉其为精神上的导师。不想夏木悄然失踪，遁迹于荒漠之野，或许他是问道于荒原，这对于陈子兴是一个深刻的触动。就在寻找夏木的过程中，他意外地遇到了自己十多年未见的爱人黄美伦。但是，黄美伦不承认自己的身份，并去了上海。陈子兴又考了上海的博士，追到了黄美伦的工作单位。在读博期间，陈子兴与自己的导师一起问道海内外，但让他无法忍受的是中国文化在西方强势文化下的殖民存在。当他再次回到上海时，他终于发现，上海与北京一样，甚至整个中国的都市都弥漫着一种荒原景象。他又一次放弃了在上海工作的机会，回到了西远大学。就在这期间，不仅仅他的两位导师去世，而且他的爱人黄美伦也在地震中殒命。他悲痛欲绝。童年时消逝的好朋友文清远此时出现在他的生命中，文清远已经成为了一位得道高僧，是一位奔赴人类苦难的“菩萨”。经过文清远的点化，陈子兴从悲痛中站起来，去了遥远的希腊。陈子兴去希腊有三层意思，一方面他是去希腊传播中国传统文化；另一方面，他实现自己的爱人的梦想；最后也是向西方文化的发源地重新寻找人类文化的出路，仍然是问道。

小说中，徐兆寿不停地借主人公夏好问和陈十三发问：中国文化命运何如？什么是道？什么是伦理？知识分子应当如何存在？这也许就是他近年来一直在思索的问题，也是近几十年甚至百年来中国知识分子一直在追问的大问题。因此，这部小说为我们呈现了半个多世纪以来知识分子的很多终极追问。虽然在过去一些小说里我们也能看到这样的发问，但是，如此集中发问，《荒原问道》是首部。

小说的前半部是写夏好问因为命运的苦难隐藏到民间的过程，这些书写我们会在张贤亮、杨显惠等人的小说中看到，但后半部分夏好问的书写就显得别具一格。夏好问已经成为大学教师，成为学生们的精神领袖，一度受到学生们的追捧。可是，慢慢地，他与大学生甚至整个时代分离了，越走越远了，甚至最后走到了反面，成为一个大学里的边缘人、流浪者。这种书写超越了目前所有关于知识分子的书写。夏好问并非与时代完全对抗，相反，他看到了飞速发展的时代下贫瘠的精神处境，看到了知识分子话语狂欢中的信仰缺失，看到了整个人类的不幸，最为重要的是，他无法解决自身的精神信仰问题。于是，这个大学里的知识分子——曾经的精神导师——要去荒原问道，这是何故？他不是拥有真理吗？他不是曾经大讲特讲吗？为什么会突然如此转向？这种书写既为我们描绘了一个知识分子的现实境遇，又是一个巨大的反讽。一方面，大学是用来传道授业解惑的地方，是给社会提供知识和解决社会价值困惑的地方，而大学里的知识分子现在却陷入了困惑，他要到荒蛮之地去寻求答案。这可能吗？有道理吗？这使我们不禁会想到历史上每逢社会转型时期，知识分子总是会向外去寻求真理，如法显、玄奘的西天取经，如鲁迅等“五四”时期的知识分子，但到民间和荒原上去求解的方式还是很少见的，只有中国的道家和佛教才会有这样的“出走”方式。这是否也是求道和“问道”的一种方式呢？它还适用于现代吗？这是夏好问带来的思考。

另一方面，民间到底是一种什么存在？荒原又代表了什么？小说中的民间是一个长期以来被遮蔽的隐性的文化存在，那里保存着现代之前的古老的文化传统与民间信仰，如夏好问所学的中医、风水，他看到的钟书记信仰的民间巫术，还有民间一直活态存在的儒家和道家传统。这样的民间也许正是现代知识分子要重新去考查的民间。那么，荒原呢？荒原代表着什么？荒原在夏好问和陈十三那里分别代表着不同的含义。对于两人来讲，他们共同经历过实在的荒原，即戈壁荒漠。但是，在夏好问的眼里，荒原代表着古老的历史，代表着现实政治之外的自由，是一个没有被教化、统治、规训的存在，是一个与强大的意识形态、文明形态对应的荒野，同时也是一个自然存在。在那个自然存在里，只有辽阔的荒漠，但荒漠本身也是一种生态，它是生命所需要的。如果说这样一种意识在夏好问那里还有一些隐喻的话，那么，在陈十三那里就变成美好的回忆了。在陈十三那里，荒原是他整个童年的背景。荒原是一种辽阔的自然地理，是一种与大地、海洋、山川并列的生态。这也许是徐兆寿非常独特的发现和立论。在一般人眼里，荒漠就是要被治理，是绿色的敌人，是人类的天敌，它不是生态。但是，在徐兆寿的眼里，荒漠本身也是一种美好的生态，他通过夏好问和陈十三表达了一种反抗，即对荒原的治理、开发。在他们的眼里，那种开发、治理也是现代文明野蛮的行为。在两个主人公的眼里，荒原就如同森林一样重要，一样美好。这使我们不禁想起福克纳的小说《熊》，小说中描述的那种对大工业破坏森林生态的反抗、无奈之情，与《荒原问道》中夏好问、陈十三对荒原开发的反对、无奈之情是何等相似。总之，无论是向民间问道，还是对荒原的留恋，都是一种逆向思考与书写，而这种逆向深思正是这部小说的独特之处。

但是，荒原在这部小说里还有另外一种虚指，即当下中国文化乃至世界文化都进入荒原之困境。这不禁使我们想到艾略特那首现代开山之作《荒原》长诗，那是对人类进入现代的困扰。但身处西北“荒原”的徐兆寿不仅对荒原有一种直接的生命体验，而且对人类进入现代文化精神荒原之后有着另一番理解，这就是他的问道。如果说艾略特仅仅描绘了西方人的荒原景象的话，那么，徐兆寿不仅将这种荒原景象推向中国和整个人类，而且他还往前推进了一步，这就是中国文化中的问道精神。也就是说，他将西方精神切入到中国传统文化的精神中了。问道是中国古代知识分子求道的一种方式。庄子是最为典型的代表。庄子并没有直接说明什么是道，但是，在他与别人追问道是什么时，人们似乎体会到道为何指了。道是无法讲明的，是不可言说的存在。在庄子的意识中，如果道能说清楚的话，就不是道了，这也就是老子说的“道可道，非常道”。所以，中国文化始终是在追问中体验，而非西方文化的逻辑回答。这是徐兆寿这部小说的另一个值得大说特说的独特之处。

在塑造人物形象方面，这部作品的可贵之处在于重写了老一代知识分子的形象，把他们写得更真实、更透彻，更直接生长于西北大地上。夏木的形象多少有些80年代一些著名美学家人物的原型，但另一半则是我们在张贤亮的《绿化树》中熟悉的章永麟。张贤亮因为囿于时代的局限，使小说主人公章永麟不断地读《资本论》，从而获得认识现实和改造自己的力量。《资本论》成为他生活中的《圣经》。但徐兆寿笔下的夏木虽然同样也经受着精神和肉体的冲突，但是夏忠（即夏木）没有摆出要读什么精神指南的姿态，他是谦逊地向土地学习，向民间学习。钟老汉教给他的不只是放牛羊的技艺，还有关于西北大地的历史言说，这里可以看到知识分子如何被西北历史重新激活，徐兆寿几乎是重温了那样一种历史，能如此自然顺畅地接通后来知识分子主体自觉的历史，不能不说徐兆寿对当代知识分子叙事史采取了更为客观诚恳的态度。夏木在风起云涌的80年代出尽了风头，成为了学生精神的领袖，但是渐渐地与学生们走到了反面，到了20世纪90年代后就无法融入时代了。他成为一个格格不入的人，一个边缘人，时代的局外人。他仍然坚持着他的理想与问道姿态，那是知识分子在面对整个精神信仰幻灭时的一种决然的姿态。拒绝也是一种高贵的品质。他似乎在与整个时代对抗着。他被人不屑，被人遗忘。最后，他终于走向了荒原，去寻问终极之道。在这里，我们看到了老子西去的身影，我们还看到了印度古老文明所遗留下来的一些问道方式。几乎所有人都会问，他究竟想要追问什么？小说并未给出答案，但他去追问了，独自一人，在西北大地荒原上漂泊行走。小说最后陈十三收到一封“荒原人”的来信，其中这样写道：

当我从学院里出来，走向民间的时候，我就再也不读什么书了。我开始读人间这本大书。直到这时，我才真正地读懂了人。现在，我心中平静如水，毫无牵挂和仇恨。过去，知识蒙蔽了我的眼睛，思维限制了我探索无限之可能。当我又一次在戈壁荒原上行走时，我读到了天地这本大书，看到了若隐若现的大道。(《荒原问道》第 373 页)

从这封信里，我们看到了传统庄老道家的思想。也许有人会说，这是出走，是逃避。但我们似乎也可理解为重新找回知识分子的个体独立性，是对知识分子气节的一种呼吁。这与其说是一种寻求，不如说是一种姿态，一种回到西北历史的精神意向。对于这个急功近利的时代来说，有勇气离开它并标举那几乎湮灭的历史或许就是一种骄傲，是另一种进发。

小说中对知识分子的塑造还有另外独特的一面。前面已经述及，徐兆寿过去有多部长篇小说写校园青春爱情故事，曾钻研过性学多年，故他的小说中写人性颇有一种质感。他不避讳身体描写，也敢直击人的情欲，尤其是青春成长与情欲困扰的冲突，这是他把握人性的精到之处，他能拿捏到恰当准确的分寸。夏木后来改名为夏忠逃到农场，与秋香成婚，在当地行医，博得一群妇女患者的好感。其中一位患有癔病的妇女秀秀对夏忠有非分之想，这身体的考验也仿佛历经难关的考验，夏忠的人生体验这才多了一层悲悯的情怀。当然，陈子兴的成长也被情欲笼罩，同样也陷入了困境。他爱上了年长他 14 岁的英语老师黄美伦，并且发生了肉体关系。之后的故事充满了伤感。尽管在他后来与黄美伦相遇经历了将近 20 年，他也与众多女性有过恋爱的经历，甚至结了婚，但是，小说的迷雾处在于，这些人物似乎都是为黄美伦的再次出场做着一次次悲剧性的铺垫。他用这样的方式来让我们从深层次上理解他与黄美伦之间的爱情属于精神之恋，甚至是信仰之恋。当他再次看到黄美伦时，黄美伦已经皈依了基督教，已经老了，做着慈善事业。他觉得此时的黄美伦比过去更美。年轻时是爱着她那妙曼的身姿，现在他则爱着她超凡脱俗的灵魂。这种爱情的书写，使新一代知识分子陈子兴也焕发出不同于一般知识分子的异彩。

最后，小说的结尾是值得我们深思的。夏木带着我们重返理想的 80 年代之后，在经历一系列的启蒙之后，竟然放弃了启蒙之路，开始像老子一样走向西方、走向荒原、走向民间、走向大地。这种进发或者说出走，是对 80 年代的一种重新反思，也可能是对现代文明的拒绝。他似乎是要告诉我们，重启中华文明的基因系统，就必须回到大地、回到自然、回到民间，回到中华文明的原点，回到文明的蛮荒之处。不管他所走的这条路是否可行，但至少他在高蹈地追寻。从历史来看，这样一条道路，始终也是知识分子问道的一种方式。陈子兴的走向希腊则使我们不禁想到近代以来知识分子向西求法的历程，这条道路到现在不仅方兴未艾，且成大道。他们都是走向西方，一个是中国陆地上的西方，是中国古人向西求法之路；一个是中国海洋上的西方，是近代中国知识分子的求法之路。他们两个的结尾不就是整个中国知识分子两千年来的求道隐喻吗？

但是，更值得深思的是，夏木不是不了解西方，他已经不是古代意义上的单纯的中国文化学者，而是中西兼治的通才。他之所以向民间和大地去问道是因为他似乎对整个西方文明也失去了信赖，他似乎是真正地走向了荒原。陈子兴也不是单纯地去西方求法，而是带着传播中国传统文化的宏大志向，他对西方文化也似乎产生了荒原之感，甚至在他的意识中，中国传统文化似乎能够拯救世界。那么，他向西求法就发生了质的转变。这条路可能吗？这种对中国文化的信心有多大的强度呢？所以说，《荒原问道》在最后向我们提出了更为深远的追问。小说结束的地方，恰恰是我们思考开始的地方。

（陈晓明：评论家，北京大学教授，教育部长江学者特聘教授）

《荒原问道》的三个关键词

朱大可

上海书展每年都在做，每年对中国人读书的平均数都有统计，上次统计是每人每年4.6本。这次不知多少。它告诉我们，现场的繁华和中国人的精神荒原形成了一个鲜明的对照。兆寿的《荒原问道》似乎就是来隐喻这个现象的。他的小说以及他刚才的演讲使我想到了三个关键词。

第一个是知识分子。知识分子在新中国建国初期命运较坎坷。《荒原问道》中的主人公夏木的命运便是一个典型的例子，他出身于知识分子家庭，因为一些不可言说的原因和知识分子的理想，他去了西北支边，结果遭遇了一系列不可预料的坎坷命运，致使他差点在双子沟饿死，后做了近20年的农民。但是，“文革”以后，知识分子又迎来了一段黄金时段，就是激情澎湃的80年代。《荒原问道》的后半部就是从80年代展开的，那个时代正是中国的启蒙时期。知识分子夏木又进入大学开始他的启蒙活动。大众需要知识分子来启蒙，大学里也需要夏木那样的精神领袖。他扮演了一个非常重要的角色。但是，这个角色在80年代末的时候就结束了。夏木也一样。改革开放以后，全民转向了经商，知识分子再次跌落谷底，似乎直到现在都没有回到这种状态。夏木从那时就变成孤独的思想者、局外人，甚至与时代格格不入的边缘人。最后，数码时代到来，全民发声，原来启蒙是知识分子自上而下给出的，现在是老百姓可以自己启蒙自己，不再需要知识分子，所以，知识分子就处在一个极为尴尬的境地。这是小说中新一代知识分子陈十三、黑子等所面临的境地。所以，我觉得，在这个情况之下来反思知识分子走过的道路是很有意义的。这部小说能带给我们很多启示。

第二个关键词是荒原。荒原究竟指的是什么呢？兆寿所处的兰州，或者说兰州以西的广大西部，是整个中华文明的起源地，当年曾经是富饶的粮仓，而现在变成了荒漠。这是很怪异的一个现象。整个中国文明从西部不断地转移，最后转到了沿海地区。原来沿海是荒漠，沿海地区就是一片盐碱地。上海就是一个荒漠，现在它繁华似锦，但它繁华的时间并不长，只有100多年的历史。西部的历史，光是周朝就有上千年的历史。这是一个文明的倒置。兆寿写这部小说的时候是在上海，写完后就回到了西部。他也在这两个地方来回穿梭。所以他写作的这段历程就是不断思考中华文明过去与未来的一个过程。他认为，在西部还保存着很多中国传统的文明，世界几大文明都曾在那里交汇，至今，那里的人们还拥有非常纯正的信仰，甚至一些萨满教的古老文化还隐约存在。他试图想让人们知道，西部虽然是物质上的荒原，但是精神上的高原。我也在想，上海如此繁华，它的内里可能是空的，这就是另一个小说的隐喻，即文化的荒原。这当然并非兆寿第一次提出的，20世纪中期艾略特等已经发现，西方处于一片精神的荒原，现在我们也一样。越是工业文明繁华的地方，就越是精神荒芜的地方。这也是我一直在说的问题，即中国文化的危机。

这些年来，大家都在讨论一个现象，即读书问题。传统中国社会中那种对读书人的崇敬似乎丧失了，代替这种崇敬的是对政治权力和经商的崇拜。中国人始终没有把读书培养成一个很好的习惯。网上有个对中国人读书的数据统计，据说是联合国教科文组织统计的，是每人每年0.7本。这是荒漠的一个表现。那么，前面说的每人每年4.6本包括什么呢？应该包括教科书在内，而且读书的人群大部分是孩子。成人非常焦虑，没有时间去看书。没有时间读书，就没有时间也没有办法来修正自己的行为，改造自己的思想，或许因为这些原因，我们的社会问题较以往突出，出现了伦理危机。比如老年人倒在路上谁也不敢去扶。这是文明不应该有的景象。现在大家似乎都在讨论一个问题：中国文化正在荒漠化。看起来一个都市很繁华，但实际上，从整体上来讲它或许正在荒漠化。这种精神文化的荒原是这本书所要探讨的问题，也是这本书写作的重要精神背景。不理解这个，这本书你就很难理解它。

第三个就是问道。面对荒原，我们怎么办呢？这个小说的结尾很有意思：一个是年轻的教师坐飞机去了希腊，借着传播中国文化的名义，继续去西方寻找现代文明的曙光。这比“五四”之时的知识分子多了一重意义，前进了一步。而老了的知识分子夏木则跑到荒原里去流浪了。这是老子的方式。这个结尾，其实仍然是中国知识分子的两难选择：是回到祖先的土地上去寻根呢，还是从西方的现代文明当中找到中国未来的出路？这是摆在我们面前大是大非的问题。知识分子都在思考这个问题。小说没有给出最后的结论，但是，我相信每一个读者都会通过这本书，通过自己个人的阅历，通过对生活的观察，找到自己的答案。

（朱大可：文化学者，评论家，同济大学教授）

当代学人的命运叩询

——读徐兆寿的长篇小说《荒原问道》

白 烨

近些年来，虽然长篇小说逐年递增，林林总总，但却很少读到像徐兆寿的《荒原问道》这样的长篇小说：既为当代的知识学人描形造影，又对当下的精神现象穷原竟委。从这两点来看，这部作品就端的超乎寻常，确实不同凡响。

对于徐兆寿个人来说，《荒原问道》是一次突破自我的重要的文学书写，对于当下文坛而言，《荒原问道》是一个自出机杼的独特的小说文本。这种重要与独特，都在于作品以独特的人物形象，厚重的精神含量，呈现了新生代作家超越现实层面的创作追求，为60后一代的小说写作树立了一个新的艺术标高。

《荒原问道》在夏木（又名夏忠、夏好问）、陈子兴（又名陈十三）两位当代两代学人相互交集的故事里，既精心描绘了他们特立独行的个人形象，又悉心展现了他们不主故常的精神追求，通过他们殊途同归的命运转承，探悉当代社会的精神现实及其人类面临的精神困境。它是一部小说，但又是小说方式的知识分子精神成长史，文学形态的当代社会的精神病理学。

无论是老师辈的夏木，还是学生辈的陈子兴，都堪为学界的奇人异士，超常文人。

夏木属于典型的学术狂人。他的超常，在于他既有超强的求知欲望，又有超强的问学能力。他无论在什么样的境况之下，都把读书识人、求学问道，摆放在高于一切的首要位置。中国的人文学术，从文学、史学、哲学，到儒学、佛学、医学，他都潜心钻研，而且样样精通；外国的人文经典，从哲学到美学、从文学到艺术，他都普遍涉猎，而且门门熟谙。在80年代的学界，像夏木这样潜心于学贯中西、打通古今的饱学之士，不说绝无仅有，也是凤毛麟角。但他的勤学敏思、饱学好学，不仅没有派上什么用场，得到什么施展，反而到处不受欢迎，日益成为众矢之的。因不断受到种种钳制与打击，他先是成为不能登台上课、辅导学生的闲人，后又成为出走校园、流落荒原的浪人。

而陈子兴则属于典型的情爱痴人。他的超常，既表现于他初恋之时钟情于与女老师黄美伦的忘年恋情，又体现于他始终抱着这样的初衷与念想纠结一生。自14岁时爱上教英语的女教师黄美伦，他就难以释怀，不能忘怀，上学时总想见到她，亲近她，有了肌肤之亲之后，又总是奋不顾身地想要她。当这种恋情终于败露，导致黄老师被除名离校之后，他又带着无尽的思恋四处去寻找她。一直到20多年后遇到已改名为葛艾羽的黄美伦，他不惜以与妻子李娜离婚的代价，要再娶这个已是半老徐娘的“隔代情人”。这个他爱了20多年的女人因一次地震意外殉命，但陈子兴依然“抱着她的骨灰”登上飞机，去圆早年承诺的与她一同畅游爱琴海的情梦。真是活着要爱，死了也要爱。陈、黄之间的师生之恋，如果说开始的部分还带有某种矫情成分的话，那么，因为陈子兴的痴心不改，恋情不变，其延宕的过程与最后的结局，都让人为之动容和动魄，堪称奇崛和难能。

让人为之惊异和感到纫佩的，是《荒原问道》并没有止于描绘两代学人这种天生异禀的乖张性格与别样性情，而是在表现这种超常与特异的同时，又进而揭示了其超拔绝伦的精神探求。

夏木的好学多思、博学审问，并不在于知识与学问的本身的积累，而是旨在通过这种博采广纳、兼收并蓄，来修求一种超凡的智慧，以“读懂人”、“读懂人间”，进而寻索并接近那“若隐若现的大道”。夏木所探求的“大道”是什么？它是虚无，还是实有？这些其实都并不重要，重要的是“于纷争繁乱中求一席蛮荒之地，于声杂音乱律紊中造大象无形之境”的精神追求，执着而高蹈，超然而可贵。退一步讲，即使这样的目标不切实际，虚无缥缈，但作为个人的一种精神信仰与学术理想，也应予以理解，给以敬重。但恰恰是在高等学府这样的学术圣地，恰恰是在80年代这样的思想解放时代，不仅夏木的学术目标总是实现不了，学业钻研难以为继，而且他的所作所为与那样的环境格格不入，与那样的氛围大相径庭，甚至被视为另类。这种不该有的学校容不得学人、学人搞不成学问的异常荒诞的遭际，恰恰表明的是我们的学术环境的不自由、不清明，我们的学人圈子的不厚道、不宽容。这对于标榜学术创新的学界，对于高喊思想解放的时代来说，都是一个反讽。可以说，经由夏木不断碰壁的个人命运，《荒原问道》揭示出的，是学界，乃至社会与时代的精神状态里存在的僵滞与虚伪的内在本相。

陈子兴与黄美伦的旷世情恋，看起来是异乎寻常的男女私情，但只从少年冲动和情欲失控的角度来看待他们，显然是皮相的。陈子兴对黄美伦的一往情深，始于青春的萌动与懵懂，也带有初涉爱河的新鲜与刺激，但其内核是少男陈子兴对于熟女黄美伦独有的女性美的欣赏、读解与钟爱。而他的坚持与决绝，显然又内含了对于传统的婚恋观念的冒犯，对于既有的伦理秩序的反叛。他们的心心相印的恋情，只能以地下的方式进行，因为那在世俗看来，是违反常规、逾越常理的。因为这种超常恋情难以得到人们理解，在现实中极为罕见，他们只能在《胡利娅姨妈与作家》、《洛丽塔》这样的所谓情色文学作品中，寻找支撑关系的理由，获取惺惺相惜的慰藉。可以说，陈子兴与黄美伦，作为当代中国版的“作家”和“胡利娅姨妈”，是“只有以爱情为基础的婚姻才是道德的”（恩格斯语）的勇敢实践者。他们的不合时宜又相识恨晚的恋情，以其惊世骇俗的果敢、相知相依的隽永、不离不弃的悲壮，为那个时代人们的精神探求的超拔性，尤其是追求个人幸福的决绝性，书写了精彩而浓重的一笔。

《荒原问道》既好似一部记述两代学人行状的“史记”，又好似一面映射时代精神状况的镜子。作为“史记”，它以两代学人的经历与心历为主线，再现了知识分子从20世纪50年代到21世纪以来的艰难跋涉与坎坷命运；作为“镜子”，它由知识学人的遭际与命运，折射了教育与学术界、知识与文化界乃至整个社会的精神现状，及其种种病象表现。仅此两点，它就意义重大、价值独具，值得人们认真关注，高度敬重。

（白烨：评论家，当代文学研究会会长，中国社会科学院研究员）

“道”在天地间

——评徐兆寿的长篇小说《荒原问道》

孟繁华

如果从小说的题目看，徐兆寿的《荒原问道》应该是一部“天问”式的作品。小说提出的问题，即道统与政统、居与处、进与退等，从传统的士阶层一直到现代知识分子，都没有得到彻底解决。当80年代中国知识分子试图从整体上解决传统与现代、中国与西方等大叙事问题逐渐落潮之后，困扰这个阶层内心的真问题便又不断浮出水面。《荒原问道》要处理的还是这个如鲠在喉挥之难去的问题。因此，说它是一部“天问”式的作品并非空穴来风。但有趣的是，“荒原问道”只是一个具有象征意义的小说题目。“荒原”当然不只指涉中国西部，它更寓意着这个时代的思想环境和知识分子的精神处境。而小说写的两个主要人物夏木和陈子兴，究竟怎样或如何“荒原问道”，事实上是语焉不详的。因此，我更感兴趣的是徐兆寿如何书写了这两个人物的命运。夏木被放逐后，村支书老钟一家接纳了他并许配了二女儿秋香，粉碎四人帮后他再读大学，与彭教授的误解关系解除后又回到文学系教书，但他天上人间兴之所至，不按照教材讲反而批教材，于是被系里“约谈”，回到家里妻子秋香也奚落他。一个特立独行但性情古怪的荒原知识分子形象，在今天看来是如此的不合时宜。最后夏木只好归隐。陈子兴少年时代经历了一场师生恋之后，成为一种刻骨铭心的“情结”。这一“情结”与那个钟表匠的儿子卢梭有极大的相似性。卢梭遇上了比他大12岁的华伦夫人，华伦夫人叫卢梭为“孩子”，卢梭叫华伦夫人为“妈妈”。他们两人的最初形同母子。华伦夫人出身于贵族家庭，她是因婚姻不幸出逃，并在得到国王赐予年金后而虔诚皈依天主教的。卢梭住在华伦夫人家里，经历了许多事，也阅读了大量的书籍，他们一起探讨人生和信仰，后来卢梭冲破了“母子”关系的界限，将自己的童贞给予了他亲爱的“妈妈”。这一关系令卢梭神魂颠倒。以至于卢梭无法忍受“妈妈”的另有所爱而只身远走，这份爱情伴随了卢梭的一生。陈子兴就这样与卢梭先生一样，再也难爱上任何一个女性。此后无论陈子兴如何求学和访贤问道，有多少佳丽追求爱慕，他难以走出的还是这个情结。从这个意义上说，《荒原问道》又有了心理小说的基本要素和“忏悔录”的某些品质。

小说中陈子兴与黄美伦之间关系的展开以及迷恋的书写、冬梅对爱情乌托邦的想象、夏木面对冬梅时人性的弱点、对陈子兴好高骛远一事无成的呈现等，是小说最为华彩的段落。其诗意的语言也是《荒原问道》最值得提及的。比如陈子兴心中的黄美伦：

她的名字叫黄美伦，在外人面前，她永远是我的黄老师，而在我和她的私底下，她永远是我无名的女人，是我的至爱。我无法读出她的名字，任何称谓都妨碍我与她的爱情。她也愿意如此。事实上（原文“事情上”疑有误），无名也只能如此。但她名声不好，在我还未与她相爱时，我就知道了她，还从匆匆驶过的自行车上目击过她。之所以说是目击，是因为她真会像电一样击中你，不仅是我，任凭谁也难逃此运。她的美，她的那种孤独的行走，她的那种毫无畏惧，你只能被击中。

美人难写，心爱的美人更难写。但在徐兆寿这里，却以“情人眼里”的角度，极诗意地呈现了他的黄美伦。

《荒原问道》如果意在求道的话，那么，这个“道”是否在夏木和陈子兴的探求方式之中是大可讨论的。然而无论夏木还是陈子兴，他们在“荒原”上的真实生活和获得的生命体验，可能恰恰是他们没有意识到——却获得了的没有言说的“大道”。这就是“道可道，非常道”。而“道”，就这样弥漫在天地之间的“荒原”之上。这是小说留给我们的最有价值的启迪。徐兆寿在“有心栽花”与“无心插柳”之间，得到的显然是后者。小说不是抽象的说教，形象永远大于理念。小说要处理的最终还是人物命运、性格、人际关系和世道人心，而不是学院知识分子处理的那个“道”。在文化多元化和“千年未有之大变局”的时代，要想寻求一个包医百病的所谓的“道”，无疑是缘木求鱼、水中捞月。但是，徐兆寿却在不经意间写出了两代知识分子在人间的生命体验——至于那个难解之谜，夏木和陈子兴的“道”——也是我们共同的困惑，我们不能一劳永逸轻易破解，而“道”的魅力也许也正在于此吧。

（孟繁华：评论家，沈阳师范大学教授）

天国在荒原中

——徐兆寿《荒原问道》评论

邱华栋

徐兆寿的长篇小说《荒原问道》历时数年的修改，现今出版了，可喜可贺。因为这是当下少见的一部长篇小说，涉及了中国知识分子的自我追寻、放逐、发现、成长、磨砺和内省，是不多见的“精神性长篇小说”。小说内有金戈铁马，有历史批判和情景再现，有人的精神的远游和成长，品质高远辽阔，是某种只有在西北的天高地阔的环境里才可以产生的作品。而徐兆寿恰巧就是能够写出这样的精神性长篇小说的作家，他多年来身居大学中，但却常常眺望远山、大漠、黄河滚滚，心性、心境和胸怀，是内陆和江南的文人无法相比的，这就决定了这部小说的气质和气度。我尤其对小说的开头记忆犹新：

远赴希腊之前，我又一次漫游于无穷无尽的荒原之上。

我先是去了一趟曾经支教的甘南州迭部县的藏区。那是尚未被开发的地方。一路上，又一次看见亘古的河流，又一次目睹迭山万壑，而巨大的鹰在头顶盘旋。

那一天正午，阳光灿烂，我踏进贡保活佛住持的寺院大门，看见一片怒放的矢车菊在微风中轻摇，迎接我。贡保活佛不在。喇嘛们大概也熟睡着。我能听见自己的脚步擦破了寺院宁静的空气。我踏进幽暗的大殿，在下跪的刹那，看见一位藏族老阿妈斜跪在佛像的左侧，紧闭着双眼，不停地转动着手里的佛珠。像团黑色的信念。我跪在她旁边，突然间感到短暂而世俗。我郑重地行了礼，然后转过身。就在我一只脚轻轻踩过高高的门槛的刹那，我突然间感到了自己的污浊。

多么好的小说开头！从这部小说的开头，我就感觉到了一种气势，一种地理空间、叙事的密度和双线结构的时空交织感。主人公的那种激情满怀的求索，那种在大道不存的年代里的艰苦的追问，都显示了小说的主人公和作者本人的卓尔不群。

这部小说有着双线的复调结构，塑造了两代西北知识分子的形象，并将之进行了跨越了时代和地域的描绘，让我们看到了最近几十年中国知识分子的精神肖像。这就是这部小说最迷人的地方，也是其独特的价值所在。阅读这部小说，我常常想起在西北地区艰苦跋涉、艰难求索的知识分子们，如常书鸿、高尔泰等，也从小说中的当代青年教授的形象上，看到了新型学人的精神历程。

小说的第一条线索，讲述了夏好问先生的故事。他本名夏木，家学渊源，还精通中医和易卦，因为像苏格拉底一样爱与人探讨各种问题，且总将别人问得哑口无言，学生们送其外号“好问先生”。多年之前，他大学毕业后就远离家人，远赴西北，来到西远大学教书，却因为一首小诗后来与彭清扬教授一道被遣送到双子沟。在双子沟，因为饥饿，他们吃过死人的肉，后又逃跑。中途，彭清扬死去，但他误听到是他杀了彭教授，所以，隐姓埋名生活在柳营农场，并且娶了钟书记的女儿钟秋香为妻，做了一个农民，生下三个儿子。他先是放了多年的羊，并且慢慢热爱上了荒原。在荒原上，他对人生及整个世界都进行了深思。在他看来，古老的中医、《易经》等哲学就是有关大地荒原的哲学。后来，他去教书，却因为解释“人是什么”时被批判。再后来他又去学医。可是，病人王秀秀爱上了他，并诱惑致其陷入困境，又一次遭到批判。高考恢复了，于是，他参加了高考，想走出荒原，进入城市，但他的作文写得太好，结果被西远大学“特别申请”要到了西远大学中文系。夏木又成了西远大学的教师。20年的荒唐生活使他不愿意再屈就自己，开始张扬个性，大谈文学、哲学、医学、人类学乃至性学，成为80年代一代大学生的精神领袖。然而，正如他祖父所说，他每写一篇文章和做什么，都会给他带来悲苦的命运。后来，他开始变得保守，开始提倡复兴传统，这使他又与学生们站在了对立面。他似乎彻底地被冷落了。他开始又一次转向民间。

夏好问这个人物形象，就是一个现如今比较少见的、跨越了1950—1990年的知识分子形象，这是这部小说非常重要的一个着眼点。

与夏好问相对应的，是另外一个人物：主人公“我”——诗人、学者陈子兴。他年轻有为，他来到了西远大学，与夏好问相识。他们共同探讨文学与哲学，共同探讨中国文化复兴的问题。小说的这一条线索，就是复述“我”的经历。“我”恰恰是一个来自于乡村的农民的儿子，出于对农村的逃离，努力学习，考上了大学。在“我”的经历中，有两个重要人物，一个是从城市里来的文清远，另一个也是从城市里来的漂亮的英语女教师黄美伦。他们使“我”开始认识城市和文明，并且向城市学习。但文清远在13岁时突然失踪，不知去向，而“我”与黄老师相恋。恋情败露后，“我”自杀未遂，黄美伦也突然消失。此后，“我”来到城市，来到北京读大学和研究生，与几个女孩子相恋，并且写诗做学问。在这期间，“我”尝到城市文明对土地文明的轻视。导师洪江是做先秦文学研究的，把他当儿子一样看待。洪老师也致力于儒学的复兴，后期带他去参加过好多次国际学术会议，使他大开眼界。在读博士期间，他又跟随其博士生导师王思危参加了很多国际哲学会议。在这些经历中，他反思了城市和西方文明带给人类的问题。

就在此前，好问先生突然莫名失踪，消失于大地深处。秋香和他都在追查好问先生失踪的原因。就在追查中，他发现了黄美伦，于是，他们旧情复燃。但此时的黄美伦已经50多岁了，而“我”才三十四五，所以她不愿意再与“我”交好。然而，在“我”的执意之下，他们在上海相见。就在他们准备一起生活时，黄美伦到藏区去做基金会的一项工作，正好当地发生了大地震。她死于地震中。而在此前后，“我”的两位导师都先后亡故，给“我”带来了精神上的巨大创伤。就在“我”精神委顿之时，文清远出现了。他原来跟随了一位佛教大师远赴海外。他也成了一位致力于世界和平的使者，他还力图想使众教合一，使人类和谐地生活下去。他对“我”进行了精神上的鼓励，“我”终于振作起来。

最后，陈子兴去了希腊孔子学院。一方面是把他的爱人的骨灰撒遍世界，另一方面则是为了复兴中国文化的传统和将中国文化传扬给世界。

小说就是如此将夏好问和陈子兴两代知识分子的精神求索和现实遭遇，细密地交织在一起，其命运的跌宕起伏，精神的洗礼和挣扎，映衬了我们所经历的这个时代的喧嚣和波澜起伏。小说的叙述语调和空间结构明澈大气、透彻心扉，感情浓烈质朴，非常吸引人。小说中的其他众多人物形象差异性很大，层次丰富，使我们看到了我们自己。《荒原问道》因此而成了一部精神性的长篇小说。这类小说过去在欧洲较多见，比如罗伯特·穆齐尔的《没有个性的人》。《荒原问道》将这一文学类别带到了我们的面前，让我们看到了精神的脉络是如何在知识分子的命运中铸造的，因此显得卓尔不群。

通过这部小说，我看到了现实的荒原以及人内心的荒原，是如何互相映照，并显示出走出荒原的可能，以及期盼大地葱茏的愿望。而在现实的荒原中生存、在精神的荒原中行走并问道，是这部小说要表达的目标。这也是我特别喜欢这部小说的理由。假如有天国，那么，天国就在荒原中，道也在荒原中。如同假如有天堂，那么，天堂就在虎穴中。因为，在绝境中，我们才可以看见精神价值的微光，从暗黑峭壁的夹缝中透出来，带给我们光亮的消息。

（邱华栋：作家，鲁迅文学院副院长）

重返启蒙与真理的故乡

——《荒原问道》的意义追寻

李朝东

知识分子总是以文学的方式呈现着时代的精神风貌和思想走向。80年代，以王朔等为代表的先锋文学，面对存在的困境，逐渐放弃内在超越性努力，终极价值及其相应的价值体系悄悄消解，意义缺席解构着彼岸的寻找努力，个人开始陷入一种绝望境遇的新现实主义粉墨登场：放弃知识分子坚守的精神立场，做出“梦醒了”的文化宣言，在现实的困窘和生存压力下，知识分子启蒙与救世的责任受到怀疑和拒绝，精神反叛成为幼稚的理想主义代名词而受到文学的冷落甚至嘲弄，市场体制和商业大潮的社会存在确定了文学的平庸化价值取向，知识分子开始从精神寺庙中“还俗”，理想主义在粗鄙化的生活实践中弄得面目全非，精神“寻找”悄然撤离并让位于个人此在的俗世幸福的追求，惶惑、痛苦甚至媚俗构成知识人的生存常态，并通过文学形式流露出来。

兆寿君的《荒原问道》（以下简称《问道》）试图重新进入知识分子的社会良知，坚守一种怀疑与启蒙的精神立场，以文学的方式重新关怀社会和人类的终极价值，重新强调人的尊严和尊重。小说虽然透露出某种程度的悲观情愫，但同时也涌动着一股理想主义的激情，渴望“寻找”一种更高的精神支持，跨过俗性社会的深渊，重返真理的故乡。《问道》既有日常俗性生活的细致描写，也有意义追寻的不懈努力，在好问先生与陈十三的生存经历中展开现实与意义追求的命运变奏。

小说就是讲故事，小说故事与日常生活之间存在着一种虚构与模拟的悖论关系，其价值就在于虚构与模拟构成的思想真实。《问道》的故事发生地是荒原，这不简单地是个“时空地理”概念，也是一个心灵概念，“北京像我的戈壁一样无边无际，可是，我在北京这个荒原上感到的是真正彻骨的寒冷与孤独，而在我的戈壁荒原上感到的却是温暖与亲切”。故事的叙事背景是自20世纪50年代以来以西北地区尤其是甘肃省一些地方如兰州市、九州、武威等地区社会变迁和生活轨迹；叙事的主体是在好问先生与陈十三两个小说人物中展开的命运变奏；叙事主题是对善、恶、爱、性、死五大生命意义的思考与追问。

善、恶、爱、性、死，当它们作为学问家的研究对象并以判断的形式被定义时，是那么的清晰明确；然而，一旦成为体验对象，它们又是那么晦暗不明。《荒原》小说叙事的一条主线是好问先生的个人生存命运。好问先生本名夏木，爷爷是清朝进士，父亲是大学语言学教授，因爷爷临死前算卦预言夏家有难，要远离京城、隐姓埋名，放弃写作。夏木响应支边号召来到西北并在西远大学任教，因写小诗《怀古杂章》被下放到河西走廊的双子沟。因不愿等着被饿死冻死，与同时下放的中文系主任彭清扬逃出农场，在火车站睡着时被当作盲流抓到永县柳营农场，更名夏忠，不愿做小学教师，却执意要种地放羊，后入赘柳营大队钟书记家，娶妻生子，“整个村庄的人都想不通这个北京人不选择尊贵的老师去做，却要成天在荒原上放羊”，“他整整放了八年的羊，在荒原上漫步了八年”。他运用自己广博的知识发现武威雷台出土文物为无价之宝；他做过乡村医师，被一个丈夫性无能却与公公生了两个孩子的村妇患者深爱和色诱，并从此名声狼藉成为性无能；恢复高考后曾经的大学助教却荒诞地又参加高考并被鬼使神差地录取到曾经任教的西远大学中文系。他熟知中西文化，热衷于研究《易经》和《黄帝内经》，在一次醉酒后与离异的小姨子冬梅发生性关系后奇妙地治愈了性无能，“冬梅说，有什么不好意思啊，过去姐姐和妹妹不是老伺候一个男人吗？咱们那里姐姐若不在了，妹妹就嫁给姐夫的多的是”；他曾被停课赋闲在家，犹如社会闲散人员；他从宣扬西方自由、民主转向维护中国传统文化而从学生崇拜的偶像变成被遗弃的学者；他写作《中国文化的未来》和《命运本体论》却因无钱而无法出版，“写作是我的命运，我必须要去完成它，至于作品能不能出版，能不能去影响后世，那就是我和作品以后的命运了”；他博学慎思却因与系主任山之宽交恶而拒绝晋升副教授的机会，“人们都崇尚博士，崇尚教授，但却与学问无关了”；退休后的夏木先生离家隐遁，或借居寺庙，或行乞度日，自由行走在荒原大地，叩问天道，扼住那神秘莫测的命运的咽喉……

小说叙事的另一主线是“我”的生存命运。“我”本名陈子兴，家族排行十三，生于爷爷61岁那一年，被唤作“陈十三”，或“陈六一”。“我与好问先生正好走着相反的路。他为了作（做）一个农民，用尽心思去解释大地和农事……对他来说，知识、文明、城市都意味着灾难，只有大地是宽容的，只有荒原是自由的。他隐藏着自己的真实身份，刻意地想作（做）一个农民……而我为了作（做）一个城市人，拼全力去脱开土地，学着城市人的话，学着他们的行为方式，并尽可能地隐藏自己农民的身份。”虽然我无法认同城市的法则，但“对我来说，土地意味着贫穷、落后，意味着卑微、底层……我仍然努力想作（做）一个地道的城市人”。

陈十三的经历相对简单：生于武威一个遍地戈壁荒原的乡下农村，在初中时（14岁）爱上了离异、风骚但很漂亮的英语女教师，誓言要娶这个比自己大18岁的“美丽但名声败坏的女人”为妻。这段具有恋母情结的恋情，既不见容于家庭，也不见容于学校和乡村社会，事情败露后，黄老师被开除不知去向，陈十三读完高中考到京城读大学，经历和见证了80年代以后中国高校的世俗化过程：大学生为诗歌发狂，迷恋尼采和弗洛伊德思想，教师课余经商，寻找当下感觉而不是共同语言和共同理想的爱情……研究生毕业后来到地处兰州的西远大学任教，与已经恢复教师身份但与门派观念极强的系主任山之宽不和的好问先生过从甚密；结过两次婚；在研究生导师洪江的帮助下发表了很多论文，30多岁就成为年轻的教授；在第二次结婚前偶遇香港大爱基金会兰州办事处总干事葛艾羽疑似少年时期的恋人黄老师却被后者拒绝相认；婚后妻子出国，“我”则确认在一次香港大爱基金会慈善公益项目工程中负伤的葛艾羽就是自己寻找多年的少年时期的情人黄老师，并从此在与归国探亲的妻子李娜的夫妻生活中成为性无能。葛艾羽因不忍打搅陈十三的生活再次神秘失踪，苦闷中的陈十三考取了上海F高校的博士研究生，并在上海再次与葛艾羽相见；由于李娜在英国有了新的恋情而提出离婚，陈十三便与葛艾羽再次相爱并兑现少年时的承诺结婚成家，不幸的是葛艾羽在甘南舟曲的泥石流救援中身亡，悲伤欲绝的陈十三在同时失去友情（好问先生）和爱情（黄老师）的无奈中踏上了飞往希腊的飞机……

《荒原》以“命运”一词展开对善、恶、爱、性、死的思考与追问，秋香忍辱负重式的善良和进城后与夏木的争吵，她“把所有的抱怨都开始一点点泼出来……她也丝毫看不出他做那一切有什么意义和价值”；山之宽建立学术传统的远大理想与排除异己的门户之见……这一切都使善、恶那样难以辨认和言说。小说中有一条时断时续却极为重要到辅线，就是黄老师的个人命运，她美丽、漂亮，有文化，年轻时有成熟女人的所有特征：欲望、教养、不幸，她启蒙了陈子兴的性意识和西方文学、诗歌、音乐知识，她追求个人幸福，却总是以爱和婚姻的名义被欺骗；她命运坎坷，做过教师、洗脚工，嫁过两个男人，生过两个孩子，前一个丈夫成天疑神疑鬼，后一个丈夫是黑道人物使她失去了一只胳膊；她栖身于香港基督教大爱基金会，更名为葛艾羽，喻义割爱欲，希望过一种现身上帝的生活，却抵不过俗世生活的纠缠，最后在救灾中奉献出自己美丽的生命……

如何扼住命运的咽喉？好问先生的学术兴趣转向和最后的隐遁似乎指向应向东方文化甚或佛教索取答案；陈十三的远飞希腊，不仅是为了兑现给黄老师的承诺，也指向了继续从西方文明中寻找意义的探求；而集善、恶、爱、性、死等生命意义和文化观念于一身的黄老师皈依基督教，则是对那不可捉摸、神秘莫测的命运之旅的一个明确暗示！也许，皈依宗教信仰并不是《荒原》真正要给出的命运归宿，但一个民族、国家和个人应该追求终极价值和精神依靠，才是《荒原问道》给出的重要提示！

（李朝东：西北师范大学研究生院院长，教授）

物质主义时代的叫魂式写作

——读徐兆寿长篇小说《荒原问道》

杨光祖

在当下的中国文坛，徐兆寿是那种比较另类的作家，既有浪漫主义的精神，也有哲学家的冲动。他在大学时期，就是一名优秀的浪漫主义诗人，也是那种永远在追问灵魂、存在的诗人哲学家，对现实有着敏锐的感知力。他早期的长篇小说《非常日记》、《生于1980》、《幻爱》等，直接切入当下的大学生生活，写他们的喜怒哀乐，写他们的青春骚动，还有他们的迷茫、奋斗。这些作品出版后都产生了较大的社会反响，他本人也一次一次地被推上争议的浪头，成为国内文坛的议论热点，而且也成为社会新闻热点。我一直觉得，徐兆寿在某种意义上，或许是当代的堂吉诃德，那种明知不可为而为之的精神，让我感动。

著名学者许纪霖说："当代中国，已经全面进入了现代化。"而"现代化的一个最重要的标志性事件，便是超越的神圣世界的崩溃"。按照马克斯韦伯的经典论述，"这是一个世俗化的时代，是一个除魅的时代，是一个价值多元的时代，是一个工具理性替代价值理性的时代"。用我们的传统术语来说，就是一个"无道"的时代。从精神心态而言，我们把上帝叫作"天"。这个时代，大家都在疯狂地生产欲望，大家的信仰或许是消费至上。或者说，这是一个快速"三俗"化的时代，世俗、庸俗、媚俗，成为我们的关键词。但我们不禁要追问：当超越的神圣世界失落之后，人活着的意义是什么？或者说，当"道"沦落为"器"之后，我们与动物的区别是什么？

徐兆寿的与众不同，就是他一直在追问"道"，一直在"问道"。这是他另类的地方，也是他优秀的地方。阅读这部长篇小说，我感觉他似乎又回到了大学时代。他跳出了以前一直关注的大学生题材，重新回到了大学时代的"问道"。他通过描写两代知识分子的艰难挣扎，反思了中国文化和中国知识分子。夏木，作为一名素有家学，被时代洪流几乎裹挟而去的知识分子，他的优秀在于虽然多次被踏进泥潭，他却依然高仰着自己的头颅。这种“士可杀不可辱”的精神，是中国文化的优良传统。小说深入描写了他的那种不合时宜，在那个动荡的时代，他被隐姓埋名，藏于乡村，而在一个新的时代，一个市场经济的时代，他又显得那么不合时宜，无法同流合污让他终身讲师，他只好呆在家里。他的最后出走虽然勉强，但也是一种选择。青年一代学者陈子兴，没有受到旧时代的冲击，他在大学的如鱼得水，是一种新时代知识分子的象征。

小说里的“荒原”颇有象征意味，隐含了对某个特定时代的高度概括。“二战”之后，欧洲进入荒原时代，引起了许多优秀知识分子的深刻反思。一般来说，伟大的思想家都必须从本民族的文化变迁入手，都必须关注本民族，然后扩展到人类的命运，“问道”是他们的共同特征。福柯说，规训与惩罚，每个人只有进入社会的规训，被社会规训了，你才可以活得有滋有味，而如果无法被规训，或反对被规训，那只能遭遇惩罚。在这个大众文化的时代，有时候想起福柯的话，不由得一再地赞叹他的先见。

我个人认为，徐兆寿的长篇小说《荒原问道》是他创作生涯的一次大转型。他此前的《非常日记》、《非常情爱》都是涉足大学生情爱题材的问题小说，虽然产生了较大的社会影响力，就艺术水准而言，总让人感觉到一点缺憾。如果按读者范围来看，这类作品可能更适合大学生阅读。对一些有人生阅历的中老年人来说则会拒绝。我一直认为，非常优秀的文学作品，更应该是中老年人的阅读对象，那种激情的青春写作总是不够沉雄博大。《荒原问道》在题材上有点类似托马斯·曼的《魔山》，但它切中的是中国当下的文化问题，思考的是中国的问题。中国社会文化目前似乎处于一个“荒原”的境况，我们该怎么办？我们的文化该怎么办？这都是些迫切的问题。而我们目前的物质消费主义、大众文化成为文化主流，从某种意义上讲可能降低了中华民族的精神高度。这个时候，《荒原问道》的出版颇有振聋发聩的作用。这部小说的血脉是与那些世界大师级著作一脉相承的，如《浮士德》，把灵魂抵押给魔鬼，用生命去追求人生的意义。当然，这样说，不是已经认为《荒原问道》达到了杰作的程度，而是说，他思考的问题可能已超越了当下许多的作家。那些爬虫式的作家，那些精致的利己主义者，那些为资本服务的所谓文坛大师，在他们的小说作品里，我们看到两个字：金钱。他们对金钱的渴望渗透到了文字里面。

中国当代文学远离读者，逃避现实，迅速地投入资本的怀抱。他们逃入虚无的历史，潜入个人的隐私领域，臆说着虚构的乡村，写着与自己有关，与别人无关的文字。这是一个问题。徐兆寿的小说一直能引起读者的共鸣，得益于他的问题意识，即切入当下的勇气。《荒原问道》，无论艺术水平，还是思想冲击力，都是他此前作品的大超越，呈现了作家多年潜伏所获得的高度和深度，是一种优秀的钙质书写。相信它的面世，一定会获得比《非常日记》更大的社会反响，对迷茫中行进的人，也是一种精神鼓舞和一次难得的反思机会。

如果说缺点的话，就是他的小说创作过于偏向浪漫，而忘记了细节的耐心，也就是他的“道”下没有非常丰富而生动的细节来支撑起这个“道”。我们知道，道并不是虚空的，道就在日常生活中，道无处不在，写好了日常生活，就凸显了道。“道百姓日用而不知。”“道不可须臾离也，可离非道也。”作为一部30万字的长篇小说，它还缺少一些优秀的细节描写，像《红楼梦》里的那些零零碎碎的细节。从这个意义上说，《红楼梦》是无法企及的。也就是说，“道”不仅要“问”，“道”更是需要“呈现”的。纳博科夫说，抚摸你那神圣的细节吧。

（杨光祖：评论家，甘肃省委党校教授，甘肃省当代文学研究会副会长）

对知识分子尊严的呼唤

——关于长篇小说《荒原问道》中的知识分子

周清叶　牛学智

“文学是苦闷的象征”，长篇小说《荒原问道》通过讲述西北一所大学两代知识分子在转型时期的个人命运以及他们如何丧失又重建独立人格，表现出可贵的现实主义精神和深刻的忧患意识。

在作品中，出身于北京一个知识分子家庭的夏木因为特定历史时期的社会环境，来到了西北的西远大学任教。虽然也曾被祖父暗示少说话，但还是因为一首小诗被遣送到双子沟。后来与彭教授一起逃跑，彭教授在中途死掉，而夏木来到一个农村，隐瞒身世，改名夏忠，并被安排娶妻生子。夏木此时唯愿做个农民，连小学教师都不敢担任。由此我们可以看到，他作为一介知识分子从马斯洛所谓的自我价值的实现需求的最高层次下降到寻求安全和求生的最低层次。像当时很多人一样，夏木丧失了知识分子最宝贵的性格——强烈的社会责任感和道德义务感；敢于说真话；在死神面前的铁骨铮铮；蔑视任何外在权威的自主意识和孤军作战的斗争韧性。

在岳父的村子里，这个身高1.65米的男人一方面尽量掩饰自己的身份，但同时也似乎很难融入当地的文化圈和语言圈。在这个乡村社会的熟人世界中，个人没有什么私密性可言。公共领域与私人领域之间的界限也是相对的、模糊的，作为知识分子的夏忠尽管深得钟家三姐妹的喜爱，并最终娶了秋香，生育了三个儿子，但他实质上是孤独的。后来，通过自学钻研，夏忠成了当地有名的中医，然而麻烦接踵而至。一个被性欲之火燃烧到失却理智的王秀秀让夏忠在这个小地方身败名裂。也就在夏忠几乎失去生存希望的时候，人生的转机来了，高考恢复了。夏忠戏剧性地又被西远大学录取。在接下来的一年里，他蓄长了胡子，尽可能地用纯粹的方言而不敢说普通话，掩饰自己夏木的身份。不久之后，在是否能为彭教授还原历史真相的关键时刻，夏忠再次读到《西西弗的神话》，他忽然对自己“紧张地生活了二十年，在自己的身体里将自己囚禁了二十年，从一个俊美的青年变成一个表情已然痴呆的中年人，从一个充满理想与激情的知识分子变成一个甘心于命运摆布的农民”而感到气愤，现在他重新“领略知识、思想给予他的自由、激情、冲动，他可以重新来审视他的命运与现实了”。于是他勇敢地承认了夏木的身份，还原彭教授个人经历的历史真相。

在整个80年代，夏木如饥似渴地满饮着知识的美酒，像“曾被剥夺歌唱权利的诗人一样四处地发表着对一切问题的看法”，他给学生们介绍尼采的哲学与思想解放，介绍加缪与萨特、海德格尔，等等，一时间成了西远大学里的精神领袖。夏木内心发出的召唤希望自己按照想要的方式生活，否则他的生活将失去意义。这种生活实现了夏木真正属于自我的潜能，也是他个人尊严的实现。但赢得学生喜爱的同时，他却得罪了同事们；给同学们看病他又得罪了校医院的人。于是后面的故事可想而知，在山之宽的权力下，夏木在中文系最终被停课，被西远大学所忘却。

夏木自身的主观原因在一定程度上造成他处处格格不入的状况。如同鲁迅先生透过几千年封建史书的字里行间看到的是“吃人”二字，夏木“看见整个史书上画着一个大大的阴茎，而翻过一页，又看见一个被上了锁的女人的阴门”。他宣称古人18岁就结婚，因而质疑大学里不允许恋爱结婚实属不合理。在他的行医生涯里，一个主导的思想就是用中医的原理把人被社会性过多地压制和遮蔽了的自然生物属性给予揭示和理顺，于是曾经因他而在西远大学掀起了“《黄帝内经》热”和“弗洛伊德热”。这些思想和行为有其不可置疑的合理性，显示了夏木作为一个知识分子的强大理性和可贵勇气，但在当时毫无疑问颇有些不合时宜。

后来，夏木被一个诗人请到师大演讲，作品中这样描写这位被诗人看成为“教父”的夏木先生，“稍小的个子，稍长的头发，一看至少有两周没洗过（其实至少有一个月了），有些已花白……”，“面色看上去多少有些苍白，脸皮都有些松弛，说话有些漫无边际，毫无规矩，刚说两句，就要抽一口烟，仿佛不抽烟就会哑了”。而这个讲座结束时，他居然抽了整整两包烟，喝了整整两瓶啤酒。从后文推算，此时他还不到50岁，然而竟颓败如此。以后的每次讲演，人们也都习惯给他准备两包烟，两瓶啤酒。这样的形象，多少让人感到有失知识分子的尊严，当然，更多的是深深的叹息和怅然。

如此落拓不羁的夏木以及他在外界的声誉后来引起新校长的注意，可当他重回课堂，又忘记了命运的警示，与学生大谈社会制度、自由、民主以及恋爱等等在当时尚未被大家广泛公开讨论的话题，并最终因为这些自由化的言论而在又一场运动中被停课，几年来苦心写就的书稿《人类的未来》也被妻子全部烧掉。夏木于是真正地害怕人了，他不写字，不看书。大儿子的不成器是夏木人生中的又一个败笔，但就连他都要训斥自己的父亲是大学这个社会上最穷的人群里面最窝囊的一个。

在运动结束后，他再次站上讲台，然而他的思想却发生了很大的变化。在那个尚未完全解冻的时代，他爱讲西学，改革开放后，他却爱讲老庄和《易经》，并对别人动辄“西方如何如何”的论调感到厌恶。他总是跟不上主流，或者说他总是先人一步。由此可见，夏木具有知识分子可贵的批判精神，他是现有价值的反对者。然而却被当时的人们视作一个保守主义者的代表、一个古董。又一场运动结束后，夏木与同事们的关系变得不太友好了，因为在他看来，很多人都是在混饭吃，而不是真正在搞学问。于是在评职称的时候，他和山之宽发生了正面冲突，并借此大批山之宽等人所谓的学术、文章，也揭露了大学里的一些黑幕。

现实社会是什么样呢？市场经济来临的时代，教育的经济功能被扩张，大学仿佛成了一个工厂或公司，校长仿佛成了老板，教师好像变成了打工仔。“老板”以严格、明确的论文数量来考察教师，“打工仔”只好忙于炮制“学术”论文，当然也就无暇扮演社会良知的维护者或社会批判者的角色。教师的知识分子角色被消解，大学的精神也被摧残。夏木不屑于写那种“学术论文”，并向山之宽等人宣布永远不评职称。

夏木一度不知所终的“出走”暗含了知识分子究竟要走向哪里的追问，小说最末也就是第 101 节交代了他投入荒原的可能。这一次不是由于社会或他人的逼迫，而是一种自我放逐，一种宏大抱负幻灭后为了某种乌托邦假想而远走荒原。知识分子在这个时代的无力或不合时宜被再度证明，他意识到了这个时代与他已经格格不入。

知识分子并不是以知识为其判断的唯一标准，而是以他是否具有社会责任感，是否具有独立人格和自由批判精神为根本特征。也就是说除了有文化、有知识、有智慧，知识分子还必须有社会责任感或社会批判精神。从这个意义上讲，夏木是一个合格的知识分子。他维护荒原的生态意识、对国学和传统思想的重视、他对婚姻与人性的辩证思考等等，都显示了他的超前意识。而小说用另一半的篇幅平行讲述的另一个人物陈子兴，虽然出身农民，但因排行最小且生得瘦弱白净而受到家人的偏爱，加之后来一个道士的说辞，更让这个孩子自小滋长了些许孤芳自赏的高傲和敏感、脆弱的个性品质，这就造成了他后来厌恶现实又无能为力的多余人状态。

从14岁与30多岁的英语老师的一段恋情开始，到小说结束时的36岁，陈子兴陷入了一种寻找性伴侣的怪圈，在小说里有名有姓的异性就有14人，这其中包括他的两次短暂的婚姻。而西远大学的另一位教师马兴帅的恋爱史据说是罄竹难书，除了有名或姓的58个之外，还有36个。这样夸张的情节大约是如同陈子兴后来在贡保活佛的禅房中看到的《楞严经》所云："阿难！云何摄心，我名为戒？若诸世界，六道众生，其心不淫，则不随其生死相续。汝修三昧，本出尘劳；淫心不除，尘不可出。纵有多智，禅定眼前，如不断淫，必落魔道。"与夏木、彭教授、洪教授这一代不同，市场经济时代道德理想的失落，使陈子兴这一代知识分子中的一些人产生了"精神世界里的'痞'——丧失人格、渴望堕落，为了剩余的力比多的发泄而反叛。在他们的眼里，"世界疯狂地高举欲望，以肉体、私利为先"，知识太多，然而世界似乎已混乱。在经济挂帅的年代，他们依然有郁达夫时代的"生之苦闷"。诗人黑子因贫穷如戈壁而失恋、自杀；"我"的哥哥处心积虑要娶城市身份的姑娘为妻；而"我"也曾因为来自西北农村的身份而失恋一次，并因此而对北京这样的都市心怀忌恨，后来的一段婚姻也因双方经济地位悬殊而痛苦终止。"现实原则"、"欲望原则"对象牙塔内的人的冲击之大由此可见。

尽管陈子兴之流比之夏木、洪教授已然多么缺少拯救中国乃至世界、重塑信念、重构价值规范的责任感使命感（夏木曾先后写过《人类的未来》、《中国文化的未来》、《生命本体论》），但他们到底受过较多的教育，并从事精神生产活动，他们的知识也足以使他们比一般的痞子更多一点精神的重负。像作品里反复出现在陈子兴梦境和幻觉里的那只迷途羔羊，不再是优越的启蒙者或明道救世的智者，这些知识分子将如何安身立命？知识分子的尊严又将如何获得？这必将使高校里的知识分子们陷入深刻的反思。

2005年英国学者富里蒂《知识分子都到哪里去了》，在中国内陆有了中译本，正因为此，中国知识分子也一度掀起了不小的讨论热情，诸如"小技术官僚"、"琐碎的追求"、"启蒙传统的祛魅"等等，几乎都曾不深不浅地涉及过，也都似乎引起过一些共鸣。然而，讨论归讨论，共鸣归共鸣，现实又如何呢？《荒原问道》也许还仅触及了核心真相之一，比如，在今天的消费主义时代，精神文化的普遍被忽视，跟知识分子的"合理性"堕落是否是一个连锁反应？当经济主义价值观成为这个当前时代的价值主导，是否也是产生"合法化"如此知识分子的渊薮？如果有了这一自觉的叙事维度，假设地说，《荒原问道》可能会更加有力度。

不过，话又说回来，好的小说叙事，是要讲究叙事视点的，这一意义，徐兆寿已经做出了最大努力，也获得了了不起的成功，对于叙事来说，已经足够。

（周清叶，北方民族大学文史学院讲师；牛学智，青年评论家，宁夏社科院文化研究所副研究员）

爱的诗学与精神的寻踪

——评徐兆寿的长篇小说《荒原问道》

韩　伟

在2003年杭州作家节上，中国的一些知名作家就“中国当代文学缺什么”这个话题展开了热烈的讨论。与会作家畅言了他们的观点，如陈忠实先生认为中国文学缺乏“思想”，莫言先生认为缺乏“想象力”，铁凝女士认为缺少“耐心和虚心”，张抗抗女士认为缺“钙”。这些观点都从一个方面道出中国当代文学存在的问题，可谓“仁者见仁，智者见智”。其实，关于这个问题的讨论一直伴随着中国当代文学的发展。雷达先生就写过一系列文章，如《新世纪长篇小说的精神能力问题——一个发言提纲》（《南方文坛》2006年第1期）、《现在的文学最缺少什么》（《小说评论》2006年第3期）、《原创力的匮乏、焦虑，以及拯救》（《文艺争鸣》2008年第10期）、《中国当代文学呼唤人道的精神资源——雷达先生学术访谈录》（《甘肃社会科学》2009年第6期）等。这些文章就当前文学创作的一些重要问题做了学术性思考，并提出了很多富有建设性的意见和建议。这对于我们当代文学的发展有着很好的促进作用，同时也催生了一些优秀作品的产生。在李建军看来“我们时代的相当一部分作家和作品，缺乏对伟大的向往，缺乏对崇高的敬畏，缺乏对神圣的虔诚；缺乏批判的勇气和质疑的精神，缺乏人道的情怀和信仰的热忱，缺乏高贵的气质和自由的梦想；缺乏令人信服的真，缺乏令人感动的善，缺乏令人欣悦的美；缺乏为谁写的明白，缺乏为何写的清醒，缺乏如何写的自觉”（李建军：《当代小说最缺什么》，载《小说评论》2004年第3期，第9页）。在中国当代文坛，有一些作家，他具有几重身份，既是作家又是学者和评论家。徐兆寿先生就是这样的一位作家。他一方面进行着学术研究和文学评论，另一方面又积极地创作。他在创作的过程中，抽象、升华、提炼出一些重要的理论命题，如《论伟大文学的标准》（《小说评论》2007 年第 4 期）、《“接地气”与“接天气”——兼谈对“人学”的超越》（《小说评论》2012 年第 4 期）、《人学的困境》（《小说评论》2012 年第 5 期）等。他的这些理论思考指导着中国当代文学的创作，同时他也践行着自己的理论主张，譬如他的新作长篇小说《荒原问道》就是一个很好的范例。该著随处可见他对人学的思考，人学的“困境”与“超越”成为一个永恒的主题。他“接地气”，他以“荒原”为意象，他思考着爱情、生命及其存在的意义和价值；他“接天气”，叩问爱情之道、生命之道以及人生之道。他以一种“问道”的方式，彰显了新型知识分子的价值立场，“洗漱两代中国知识分子的文化命运”（徐兆寿：《荒原问道》，作家出版社 2014 年版，见封面页）。中国当代知识分子的精神“焦虑”在光荣与苦难中“涅槃”。

一、哲学抑或童话：爱情的两个诗学命题

有人说，爱情是两个人的哲学。而我认为，如果从温暖和美好的层面上来讲，爱情是两个人的童话。在徐兆寿的《荒原问道》中，“哲学”与“童话”都成为他表达爱情的诗学命题。作家以一种哲学的高度和终极关怀来直面爱情。譬如，小说的开篇第一句话就说：“远赴希腊之前，我又一次漫游于无穷无尽的荒原之上。”（徐兆寿：《荒原问道》，作家出版社 2014 年版，第 1 页）作家以“荒原意象”撕开爱情的哲学内涵，让读者一下子获得了某种爱情的高尚与纯粹，爱情之河的闸门打开了，小说的叙事之门也打开了。小说就在这种“俗世远去。永恒回来。”（徐兆寿：《荒原问道》，作家出版社 2014 年版，第 1 页）的“荒原问道”之中展开了。小说的结尾，再次回应了“我”的爱情坚守：“八月底的时候，我坐上了去希腊的飞机。我的怀里抱着她的骨灰。我要将她撒遍世界。我看着天空中的云彩，又一次想到了十六岁时的梦。不知过了多少时间，我看见一片蓝色的大海，我在心里默默地对她说，瞧，那就是爱情海。”（徐兆寿：《荒原问道》，作家出版社 2014 年版，第 374 页）作家的这种爱是圣灵和道的爱，是大爱至真。正如汤因比所言：“我相信圣灵和道是爱的同义语。我相信爱是超越的存在，而且如果生物圈和人类居住者灭绝了，爱仍然存在并起作用。”（汤因比：《一个历史学家的宗教观》，四川人民出版社 1990 年版，第 344 页）

一个伟大的，或者说是优秀的作家，往往是一个生活的理想主义者，他用爱点燃人类和世界。徐兆寿就是这样一位作家，他用自己的新著《荒原问道》诠释了这

一追求。他的内心充满着深沉的忧愤深广情怀和忧郁博大的爱恋精神。他有着建构理想人生的精神追求和逐梦现实生活的美好愿望。他试图通过他的文学创作告诉人们，如何面对爱情、死亡，以及苦难的人生。不难看出，他的文学创作有着自我的“影子”，自我体验成为他叙述的重要内容，但这些体验超越了“自我”和“个体性”，上升到一种对人类命运的深刻领悟和终极关怀。他通过对现实人生的不断发问，“使人的心魂趋向神圣，使人对生命取了崭新的态度，使人崇尚慈爱的理想”（史铁生：《对话练习》，时代文艺出版社 2000 年版，第 221 页）。小说通过两个主人公好问先生和陈十三的人生经历和爱情体验，阐释了作家自己的爱情诗学。好问先生出生书香门第，但一生命运多舛。在人生的低谷他来到了钟家，认识了钟家的三位姑娘。面对钟家的三位姑娘，“他觉得春华懂事，漂亮，大方，沉稳，三个姑娘中他最喜欢她；秋香最漂亮，大胆，热情，给他还送过一双手套，对她既喜欢又有些拿不稳；冬梅当然就不能选了，漂亮是漂亮，但她还小，再说也太倔。他说，其实都挺好的。”（徐兆寿：《荒原问道》，作家出版社 2014 年版，第 21—22 页）就这样夏木就变成了钟家的二女婿夏忠了。其实，钟家的三个姑娘都喜欢夏木，这里既有大姑娘春华的理性，也有二姑娘秋香的大胆与火辣，还有三姑娘的把爱埋在心里。王秀秀的出现，打破了夏忠的乡村医生的生活。他说不上喜欢和爱这个女人，但这个女人却常常激起他的欲望之火。渴望爱情的王秀秀千方百计地接近夏大夫，为的就是和这样一位“乡村另类人”有关系。她爱得艰辛，甚至以一种玉石俱焚的姿态逼迫夏大夫遂了自己的心愿。欲望的心草一旦疯长起来，枝枝蔓蔓，无法抑制。这也注定他们的悲剧结局。作家把王秀秀写得很丰富，也很真实。我们在扼腕她的悲剧命运的同时，也禁不住要反思乡村伦理，也正是这种乡村伦理的存在才埋下了她不幸婚姻的祸根。他们之间谈不上爱情，但他们之间的爱情真的疯了。这些爱情的描绘与书写，既有哲学的味道，又充满童话的色彩，让人读后回味悠长。

陈子兴是小说中的另一个主人公，也是作家的某种自我隐喻。在现实世界中，人们面对理想、学术、精神、爱情，以及性和欲望等，都会产生或多或少的无奈与怅然。作家借助陈子兴这样一个“当代知识分子的缩影”人物形象，展开对人生、命运、理想、精神、爱情、性等的“荒原问道”。陈子兴在初三的时候，以 14 岁的花季年龄喜欢上了美丽、漂亮的英语老师黄美伦。用主人公陈子兴的话说：“她就是一个女人，一个我此生无法惑解的女人，一个我深深爱过的女人，一个什么都不能替代的女人。”（徐兆寿：《荒原问道》，作家出版社 2014 年版，第 32 页）他们之间的爱情，贯串了小说的始终。他们的这场轰轰烈烈的爱情，既有青春的欲望发泄，又诠释着爱情的真谛；既有理性的分手与重归于好，又有着童话般的甜蜜与美好。这段“传奇爱情”一直温暖着“我”，在“我”的心中挥之不去。这也使得“我”不管和谁恋爱，永远想着的是“我的美伦”。“我”的爱情从美伦开始，也结束于美伦。“她曾经对我说，我的理想就是将来能去一趟国外看看，我特别想去希腊和雅典看看。”（徐兆寿：《荒原问道》，作家出版社2014年版，第119页）也正是她（黄美伦）的这一句话让我（陈子兴）难以释怀。小说的第一句话就是“远赴希腊之前……”（徐兆寿：《荒原问道》，作家出版社2014年版，第1页），小说的最后一段的第一句话又是“八月底的时候，我坐上了去希腊的飞机。”（徐兆寿：《荒原问道》，作家出版社2014年版，第374页）这两句话形成了小说爱情诗学的张力结构，也似乎有着某种隐喻的意味，在中国传统文化当中找不到“爱情之道”，那只有到西方世界的思想和哲学源头，也就是去古希腊寻找。这也正好回应了作家在作品封面页所写之言：“从西部至北京遭遇从西方到东方”（徐兆寿：《荒原问道》，作家出版社2014年版，见封面页）在陈子兴后来的爱情世界里，又出现了很多女人，但这些女人“只是我生活中几朵幻彩，而她才是我真正的天空”（徐兆寿：《荒原问道》，作家出版社2014年版，第205页），陈子兴守望着自己的爱情天空，把它描绘成了美好的童话世界，也同时给予了哲性的沉思，爱情之“道”获得了丰富的人文内涵。

二、“荒原”与“道”：生命之路的两道窄门

“荒原”与“道”是这部小说的两个关键词。“荒原”是整部小说得以展开的一个意象背景，是“问道”的现实场域。“问道”是知识分子的精神寻踪，是一种生命叩问。小说从“荒原”和“道”两个层面对两个主人也即好问先生和陈子兴展开生命叙事。两个主人公代表着两代知识分子，他们的人生求索就是两代知识分子人生求索的缩影。

正如叶嘉莹对顾随先生所悟之“道”的理解，“一个人要以无生之觉悟为有生之事业，以悲观之体验过乐观之生活。”（李舫：《诗词的女儿叶嘉莹》，载《书摘》2014年第6期，第85页）

三、信仰抑或精神：荒原叙事的两种策略

信仰叙事抑或精神性写作是该著叙事的又一大明显特点。人类进入21世纪以来，

遇到各种各样的生存困惑。海德格尔的“存在的忘却”，布伯的“上帝的暗淡”、拉纳的“冬天的宗教”，以及欧阳江河所说的“拥有财富却两手空空，背负地狱却在天堂行走”，还有赵本山小品中小沈阳所说的“人没了，钱还没有花”，这些共同表达了人类面临的困境。徐兆寿正是基于这方面的思考，以“荒原问道”的方式直面人性和人的存在。小说的主人公夏木虽然历经艰辛，但他有着自己的信仰，可以说，他的信仰支撑着他的生命。小说的另一位主人公陈子兴面对爱情、事业和他热爱的学术，也是信仰，爱的信仰让他获得了生命的力量。“人生就是这样，当我们觉得山穷水尽的时候，恰恰是另一条道路的开始。那就是我和张蕾的开始。我们都告别了过去，没有多少痛苦，因为在此之前我们早已进入彼此的生命。”爱情让陈子兴的生命变得精彩而灿烂，生命在爱情的涅槃中得以再生。面对人世间的不幸与苦难，儒家主张顺则兼济天下，逆则独善其身，主张“上达”以契证天道、天德，“下学”以明通人事。徐兆寿深受中国传统文化的影响，他本人也在讲授和研究中国传统文化。可以说，中国传统文化深深地浸染了他，他有着浓郁的中国传统文化情结。他思考中国当下问题的逻辑出发点和归宿都离不开传统文化，传统文化成为他“接地气”的背景基础，也是他表达思想的依据。在小说中，这种思考和表达有着很好的体现。夏木无奈的出走，既是对中国传统文化的精神寻踪，又是一种精神皈依。也许，对现实的逃离恰恰是以这样一种方式试图寻找解决现实问题的办法和途径。这给我们带来很大的冲击，让我们不得不深思。陈子兴的童年在荒原中度过，他在荒原的徜徉中学会了思考，也是在荒原中让他产生了走出去“问道”的想法。他崇拜夏木，事实上也就是崇拜“传统文化”。传统文化成为他“荒原问道”的终极世界。

关于信仰叙事，吴子林先生有过很好的阐释。他说：“何谓信仰叙事或神性写作？首先，作为文学叙事言说的对象，信仰成了文学作品的具体精神质素，提升了文学的审美品格，建构了文学的崇高、英雄主义、浪漫主义的美学意义；其次，作为‘根植于我们人类生存的结构本身之中的东西’（麦奎利），信仰与‘中国问题’对接，回到人的真实存在之中，提示、呼唤人类回归曾有的终极信赖，建立人的尊严和荣耀：这既是对自身生命力量展现的认可，也是对生命责任的承担。这两个维度的统一便是信仰叙事或神性写作的真义所在。”在徐兆寿的《荒原问道》中，信仰是整个叙事言说的对象，也正因为信仰这条内在的精神主线的存在，丰富了作品的内涵，提升了作品的精神质素。小说在书写和表达“荒原”及“荒原意象”的时候，我们读出了文学的崇高；小说在书写和表达爱情的时候，我们读出了浪漫主义的温馨；

小说在书写和表达荒原逃离、深入荒原等的时候，我们读出了英雄主义。人的存在的真实在回归中得以展开，在展开中绽放。这种生命力量的展现和对生命责任的承担才是人的真正的尊严和荣耀。《荒原问道》的这种深意彰显了作品的价值和意义。

"唯有通过灵魂之'眼'和灵魂之'耳'，信仰叙事或神性写作才能开启出新的视域，倾听和凝视那来自另一个生命源头的声响和光亮。"《荒原问道》就是通过灵魂之眼和灵魂之耳来进行神性写作的。小说的主人公一次又一次地莫名其妙地梦到"迷失的小羊羔"就是一种灵魂之耳的谛听。譬如，"但我回到北京后，那只小羊又来找我了。每天夜里，我都回到童年，梦见那只失散的小羊，我又陷于一个没有人烟的陌生村庄，到处是苍白的月光和月光下村庄与树的阴影。我先去寻找着那只从来都不知道什么形象的小羊，后来就只能听到它若有若无的惨叫，最后我忘记了那只小羊，只想着自己如何从那个荒凉而又陌生的村庄里突围，再次回到辽阔的戈壁上。"灵魂之"眼"成为小说精神叩问和"荒原问道"的原点，小说中不断地出现这样的语句："我无限悲哀地又一次发现，荒原也彻底地向我隐身了。""荒原啊，在你死去之前，我要离你而去。""这个时候，他又一次感觉只有大地是宽广的。""你看，城市越大，世界越荒凉。其实，这才是真正的荒原。"这些富有信仰叙事和神性写作的语言，是神圣感性的直觉观照。作家正是有了这种在人的心灵深处筑起精神之座的支撑，才获得了作品的生命意义和文学意义。我们可以这样说，徐兆寿将"普遍的东西赋予更高意义，使落俗套的东西披上神秘的外衣，使熟知的东西恢复未知的尊严，使有限的东西重归无限"。徐兆寿的这种信仰叙事和精神性写作是富有启示性的艺术创造，直面生命的意义和人的存在的终极问题。他是一位真正的作家、一位真正的创造者、一位世俗世界的颠覆者，他立足于现实，他接地气，他从自己的灵魂中本原地创造出一种理想、一种诗化语言，并用它来观照世界。徐兆寿的"问道"带有某种宗教般的精神，似乎有些"神的显现"和"神性昭然"的意味。徐兆寿的这种"问道"精神，是对人的本原的向往，是对生命价值的深刻感悟。他以一种"救世"、"救心"的姿态，让人类绝境边缘的"心魂"得以复活。这也许就是"荒原问道"的终极旨归。

总之，徐兆寿的《荒原问道》是一部比较优秀的当代小说，其思想价值大于艺术价值。小说也存在一些明显的问题，比如叙事背景设置中有意的重复出现的荒原及荒原意象；比如，西远市还是兰州市？实指和虚指的相对混乱；比如，缺乏有节制的过渡和铺陈；等等。这些问题的存在并不影响小说的价值和意义，只是有些略欠完美的遗憾而已。徐兆寿的《荒原问道》对信仰和俗世困境对立主题的探讨和揭示，是其主要的美学内涵。这种美学内涵的丰富和呈现，是他对中国当代文坛的一大贡献。中国当代文坛缺乏的就是这种精神性和思想性写作，徐兆寿以自己的文学创造实绩，诠释了他那伟大文学的标准。

（韩伟：西安电子科技大学人文学院教授）

纷纭而出的一条远去的路

——《荒原问道》的个人印象

王元忠

沉默多年，反复的沉淀和不断的深造之后，徐兆寿先生于2014年向他的读者推出了长篇小说新著《荒原问道》。这部新著既是对他此前写作的总结和反思，从中可见一些写作题材和主题的延续，但同时也表现出了一些更具价值的新思考、新探索。延续与蜕变、继承与创新，诸多因素集聚交汇，《荒原问道》一书的解读，因此必然内含种种解读的可能。

立足于个人的兴趣和观审视角，对于该书的表现，我的读后印象大体集中在了如下的几个方面。

一、丰富多样的生活信息呈现

翻阅《荒原问道》，书给人的突出印象首先就是生活信息的丰富。在书里，读者既可以看到夏好问和陈子兴两代知识分子各自不同的精神发展历程，也可以看到围绕着他们各自的生活轨迹而生动展开的诸多人的生活景观；既可以看到老一代知识分子的屈辱、饥饿、恐惧和相互伤害，也可以看到新一代知识分子的追求、堕落、痛苦和挣扎；既可以看到大学里各样的喧哗、骚动，也可以看到乡村荒野纷繁的自然景观、民俗风情；既可以看到时过境迁之后主人公个人的心理内省，也可以看到置身于生活漩涡之中时社会整体的精神图像；既可以看到政治、经济对于人物精神成长的规约，也可以看到文化、宗教对于人物心理变迁的救渡；既可以看到爱情所带来的精神上的超越、神圣，也可以看到它源自于肉欲本能的残酷、庸俗；既可以看到学院学术的荒诞，也可以看到民间手艺的神异；既可以看到都市、会议厅、礼堂、集会、沙龙，也可以看到沙漠、戈壁、荒原、雪山、草原、寺庙；既可以看到中西文化之间的对立、冲突，也可以看到它们之间的沟通、交融……总之，夹边沟、人民公社、包产到户、下海、演讲、放学、出国、旅游、宗教信仰、肉欲和精神之爱，等等，种种景观，不一而足。

不断翻阅这部小说，我总觉得写作这本书，作者心中似乎内含了一种成就“百科全书”式写作的野心，他似乎有太多的话想说，希冀把自己积人生数十年的诸般见闻、感知、体味和思考甚至困惑都表现出来，对自己已然经历的人生进行一种全方位的梳理，也对政治、历史、文化、学术、文学、民间文化并及知识分子、大学教育等诸多社会重要的话题发表一些个人的看法，建构他个人心灵的成长秘史，同时也体现他作为一个学院知识分子对于社会整体和一个时代的积极担当。

在这本书的书写中，有一些内容是此前他在不同的作品中所表现过的，如大学生心理疾病、大学教育的弊端、形式不一的实体化和精神性的情爱等。但更多的内容却来自于他新近的认知和思考，如对于高度功利化的当下社会生活特别是学院学术的质疑、反思，对于中国当代知识分子精神突围主题的关注，对于以中医、占卜、荒原、寺庙和灵山所象征的民间智慧和边缘活力的揭示等。这样的表现在很大程度上表明了这部小说的写作有着某种“集大成”的意味，是作者对于自己此前多样写作和诸多新的感知、体味及其思考的一次总结和集中。

二、非常态的生活表现

在《荒原问道》之前，徐兆寿写过许多的作品，如《非常日记》、《非常情爱》、《非常对话》、《幻爱》等。在所有作品的命名上，“非常”一词是一个出镜率极高的词语。从心理学的角度解读，词语的重复本质上是一种强调，而具体阅读作品，我们也能够发现，作者似乎对于非常态的人物或生活对象心存了一种格外的偏爱。

这种偏爱在《荒原问道》一书的写作里也不例外。首先，书中所写的两个主人公并及与他们相关的人物的存在都具有某种非常性。夏好问的家庭背景充满了种种来自于命运的奇异，他的人生被他的爷爷早早就有所预示。从农场逃到柳营村，他是一个异类：长得白白净净、穿得整整齐齐，动作温柔、说话文雅，对妻子的爱抚也是那样的和当地男人不同；后来重上大学，他也迥异于周围的学生：他本身就是这个学校的老师，他学的是中文，但他却更用心于给别人看病和看相，将自己的时间更多耗费在了《易经》和《黄帝内经》的研读上。他讲课好但却不遵守规范，无所不知但是却不愿意发表一篇文章，学生最喜欢却职称总是上不去。无独有偶，陈子兴的表现也总是和周围人的表现大相径庭：他虽然生在荒僻粗犷的边野，但却长得孱弱斯文，内心里有着一种远远超出他身边人理解的对于异质的城市文化的向往；他喜欢说普通话，喜欢在细节处努力地对自己进行文明的改造；他结交的朋友也是和周围的环境非常不一样的人，譬如文远清，譬如夏好问；他的爱情更是离经叛道，14 岁就和大他整整 18 岁的英语女老师好上了，极尽身体的欢愉享受。种种漂泊之后，再次邂逅老师，他不管不顾对方的衰老、残疾，毅然放弃了自己的婚姻，固执地追求一种忘年的男女之爱。他们如此，他们生活中先后出现的人也莫不这样，文远清、王秀秀、钟老汉、黄美伦、黑子，等等。从一般人的眼光看，这些人都是他们环境中的异类，总是在某些方面和大家表现得不一样。

此外，书中所写的事也更多都是一些非常态的事情。夏好问几十年隐姓埋名而身边人都毫无觉察，他有着神奇的本事，钟家的三个女儿都爱着他，再次返回城市之后他的种种反常的举动和言行，更是使他成为一个传奇式的人物；陈子兴爷爷和奶奶的奇异的遭遇，他 14 岁就开始的与比自己大 18 岁的老师之间的灵与肉的爱情，他的诗友黑子特立独行的生和死，寂灭多年之后他的老师的离奇的出现和死亡，甚至他和大戈壁之间奇特的精神联系，他所看见的迭部扎尕那奇异的自然和人文景观，他的导师、同学、恋人并及整个大学、社会所发生的种种事情，仔细审视，似乎都带有着某种变形的意味。

作者为什么会如此偏爱种种非常态的书写内容呢？我想，这首先和时代有关。徐兆寿是 60 后作家，从 20 世纪六七十年代到八十年代再到全面市场化的世纪末，中国当代社会生活的历史本身就具有着一种大起大落的非常态属性。为生存的经验所内在制约，一个作家只能写自己所能写的，置身于这样的非常态生活，本能或者自然的反映，不管作者主观上如何力求客观、真实、节制，但他最终通过文字所呈现的所谓的客观、真实、节制，在他人看来，因为对象本然的非常态属性，所以其表现也便自然具有了某种非常态的特征。除此而外，它当然也和作者所信持的创作理念密切相关。徐兆寿的写作是从诗歌开始的，他的情性深处内含了一种浪漫主义的精神气质。浪漫主义创作重自我的表现，喜欢夸张和想象，喜欢将事物推到一种极致或者极端的状态去做变形的写意表现。本自有这样的喜欢，而后又因为对于以卡夫卡、马尔克斯、纳博可夫、昆德拉和博尔赫斯等具有魔幻或寓言性质的现代大师们写作经验的有意吸收，个人的情性为理性的思考所稳固和深化，非常态的表现在徐兆寿的书写中也便不仅保留了浪漫主义写作所张扬的情感的冲击力，而且也附着了某种现代主义写作所喜欢的隐喻或者哲思的味道。

三、超越性的精神主题书写

与此前的写作相比较，在写作《荒原问道》一书时，徐兆寿明显地加强了思考的分量。对于“文革”、对于市场化、对于自然生态、对于西部开发、对于大学教育、对于学院学术、对于文学、对于爱、对于中国传统文化和西方文化……举凡我们生活中所出现和遭遇的重要现象和话题，他似乎都进行了认真的反思。

在他诸多的思考中，关于当代历史语境中中国知识分子的精神出路问题的思考，应该说是表现最为突出的。他在书中塑造了两代中国知识分子的形象，两代人在年龄上就像是父子。一代以夏好问为代表，生于建国前后，经历了“文革”、“文革”结束之后恢复的高考，然后被时代强行推进了全面市场化的世纪末生活中，他们可以算是中国当代第一代的知识分子；一代以陈子兴为代表，生于“文革”时代，经历了包产到户，顺利上了大学，留在了城市，然后为学术和生活所不断磨砺，在21世纪到来之时渐趋成熟和沧桑。

在作者的笔下，两代知识分子所走的路表面看似乎是不一样的。夏好问从城市来到边地、从学院流落到了农村，他始终都置身于（开始是被动，后来是主动）一种游离于制度和主流之外的异端角色，其所寻找的意义支撑，先是民间智慧——中医、相面等，后是传统经典——《易经》、《黄帝内经》等，最后是宗教，都可以归之为传统文化。陈子兴则相反，他出生于偏远的乡村，但却一直对于城市文明心存了一种特殊的向往和嗜好。他从出生的小村庄到了小镇，又从小镇到了县城，到了大学，然后一路地朝更大更远的地方走。他喜欢说普通话，喜欢穿干净衣服，喜欢文雅，喜欢孤独，喜欢来自于遥远的异质的人事，喜欢古希腊文明的宽阔、蔚蓝和西方现代哲学并及艺术的沉郁、深刻，他的喜欢，可以归之为现代的、西方的文化。不过这种表面的不一样，深入地看，事实上却有着内在高度的一致性，殊途同归，在小说的叙事中，两个非常不同的人最终还是走到了同一个地方，不同而和，彼此欣赏，而且他们最后的选择，无论夏好问背向人群的漫漫征途上的宗教寻找，还是陈子兴意欲离开熟悉的环境千里迢迢的希腊圆梦，事实上都具有着一种相同的精神救赎或通过信仰来重建知识分子精神世界的意味。

“荒原问道”，超越小说主人公具体个人的实体经验所指，结合小说叙事所着意营造的文化语境，将“荒原”和“问道”两个词语从其本义形而上虚化开来，引申出去，我们也便能够清楚，寻找活着的意义或者重建当代中国人——特别是当代中国知识分子——生存的精神支撑，事实上也便是《荒原问道》一书整体且极具贯串性的主题表现。依据这种主题所建构的视角解读，书中主要人物的努力、追求，不管是夏好问的独自西行、陈子兴的心向希腊，还是文远清的遁入空门、黑子的从容自杀、黄美伦的投身且殉身公益，各色人物表现不一的种种行为，也便因之有了一种极为整一的精神指向：那就是在这个欲望膨胀但却缺乏精神支撑的愈来愈功利化、碎片化的时代，当代中国人要获得存在的意义，救赎自己业已迷失的心灵，那就必须从个人的、物质化的世界中走出去，将自己置身于一种更大也更远的意义寻找中，在意义的建构过程中接近或者找到意义本身。

当然，这本书的写作还有不少的问题，如整体叙事中的概述太多描写不够，如富有质感的生活细节的相对缺乏，如许多思想和观念的稍显直接的利用，如情节设计的太过巧合和出奇，等等。但是，因为对于自身民间和学院双重生活经验的充分利用，对于社会诸多重大问题特别是当代中国人精神问题的所进行的严肃且深刻的思考，对于诸多人物长时段人生并及大时代的所进行的有力书写，因为通过人物和事件之间多重关系的复杂设置所导致的小说话语丰富的意蕴表现，通过叙事和议论、抒情并及悬拟、暗示、象征等方式技巧的有意识地对接和利用，所以，徐兆寿有关《荒原问道》这部新书的写作，不仅对于他个人而言具有着某种显而易见的超越和进步，而且对于整个甘肃甚或西部写作来说也内含了诸多极富价值的经验和启示。缘此，我个人觉得，《荒原问道》是一本大书，是2014年徐兆寿先生和整个甘肃文学的一个大大的收获。

（王元忠，天水师范学院教授，学报主编）

徐兆寿：一个抒情者的悖论

唐翰存

我洗锅时，又想起这位优秀的抒情者。他的抒情不是向锅碗瓢盆，而是向“人类”，向精神的形而上，发出“我要重新解释这个世界”的呼声。尽管这个呼声是很多年前喊出来的，那时年少轻狂，被人嘲讽，可是诗人骨子里的那种庄严感，那种深沉的激情和宏大的忧思，似乎一直保持到现在。期间他转换了不少文体，从诗歌、小说、文化随笔、学术论文、媒体访谈等，不断尝试，沉寂一段时间然后复出，挟带一种传媒的力量引起轰动。他早年是否是一个尖锐和狂妄的人，已不得而知，看他现在待人接物，态度是随和的，言语是宽厚的，神情是典雅的，20年不说一句脏话或骂人的话，可一旦你读他的作品，发现那种深沉的激情犹在，那种宏大的忧思犹在，并且能将人攫住，随着他，陷入到某种真实或不真实的迷思里。

是的，这就是徐兆寿，或者是我眼里的徐兆寿。从我认识他的那天起，他的声腔，就已经是现在这个样子了。他朗诵他的诗歌《我不告诉你》，里面说：“常常在夜深人静时 / 凝望高天上那深深的海洋 / 深沉到无边无际 深沉到无声无息 / 不知自己在寻找什么 不知在呼唤着谁。”这首诗歌里所表现的，是很长一段时间里诗人的精神状态，那时的他，大学毕业不久，生活困顿、灰暗、悲伤、愤慨，在世俗中找不到生命的终极意义，于是求助于尼采、叔本华等人的哲学，最后又放弃，转而昂首问天，领受天空中宗教的气息。徐兆寿是一个经常往天上看的人，一个追寻天道人心的知识分子。借着诗歌，他的那种天问气质，似乎一下子获得互文性的抒发；他的忧患，他的深情呼告，也在诗歌的语体、节奏中得以诗意顺畅地展开。读他的诗集《那古老大海的浪花啊》和《麦穗之歌》，感觉那里面真是“诗言志”，真是宏大叙事，与一般的诗歌大不一样。诗人从来不屑于去细描一只阿猫阿狗，一棵小花小草，他陶醉于某种“超越万物、归于大道、通向自由”的力量，喜欢看到“壮丽的牺牲”，同时，他要为真理去“预定一间牢房”，他要“刺穿国民的奴性”，他要做“一只正在绝迹的乌鸦”。在长诗里，那漫卷的哲思，汹涌的激情，随着时光的沙与沫，不可遏制地掩杀过来，令人不得不佩服诗人发声的魅力，不得不佩服他的肺活量何以如此之大。

曾几何时，徐兆寿突然不写诗了。他突然沉寂，跨过21世纪，就在人们快要忘记他都写过什么的时候，他突然出版了一本一度引起不少关注和争议的小说《非常日记》，小说的封面标榜“中国首部大学生性心理小说”、“当代青年必读之书”。这个转变确实显得突然，令一些人不解。不解的原因，倒不在于他弃诗歌而从小说，在于他抛弃“那样的”诗歌而写了“这样的”小说。徐兆寿怎么一下子从关注形而上“沦落”到关注形而下，并且是那种令人难以启齿的形而下？再加上他后来出版的几部相关专著，于是乎，一段时间他又被人们嘲笑，并获得一个“性学大师”的雅号。且不说这个称号是否名副其实，就在人们的不解和哪怕善意的嘲笑背后，隐藏的是对他作品的不了解。徐兆寿的写作，从来就没有离开过形而上，以及对精神问题的关注，他的长篇小说《非常日记》，连同后来出版的小说《非常情爱》、《生于1980》等，里面表现的性以及性爱描写，从来都只是一个噱头，他写那些东西，本是要通过对人的身体的、原始的、欲望化的“探秘”，进而索隐某种精神性的命题，他作品的着眼点，还是关于人内在的冲突、生存的挣扎、灵魂的拯救等。总体上，正如我在此前评论他的一文中所言，他作品中蕴含着一种稳定的体验和渴望，都在形而上层面。

至于说，他写“那样的”小说，其中有没有猎奇渲染的动机，有没有故意吸引人们眼球以便图书畅销的目的，这无法求证。我想，其中即使有那么一点成分，恐怕也不为过。谁能分得清描写与渲染之间的界限是什么，谁又不想自己写的书畅销呢？当年写诗时，徐兆寿已经那么孤独和绝望过了，现在稍微世俗一下、热闹一下，又有何不可。他在《麦穗之歌》书后收录的那篇《一份个人的诗学档案》，堪称当年诗歌创作的孤绝小传。他曾经写到，他们那时怎样心怀文学改革的宏愿，怎样带着学生去北京奔波，到诗坛前辈们那里推介他们新印刷的杂志，遭受冷遇，后来，校园里一起写诗和办刊的人们又怎样疏远，怎样冷笑和调侃。徐兆寿曾将诗歌当作生命的一种探索方式，可是，当那种探索不再使人变得快乐，反而使人变得痛苦、悲伤、绝望，使人“失去生活的信心”，那么，探索还能持续多久？

徐兆寿的离开诗歌，转而从事小说和其他方面的写作，有他自己难言的苦衷。

以过来人的眼光看，是诗歌启蒙了他，推举了他，后来，也许是诗歌伤害了他。诗歌，似乎已变成他生命里不敢触碰的某种隐痛。然而，悖论的是，他天生是一个抒情者。他的那种言语方式，他面向世界的心理姿态，他写作时的情感基调，还有他那浪漫的文学气质，都是属于抒情的，是一个歌者的使命。他的诗歌，天然地契合他在天地间、在人生之路上下求索的节奏，理应是他文学场里的主角，而小说和文化随笔，只算伴郎和伴娘而已。这么说，并非夸大他在诗歌上的天赋，也并非隐瞒他在已有诗歌作品里的缺陷，可天赋就是天赋，那首长诗《那古老大海的浪花啊》，并非是个诗人就能写的，这首短诗《美》：“我常常看到那壮丽的牺牲 / 一个人 / 在巨大的落日里不肯倒下”，只有三行，也并非人人能写这么好的。一个这么好的抒情者不去抒情，而去专于叙事，实在是对他肺活量的浪费。

实际上，在徐兆寿出版的数以百万字的小说里，我们常常能看到抒情的影子。他小说的基调，那种隐深在小说结构下面的故事运行节奏，是抒情的；那种叙述的语气，常常是抒情的；有些段落，也是抒情的；那种遭遇生活细节时的滑翔感而不是停留感，是抒情式的；那种对小说来说非常重要的鸡毛蒜皮、鸡零狗碎，作者对它们缺少足够的叙述耐心，这恐怕也是诗人的抒情气质所致。一句话，抒情成了徐兆寿小说创作中最大的优点，也可能是最大的缺点。2014 年出版的长篇小说《荒原问道》，可以说比他以往任何一部小说都成功，不仅主题宏大，在人物形象上有重大起色，在叙事方面更是传达出一些扎实气象。不过，这部小说给人的一个感觉，是仍然流露出抒情的节奏和语气，流露出借主人公之口直抒胸臆的段落，流露出主观感发与不动声色之间的摇摆，一时难以解脱。

不仅如此，我们读徐兆寿的几本伦理学旧作，会发现，他没有将研究对象当成一门完全意义上的实证科学去研究，就像某些精神分析学专家所做的那样，而是更侧重于一些比较虚化的命题。谈伦理，当然避免不了虚化。令人感兴趣的是，作者何以对人的青春期问题、对恋爱和婚姻中的病理问题不去进行足够的临床取样，或者精细化诊断，而要侧重于伦理。这种研究的倾向，除了有学术创新方面的考量，与研究者本人的性格、偏好甚至气质，恐怕也不无关系。我们很难想象，穿上白大褂拿起听诊器的徐兆寿是什么样子，我们只知道他是一个诗人、一个作家，他对实证科学的伦理化探讨，一定渗透了一个诗人和作家的情感因素，一种人文关怀。进一步说，他的这些伦理学随笔与他的诗歌和小说所关怀的、忧思的，有某种共同点，有内在联系，浑然一体。或者说，它们都在以各自的方式，向世界抒情。

抒情对于徐兆寿来说，成了生命中摆脱不了的东西，他的成功与失败，都在这个特有的语体形式上纠结。他的抒情者角色，也将伴随他的俗世、他的文学，慢慢滑向个人写作的尽头。

（唐翰存：青年评论家，兰州交通大学文学与国际汉学院副教授）

我是一个流浪者，既不是大地，也不是城市

——从《荒原问道》里读出来的三个关键词

刚杰·索木东

一、大　　地

我们脚下的大地，她有多丰厚，就有多贫瘠；她有多温暖，就有多冷峻；她有多慈爱，就有多尖酸；她有多高贵，就有多粗鄙；她有多博大，就有多狭隘。

她不是大地，她是母性，她是我们体内流淌的血脉。

我们无数次的热爱，又无数次的摒弃。我们想逃离，但最终还是跌倒在她五味杂陈的怀中。她，其实就是我们生之于斯、长之于斯的母性大地，也是我们与生俱来的生活常态和宿命。

二、天　　空

好问先生的天空，是能让自己不再躲藏和隐瞒、活回自己的真实天空。

我的天空，是一个农家子弟，逃离农村的粗鄙和传统的束缚的灵魂飞翔的天空。

我爱的黄老师的天空，是一个自由飞翔、安静地安放爱情和甜美的天空。

但是，天空里的每一丝风吹过，大地上都会产生烟尘。行走在大地上的人不能避免；行走在大地上的狼群不能避免；甚至，深埋地下的历史也不能避免。

所以，天空注定是巨大而苍白的。天空注定是可望而不可即的。

天空于我们，只能是一个悬而未决的梦。

过分靠近天空的人，只能从大地上消失。

三、信　仰

在如何解决大地和天空的问题上，聪明的人类，在冥冥之中灵光一现地发现了信仰，或者说是发现了哲学。因为信仰，本就是哲学的归宿。

信仰，就是给我们方向、力量和开示、智慧的支点。或者再说通俗一点，信仰，就是让我们学会心安理得的一个由头。

但是，我们在杂乱纷呈、血肉模糊的大地上找不到信仰。

但是，我们也在自由空灵、渺无边际的天空里找不到信仰。

那么，我是谁？我的信仰在哪里？就成了全人类思考的问题。

在宿命的大地上，“我”的信仰分崩离析；在漫无边际的天空里，“我”的信仰居无定所。在陌生的雪域里，“我”的信仰因为文化的陌生而妥帖的靠近。那么，我只能去西方，去古老的希腊寻找。

可是，诞生过美妙深邃的哲学的希腊，还是我向往的希腊吗？深陷尘世的我，还能找回自己吗？

这本《荒原问道》，兆寿兄从象牙塔的暧昧里，回到了苍茫的大地上，回到了破败的历史中，也回到了巨大的苍穹下。

但是，他试图和大家一起寻找结合大地和苍穹的信仰，或者哲学的归宿时，我们能找到吗？——也许，我们的信仰，注定只能是一个永远的找寻……

（刚杰·索木东，诗人，西北师范大学新闻中心主任，党委宣传部副部长）

关于“自己的根基”的文学思考

——读徐兆寿的长篇小说《荒原问道》

侯　川

徐兆寿的长篇小说《荒原问道》，写得深刻细致、生动饱满，很抒情、很忧伤、很才气、很大气。杨光祖在谈到这部小说时，称其为“叫魂式的写作”（杨光祖：《物质主义时代的叫魂式写作——读徐兆寿长篇小说〈荒原问道〉》，http://blog.sina.com.cn/s/blog_6c5c75d70101gyke.html），真是既幽默又有见地的说法。这部作品，全书弥漫着一股浓重的失魂落魄的气息。在我看来，那“魂”那“魄”，就是“道”，即“荒原问道”的“道”。

长篇小说的创作，有时顾得了语言和结构，却简单了意旨、肤浅了内涵；若有了深刻的意旨与丰富的内涵，可能在语言或结构方面又难免出问题，从而陷入彼此难顾的尴尬境地。笔者以为，徐兆寿的这部长篇，在各方面都处理得比较好，充分体现了作者的文学积淀与创作才华。

一

知道徐兆寿这个名字，还是因为他的《非常日记》，当时兰州的气温，好像因为这部小说的缘故，热了许多。但是直到现在，我到底一个字也没有看。我心里暗想，是否因为题材的特殊敏感而走热也难说。以后我越是这样想，便越不想看。后来我偶尔读到他的一首小诗《关掉电视》，写得真好，文字朴素、行笔简约，而诗意却耐人寻味，感觉此公与我有点相似的毛病，用个比较文明的说法，那就是远离喧嚣、返璞归真。近日我们忽而相遇，忽而面谈。我说“徐教授”、“徐老师”云云，他带点嗔怪的口气笑道，不要这样叫，你是师兄啊。可见此公是个文学真人、有道之士。品读他的《荒原问道》，那诗性的语言，既提神、又明目。诗人写起小说来，那可真是具备了先天性的语言优势。那抒情的笔调、弥漫的忧伤，让我一阵又一阵忘记了是在读小说，还是在读诗。

小说作品中写知识分子，尤其是有思想、有个性的知识分子，最不好把握了，弄不好就会写成概念化、脸谱化的空壳式人物。徐兆寿的《荒原问道》塑造了两代知识分子的典型形象：夏好问（夏木或夏忠）、陈子兴（陈十三）。这两个人物都写得真实饱满、有血有肉、形神兼备、栩栩如生。这两个人物的生活经历、人生命运、思想波折、情感历程，尤其是夏好问的坎坷人生、悲惨遭遇，作者从大处着眼、体察入微，写得一波三折、五味穿心。而且，我们若仔细体会，其实这两个人物是互为注脚的。通过这两个人物形象，我们大概可以把握知识分子在当代的思想、文化、教育及学术的发展概况，从中可以体会到作者深沉而强烈的忧患意识，同时，还可以引起我们对人类未来出路的深深思索。

夏好问有激情、有思想，博学多识，敢作敢当，但是，他总是生不逢时。由于世态人心的浮躁及学生的厌学，他对教学工作也失去了兴趣。在晚年经过不断的思索与追寻后，他选择了离家出走，走向了近乎出家的人生道路。陈子兴爱思考、爱幻想，富有热情、多愁善感，少年时遭遇的恋爱经历，深刻地影响了他的人生。相对于夏好问，陈子兴在求学与工作方面，比夏好问自然要好得多，可谓顺风顺水。但是，由于他在性格情感及思想追求方面的原因，他往往在“顺境”中自己给自己“制造”了许多坎坷与变故。夏好问与陈子兴的共同之处，那就是一个“真”字，即真情实感、真才实学以及对于“道”的执着的思考与探寻。通过这两个人物形象，我们可以深刻地认识历史与现实，从而提高我们发展民族文化教育的责任心与紧迫感。

山之宽，无疑是与夏好问、陈子兴截然相反的一个人物形象。他曾经陷害、打倒学术权威彭清扬，而在时过境迁之后，又死不改悔，还进一步排挤彭清扬的得意弟子夏好问。他还在系里大力培植自己的势力，当他提拔而接替自己任系主任的学生杨子奇对此提出异议时，他竟然还大讲“学风”、“学派”。这个人物形象，具有一定的象征性，具有典型意义。细心的读者，一看便懂。

徐兆寿是描写女性人物的天才、高手。仿佛把那衣服一件件细细地看清了，而后一件件剥下来，然后看皮肤，或白或黑、或水或干、或嫩或糙、或紧或松，看仔细了，再剥下来，然后看肉，或胖或瘦、或细或粗，剖开来，最后掏出心来，把那善良的、自私的、任性的、隐秘的、平淡的、焦灼的、阴郁的……或流淌着快乐的小溪，或分布着暗暗的伤痕，或飞溅着浓浓的渴望，或漫溢着浓重的苦水，或绽放着幸福的小花……一一呈现出来，细细地排列开来。女人，在他的笔下，简直就跟花草暴晒在太阳底下一样真实可感。

王秀秀这一形象实在写得太好了。写她的内心孤苦，写她的善良与欲望，写她引诱夏忠及夏忠的内心抵制，真是写出了灵魂、人性与伦理的纠缠与撕扯，写出了人物的悲惨命运。正如鲁迅在《陀思妥耶夫斯基的事》一文中所说：“他把小说中的男男女女，放在万难忍受的境遇里，来试炼它们，不但剥去了表面的洁白，拷问出藏在底下的罪恶，而且还要拷问出藏在那罪恶之下的真正的洁白来。”（妥思陀耶夫斯基的事》，载《鲁迅全集》）夏忠对王秀秀的悲惨遭遇是深怀同情的，他面对王秀秀的引诱，先是战胜了内心的冲动，没有走上乱性的歧途，但后来被王秀秀诱骗至玉米地，以死相逼，接着又遭到人们的误解和迫害。这些，彻底改变了夏忠。他体察到人心的险恶，洞悉了人性的黑暗。

陈子兴与黄美伦的恋爱，写得处处出乎意料，处处又在情理之中。这是一场奇特的师生恋，写得既逼真又动情。在作者的笔下，陈子兴，那真是一个十四五岁的少男，黄美伦，那真是一个三十多岁的少妇。酸甜苦辣咸，或重或轻，浓淡相宜。一颗懵懂少男的心，多幻想又痴情，稍稚嫩而坚定；一颗美丽少妇的心，智慧而善良，优雅且忧郁。两颗相爱的心上面，覆有一层浪漫的薄纱，最后被世俗的风沙一吹，旧恨新愁，只能付诸一江春水向东流了……

黄美伦的失踪，具有一定的象征性，有很深的思想意味。她的失踪，让陈子兴的精神总是处于一种失魂落魄的境地，以后也是谈一次恋爱，失败一次。这其实是有着很深的现实背景和社会根由的。在剧烈的社会大转型时期，人们迅速地被物质化、消费化、娱乐化，名利观念至上，真爱、真情随之淡化。我们透过黄美伦这一形象，不难看出社会变化的缩影，看出世态人心的演绎。黄美伦最后回归耶稣的怀抱，走向了大爱与大善的人生道路，这在眼下应该是具有现实意义的。

二

生活的土壤，一经情感之水的浇灌，文化之肥的滋养，思想之光的照耀，便会在文学作品中生长出如深树林如百花园般的美文。《荒原问道》就是这样一部优秀的成功之作。双子沟里的各种生活场景、九州县里的各种生活场景，还有西远、北京、上海的都市生活场景，基本上都写得既大气又细致，既真实可感又感情强烈。地域、时代的特点，“荒原”的感觉，都体现得恰到好处。诸如大地、戈壁的久远、辽阔、宏大的气象，西远市黄河穿市而过的景象，牛肉面的味道，筒子楼的龌龊景象，宿舍里的方便面气息，北京市的“荒原感”，等等，读来无不有一种身临其境之感。作者若无丰富深厚的生活体验，断不能为也。

徐兆寿笔下的大地、戈壁，有一个蓬勃着生命与激情的苦难历程，即一个由生向死的过程。过去的大地与戈壁，那真是精气神俱足，灵动而奇异，具有神秘与传奇色彩，而且激荡着一股英雄之气，当然，也经历了苦难与黑暗，如今处在被破坏与被掠夺的境地。大地，正在加速死亡。因此，《荒原问道》给我们揭示了一场无可奈何的悲剧，具有追寻生命本原的深刻意义。

《荒原问道》这部作品的瑕疵，自然也是有的。比如，作品中写了不少放羊的情形，写得还不错，但似乎不是那么“专业”。作者笔下的“羊”，感觉写得有点飘。《柳毅传》写龙女牧羊，“毅顾视之，则皆矫顾怒步，饮龁甚异，而大小毛角则无别羊焉”（李朝威：《柳毅传》，载张友鹤选注：《唐宋传奇选》，人民文学出版社1985年5月版，第16页），写得多么传神，真是过目难忘的句子。汪曾祺的小说，其中写到放羊，那可是很地道、很“专业”的。例如，早上羊不能出圈太早，那时的草带有露水，羊吃了容易拉稀。等到太阳出来露水散去后，羊再出圈，好些。还有，写临近中午，天气渐热，羊容易往一块儿挤，这时老练的放羊者就知道，应该不断地把羊打开，这样才能让它们多吃点草。汪老小说中那种大地的气息、泥土的味儿，至今记忆犹新。

《荒原问道》还写了不少民间的神秘事，即民间所谓占卜问神的迷信活动，实际也就是儒家所说的“怪力乱神”。这些事，写一写倒挺不错的，可以增强那种民间文化的气息，加重那种民间泥土的味儿，但是写多了并不好。“子不语怪力乱神”，这是我们的文化传统。何况每一桩、每一件，都写得那么灵验，显然有问题。就是西方的文学作品中写到基督教，也没有写得百灵百验。其实，民间的占卜问神之类的活动，从民间立场来说，无非是顺天命尽人事的做法，实在没办法了，搞一搞，就算尽心尽力了。无论对死者生者，这都有心灵抚慰的作用。这个意义，作品中倒不是写得很明确，而将重点落在“灵验”二字上，反而有损作品的思想分量。即便对民间一些特别虔诚的迷信者来说，可能有百灵百验的心理感觉，但陈子兴作为有学识、有思想的文化人，显然不应成为这些迷信者的代言人。

《荒原问道》中，西远市的原型应该是兰州，九州市的原型应该是武威。实际上，就写成兰州（或金城）、武威（或凉州），多好。西远的名称，勉强还凑合，但九州市的命名，就很别扭。而且，不管是前文还是后文，有时叫西远，有时又叫兰州，大概是出书仓促造成的缘故吧。杨光祖在谈到文学作品中的地名时曾说：“兰州作家写兰州，都不用真实地名，都不敢写这条黄河。其实，我觉得大家应该用真实的地名，但写的是自己的小说。”“兰州作家谁能写活一条黄河，谁就成功了。”（杨光祖：《甘肃文学的几个关键词——在甘肃首届文艺论坛上的主题发言》，http://blog.sina.com.cn/s/blog_6c5c75d70102uyuj.html）我是非常赞同这种说法的。《荒原问道》写黄河、写北京、写上海，直接用地理本名，都写得很传神，效果反而很好。

三

有朋友在和我谈到徐兆寿的《荒原问道》这部作品的命名时，认为“问道”二字，给人一种先入为主的感觉，不要“问道”二字，或许更好。我也有此同感。或名“荒原”，或名“荒原人”，也无不可。尽管这样说，但“问道”之义是贯串于整部作品之中的。那么，作者所说的“道”究竟是什么呢？我想，但凡阅读《荒原问道》者，这个问题都是无法绕过去的。其实，弄懂了这个问题，这部长篇小说的思想价值，我们也就能明白其中的八九分了。

海德格尔说：“技术——工业文明时代自身隐藏着对自己的根基思之甚少的危险，且此一危险与日俱增：诗、艺术和沉思的思物已无法经验自主言说的真理，这些领域已被作践成支撑文明大工厂运转的空泛材料。他们原本自行宁静流淌着的言说在信息爆炸的驱逐下消失了，失去了他们古已有之的造形力量。”（[德]马丁•海德格尔：《为1974年11月在贝鲁特举行的海德格尔学术讨论会而写的祝词》，陈春文译，载张存学主编：《甘肃文艺论文集》，甘肃文化出版社2013年12月版，第17页）我认为，徐兆寿的《荒原问道》就是一部对“技术—工业文明时代”进行深切反思并进而深入思考“自己的根基”的长篇小说。这就不得不关涉到哲学的终极关怀问题。作者通过夏好问、陈子兴、洪江、王思危等人物关于儒、道、佛、基督教、伊斯兰教等东西方宗教与哲学的深入研究和思考，尤其是通过夏好问、陈子兴的迷茫、困惑、思考、追寻，来暗示或揭示这一问题。换句话说，所谓的“道”，也就是关于解决个人的人生困惑、人类的现实困境及人类未来出路的哲学及信仰思考。这一问题如果处理不好，就会造成小说的说教意味。事实上，作者在作品中非常注意这个问题，他始终是通过生动活泼的诗意语言与形象化的文学手法来面对和处理这一问题的，所以，我们读来既能感受到作品中处处洋溢的激情，也能随同作品中的人物一道呼吸和思考。

作品中的论“道”内容，是必不可少的，但作者并没有做“坐而论道”的事。如此看来，徐兆寿乃是一位有清晰的文体意识的作家。

> 第二天，洪江先生一见面就问我，十三，给我们说说什么是道。
>
> 我一时语塞，说，不知道。
>
> 他又问我，什么是无？
>
> 我又语塞，想说可说不出来，便说，不知道。

读到这里时，我心里告诉自己，作者的心里是有“道”的。

这种写法，绝非即兴之笔，实在是体现了作者的高超所在。《老子》曰：“道可道，非常道。”《庄子·应帝王》中讲道：“啮缺问于王倪，四问而四不知；啮缺因跃而大喜，行以告蒲衣子。”（庄周：《庄子·应帝王》，孙海通注，中华书局2010年7月版，第147页）道，无处不在，道心唯微，在于心悟，喋喋不休的论争是无法说得清的。作者乃有道之人，故而在此能以恰当的文学手法来表现洪江与陈子兴关于“道”的讨论。

作品中还写到“我”爷爷、夏好问与狼王战斗的事，这里其实蕴含着儒家的积极进取精神。关于“狼王”，我的理解是，这一形象具有一定的象征意义。象征什么呢？那就是命运。“天行健，君子以自强不息。”这是儒家最具闪光点的思想了。我觉得，夏好问的思想核心还是儒家的东西。除了和“狼王”生死相搏，作品中还有多次表现或暗示。比如，他决然站起来，和山之宽论理。基于此，我总觉得，《荒原问道》最后写夏好问出走，在逻辑上是说不过去的。

不仅如此，作品中在写到基督教信仰，还有夏好问的思想追寻及其论著，以及文清远关于“众教合一”的思考时，也不是“坐而论道”，也是采取了文学的手法，所以也就有了撼动人心的力量。

前文中我说过，《荒原问道》具有丰富而深厚的思想内涵，但在文学表现上却并非尽善尽美。比如，夏好问的突然出走，就给人牵强之感。夏好问，博学多识、善于思考，此人经历过人间的生死大难，既有“道”也有“术”，但最后离家出走的情节设计，并非提高了此人，反而是一种降低，是违反逻辑的。古人道：“大隐隐于市。”如此一个经历复杂、见惯世事、博学多识的高人，最后竟然离家出走，莫名“失踪”，不但令人感觉不到他的“大”，反而显得有些“小”了。而且缺乏现实生活基础，有一种编造之嫌。黄美伦后来化名葛艾羽，20多年后，竟然与陈子兴相逢，继续相爱并准备结婚。这样的设计，看似巧妙，实则是败笔。米兰·昆德拉说：“生活的本来面目就是一种失败。我们面对被称为生活的东西这一不可逆转的失败所能做的，就是试图去理解它。小说的艺术的存在理由正在于此。”（[法]米兰·昆德拉：《帷幕》，上海译文出版社2006年9月版，第12页）看来，作者如此安排情节，对生活的“本质”还是缺乏足够的认识。幸而葛艾羽在后来的救灾中“死”了，不然就要给读者留下莫大的遗憾了。

徐兆寿的这部长篇小说，据说作者在成书之前就删去了20多万字，这与当下有些作家巴不得将短篇扩充为中篇、将中篇扩充为长篇的注水式写作相比，实在是很有责任心与担当意识的有道写作。这部小说尽管有这样那样的瑕疵，但就表现历史与现实的真实细致、人性人情的微妙复杂、思想内涵的丰富深刻来而言，就语言结构、表现手法及思想内涵的时代性与现代性而言，依然是一部成功的优秀之作。它带给我们的审美价值与思想价值，是值得我们给予充分的肯定与重视的。

（侯川：评论家，兰州外国语学校教师）

茫茫荒漠中的执着天问

——评徐兆寿长篇小说《荒原问道》

周仲谋

两年前，还在复旦大学读博士时，一天傍晚在北区散步，我偶遇徐兆寿兄。徐兄说，他正在写一部长篇小说，每日挥毫十几个小时。当时我和另一位朋友都被徐兄的狂热创作激情和宗教般的献身精神所感动，并表示大作出版后一定要先睹为快。2014年4月，徐兄在微博上说书已出版，不久我便收到这部沉甸甸的散发着墨香的长篇小说《荒原问道》。

《荒原问道》是徐兆寿创作上的一次突破，无论在人物的真实度、语言的流畅度、境界的开阔度、思考的深邃度方面，都上了一个新的台阶。一直认为，在众多西方作家中，徐兆寿与米兰·昆德拉的风格最为相似。尽管两位作家在气质上迥然不同，徐兆寿是激情型的，阅读他的作品可以明显感受到他内心的呼喊和灵魂的抗争，米兰·昆德拉则是冷峻型的，如上帝般冷眼旁观尘世间的一切，然而两个人的作品至少在三个层面上比较接近。一是性爱层面，二是知识分子的命运和外在遭际层面，三是知识分子内在精神世界层面，亦即哲理思考层面。两位作家都能够把性爱描写上升到哲学高度，从性爱视角去挖掘人的本质，进行哲理思考，并通过知识分子与外在环境的碰撞去深入他们的内心，表达他们的使命感和精神操守以及对现实、人生和生命本真的体认。《荒原问道》无疑也是一部这样的作品。

小说写了两代耿直狷介知识分子的坎坷命运，他们保持着高洁的情操和人格，践行着求真、求善、求美的理想，他们的血管中流淌着高贵纯洁的血液，他们不愿意蝇营狗苟、随波逐流，因而在现实中动辄得咎，最终或归隐民间，或远遁海外。但他们从未低下高昂的头颅，不论遭遇多少打击，精神的旗帜一直猎猎飘扬。显然，在主人公夏木和陈十三身上，寄托着作者的精神理想。如果说夏木、陈十三、黑子等人体现出的是对真理的追求和知识分子的节操品格的话，书中的黄美伦则是美的化身，在少年陈十三眼中，她就是天仙下凡，就是美神维纳斯，然而，这样的美却在现实中饱受摧残，她和陈十三的真挚爱情也不能被世俗所容忍。小说有一种沉重的疼痛感，这种疼痛感来自于真和美的毁灭，来自于理想的失落。书中一再出现的"失踪的小羊"，便是这种失落的象征。

从农村到都市、从戈壁到藏区、从学术到宗教，小说中的主人公一直寻找着灵魂的安放之所，不断地进行天问式的执着探索。书中有两个极富形而上色彩的意象，一是荒原，二是道。荒原意象具有实指和隐喻的双重功能，从实指角度讲，荒原即渺无人烟的茫茫戈壁，它是夏木躲避迫害的栖身之所，是陈十三的童年故土；从隐喻的角度讲，它似乎象征着传统文化衰落后的精神荒漠，如书中洪江老师所说："城市越大，世界越荒凉。"道在书中更是有着多重的含义，它即天地运行的规律，如《圣经》中的"太初有道"或《道德经》中的大道，也指知识分子安身立命的依托和努力追寻的目标，还可以看作是人的一种本真状态。主人公行走于精神的茫茫荒原，追寻着失落的理想，叩问着永恒的"大道"，如杜鹃啼血般哀哭啸歌。他们在苦闷时漫步于黄河之滨的身影，就像昔日被放逐的屈原徘徊于汨罗江畔一样。即便他们探寻的问题永无答案，即便他们的内心因痛苦思索和自我拷问而永难平静，但那种虽九死其犹未悔的上下求索精神却深深地感染着每一个人。

两代知识分子的命运联结，使小说具备了历史的纵深感，同时又有着强烈的现实感。小说不仅关注知识分子的内心世界，也关注着急剧变革中的中国社会，特别是城市化进程向农村的扩张以及随之而来的生态问题，如大规模的开发导致戈壁的消失、水资源的缺乏等等。小说还以细腻的笔墨描写西部农村的风土人情，有着民间生活的根脉和底色，如一幅隽永的风俗画。而在对农村里各种灵异现象、鬼魂精怪、民间传说的叙述中，我们亦可窥到马尔克斯、福克纳等作家的影响痕迹。

与《非常日记》等前期作品相比，《荒原问道》中"性的颤音"似乎少了一些，性爱描写也更加含蓄了，但作者并没有放弃从性爱角度思考生命本质的努力。通过主人公夏木和陈十三在两性关系中的遭际，作者探讨了一夫一妻制婚姻的局限性及其对人性某种程度上的压抑，并进而追问："到底什么样的婚姻才是真正适合人的婚姻呢？""婚姻非得是千篇一律吗？为什么非要婚姻不可？没有婚姻难道就不能活下去吗？"在因循保守的道学家眼中，这或许又是离经叛道之言，然而却是大胆奇崛之笔，是跳出世俗道德观念束缚、从人类历史发展角度对婚姻制度做出的深刻思考。

《荒原问道》以诗性的语言、形而上的哲学思考、宗教般的热情，表达着对生命本体的追问，是一部饱含理想主义和人文忧思的杰作。小说呼吁人们从物质欲望的沉溺中重新回归内心，关注灵魂的归宿和栖居地，书中的忧患意识和执着追寻，并非无关痛痒的杞人忧天，也不是堂吉诃德式的大战风车，而是现代都市文明病和人们日益膨胀的物质欲望的一针清醒剂、一剂苦口的良药。我们有理由对这部厚重的作品保持足够的敬意，并和作者一起虔诚地期待，那远去的理想总有一天会如骑手般从天际打马归来。

（周仲谋：兰州大学文学院副教授）

物质的荒原，还是精神的高原

——评徐兆寿长篇小说《荒原问道》

杨天豪

徐兆寿先生的新作《荒原问道》问世了。这对中国当下的西部文学，甚至全国文学界来说都是件大事。该书增删八次，批阅五载，是作者心血的结晶、精神的象征。出版后，当我第一时间捧着这部沉甸甸的作品时，其神圣犹如作者心灵之处的《圣经》。相对于作者以前的作品，这部小说是作者的一种新的尝试和超越，不论在思想上，还是在形式上，抑或是在人物的塑造上，都是新的高度和新的开拓。这表现出作者在写作心智和技巧上都更趋成熟和稳定。从写作题材和写作视野来看，作者是有写作野心的，也许正是这种野心，使徐兆寿先生一直以来在中国西部作家中占有重要的地位，成为一道独特的风景，为甘肃文学，甚至西部文学做出杰出贡献。“校园小说家”、“性心理小说”这些头衔或标签总如空气一样在他周围飘舞，有赞誉、有诽谤。有玻璃球似爱的呓语，也有冰霄花似嫉妒的杂声。评论家杨光祖先生曾给予了他高度评价“如果我们能够冷静地反思一下，人这一生性冲动最剧烈、性心理最复杂的阶段也就是大学阶段，而我们国家的类似于清教的大学管理形式，是多么的不适应时代。可是，遗憾的是很多写大学生的小说总是回避这个问题，徐兆寿勇敢地肩负起了这个历史重任，用超人的胆量写出了大学生的性问题。这是首先要致以敬意的。”（杨光祖：《西部文学论稿》，山西人民出版社2004年版，第255页）他总是创造奇迹和争议。但这一切对他来说都是外物、都是形式，不属于他自己。他只有一个中心，那就是思考，《荒原问道》就是他思考的结晶。

一、创作回顾：情感的跋涉

徐兆寿先生从1998年开始创作至今，在各类刊物上发表文字已达300多万。当然，期间文风和题材都或有变化，但有一条是亘古未变的，那就是作品的思辨性和哲理性。这种对人类前途和命运的探询，对生命意义的追问，一直是他乐此不疲的。这是一种个人气质，还是一种社会责任，抑或是一种尼采式的怀疑主义？我们无从而知。但用形而上的命题和思维要给世人找出一种形而下的生活方式，确实是他的谶向。正是这样一种思想倾向和急雨式的言说方式有时给我们一种疼痛的张力感，也略显行文的紧张和修辞的皱缩。但整体的浑圆和开阔的视野使读者每每读完总若有所思，心与情都会有一场走向绞刑的撕裂感。这是尼采给你的思考，这是鲁迅给你的建议。我们的思想，就这样一次次和徐兆寿先生的灵魂一起被抽丝、被剥离、被炙烤。

截至目前，徐兆寿先生的写作大体可分四个时期。

第一时期，是从80年代到新世纪，这期间主要以诗歌为主，著有诗集《那古老大海的浪花啊》和《麦穗之歌》等。这期间主要是挥洒激情。这种激情里面既有年轻的勇气，也有感情的稚嫩。但对生活的信心和对文学的痴爱，在那些记录成长的诗行里面，已经有扎实的脚印。文如其人。他的诗歌和他本人一样真诚，充满着爱意和阳光。他诗歌的母题是母亲、爱、阳光、生命、精神、理想、正义等。这和物欲横流的物质主义、拜金主义风行的当下文坛有了一种情感本体的疏离。正如谢冕教授对他诗歌的评价："他的诗歌颂正义、真理，歌颂永恒的伟大和灵魂的不朽。他那高亢的歌唱，使一切流行和迎合时尚的诗歌都显出渺小和鄙陋。他直逼价值主题，不回避，使一切踟蹰在边缘的诗人都显得卑琐。"（徐兆寿：《那古老大海的浪花啊》，中国华侨出版社1998年版，第2页）

《那古老大海的浪花啊》的写作时期，正处作者激情燃烧的岁月，他用诗歌点燃人生和理想。他的每一首诗对作者来说都是对青春的宣战和对旧的一切的诅咒；他需要自立，需要言说，需要青春的誓言。而诗歌，正好是这种思想最好的诠释方式。这如同《女神》之音。"我把月来吞了，/我把日来吞了，/我把一切的星球来吞了，/我把全宇宙来吞了。/我便是我了！"（朱栋霖：《中国现代文学作品选（第二卷）》，高等教育出版社2002年版，第12页）这时期的诗歌，反映出他基本的世界观和价值困惑：灵魂究竟是什么，人活着有何意义，人生来自何方又去向何处？等等。这种《天问》般的发难，让我们看到了一种九死其犹未悔的诗人精神。这样的一些哲学思维总是侵袭作者还未定型的价值体系，表现在形式上，便是拜伦式直抒胸臆的长句。

时而急促如暴雨，时而宣泄如烟花。

徐兆寿先生创作的第二个时期应该是 2000—2006 年。这是他创作的第一个高峰期，这时期的创作主要以长篇小说为主，这时期的小说内容以表现校园生活和大学生的性心理为主，代表作如《非常情爱》、《非常日记》、《生于 1980》、《幻爱》等。从写作心智来看，经过青春的萌动和释放，作者那种青春的激情已经趋于稳定和平和，感情的潮水开始汇聚成涓涓溪流，浓郁且沉稳、奔放而节制。纵观这时期的写作心理，整体表现出感性的一面。这种特点延续了第一个时期的精神追问，但明显平静了很多。这种由诗歌向小说的过渡不仅仅是一种形式的改变，更应该是一种写作观念和写作思维的转变，作者有了更强大的心理承受能力和更为粗犷的写作计划，他将一种单向的文人写作向宏大的学者写作过渡，这种写作里面首先渗透的是性文化，当时，他巧妙结合了两性文化研究和小说写作。但细究起来，笔者认为小说不过是个躯壳，而两性文化研究才是核心。在此期间，他在大学开设了性文化课程，和全国的大学生及青少年进行交流，新浪博客的点击率一度排名全国第一。在两性文化研究方面，他有雄心壮志，想成为一个像刘达临一样的性学专家。所以在他这一时期的小说里面就有很多关于两性方面的话题。他的小说主人公多数是有着美好的理想，对生活充满着信心，但感性、偏执，感情脆弱的青年学生，如偏激近乎病的林风、救人难救己的余伟、真诚但幼稚的笑茵、滥情但热心的胡子杰。这一个个人物是作者精神的延续和对世界年轻的想象。一种青春且感性的思想裹挟着磁性的男人立场和对青年的关注。

第三个时期是从 2006—2010 年。这个时期是作者写作的第二个高峰期。经过了第一阶段的激情创作和第二阶段的感性创作，到这个时期随着阅历的丰富和学识的渊博，那种呼喊式的、口号式的精神赞歌已经转化为一种理性的思考和学理的梳理。因此，这一时期的创作明显少了聒噪的不安和精神的焦虑，作者用一种深沉而博大的襟怀开始关注文学、探讨人性、思考人学。这时期作者更多关注文坛和文学，创作出当时反响颇大的学术性论著和论文。谔谔之中，好似文坛少了一位小说干将，而学界又多了一名鸿儒学者。这些转载率非常高的专著和学术论文如《我的文学观》、《中国文化精神之我见》、《爱是需要学习的》、《论伟大文学的标准》、《人学的困境》、《文化自信从哪里来》、《文坛何以老，青春何以还》、《新世纪作家倾向的几个转向》等等。这种转向，其实是一种形式的转身，精神并非截然迥异。后面的学术研究是以前面的写作积累和文化研究为基础的，明确说来，这是作者的一种文化态度，由纯写作转向写作和科研的两栖发展。纵观当下文坛，有好多人先是走作家的路子，后来跻身高校，搞起了科研，如格非、王安忆、马原等。这样一大批有影响的作家的转身是有利于中国文坛和学术界的交融发展的，对中国文化也是一种精神钙质的补充。

第四个时期是从2010年至今。这一时期是作者的心理成熟期，年过不惑的作者此时不论从写作心理、社会经验，抑或是学养积淀上来说，都达到了前所未有的高度。这种积淀使作者再不仅仅注重情感或感性，而顺理成章地进入了写作的感性和理性的结合期，这在他以前的创作和科研中是没有的。这种转型或完善的标志就是长篇小说《荒原问道》的问世，这是一个高度，但也许这更是一个开端。

二、精神书写：灵魂的渴望

评论家杨光祖先生很早以前就说过《荒原问道》是一部转型之作。说是转型之作，我认为主要来自两个方面，一是小说的思辨精神，二是小说的乡土气息。客观来讲，这部小说是一部精神追问式的思辨性小说。稍微整理一下思路，我们便会较清晰地理出这部小说的精神轨迹。从中国小说来看，两个较明显的精神投影是鲁迅先生和海子。鲁迅先生一直在研究中国人的“国民性”。他的小说辛辣干练、狷介愤激，毫无害人之心、却有救世之志，直至“揭出其病苦，引起疗救的注意”（鲁迅：《鲁迅全集》，南方文艺出版社2005年版，第405页）。对苛刻者鲁迅更苛刻，但对青年学生，鲁迅却不遗余力地帮助和扶持。如萧红、萧军、胡风等人都得到过鲁迅的指导和帮助。徐兆寿先生虽不像鲁迅先生一样找寻国民的劣根性，但对于人的精神世界和人生意义，他一样热于探讨，对于青年学生和后辈晚生他一向热心扶持、倾心帮助。另一个对他影响较大的人是海子，海子对80年代的大学生影响很大，徐兆寿先生也受其影响。海子朴素的理想主义和人性怀疑主义对他的价值观有很大影响，他的好多论著中也都提到了海子。“面朝大海，春暖花开”的理想主义和人性矛盾主义、价值虚无主义，以及对人生意义打破砂锅问到底的执着精神在他小说的主人公身上都有明显的反映。这就使得夏木先生无法在乡村和城市找到生存之根，也无法让陈十三有个稳定的人生。说到底，还是海子式的价值体系的虚无。

在国外小说家和哲学家中，对作者影响较大的应该是尼采、福克纳、昆德拉、福柯等人了。尼采的激情和思辨、昆德拉的精神颠覆、福克纳的探索性借鉴都使该小说成了一部意义生成丰富的精神性小说。另一个转型就是乡土气息。通过梳理，我们知道，徐兆寿先生以前的小说都是以校园小说为主的，特别是以大学生性心理小说为主，很少涉及农村或乡土。但《荒原问道》给人一种巍峨高峻的的大气象和大视野。有城市、也有农村，有精神、但更有大漠。这种纵横开阖的视野和城乡结合的架构在以前的小说中是没有的。小说一开头就带我们走向了一个神秘美丽而亘古未开的藏区。“我先是去了一趟曾经支教的甘南州迭部县的藏区。那是尚未被开发的地方。一路上，又一次看见亘古的河流，又一次目睹迭山万壑，而巨大的鹰在头顶盘旋。”（徐兆寿：《荒原问道》，作家出版社2014年版，第1页）这种先入为主的景物描写手法在他以前的小说中是很少出现的。我们能够感觉到，一个普通的小说作家已经在向小说大家过渡，他已经有了足够的自信和积累。

从叙述理论来讲，《荒原问道》属于主观叙事。小说叙事一般分为主观叙事和客观叙事两种。客观叙事也叫作自然主义叙事，指作者不露任何感情地如实反映自然和社会，像一个照相机一样真实。自然主义19世纪兴起于法国，对法国甚至世界文学都带来很大影响，但由于自然主义的理论要求在现实写作中常常是不可能存在的，所以自然主义最后还是销声匿迹了。自然主义来源于现实主义和孔德的实证主义，早期代表人物是福楼拜，他主张不带感情地如实反映现实，之后的集大成者是左拉，他的《卢贡-马卡尔家族》皇皇巨著20多卷在中国，这种对自然主义的尝试鲁迅等前辈都有过，白先勇的《寂寞的十七岁》就属此类小说。之后的莫言和余华更是将这类小说发扬光大，但在中国文坛上，似乎批评多于赞誉。

主观叙事，指作家带有明显的感情倾向，或赞扬、或反对、或抨击、或支持。这类小说一般分为两种，一种是让小说中的故事或情节慢慢展开，读者在阅读中根据情节发展和人物塑造剥开那层面纱，如《平凡的世界》。另一种是作者在叙述的时候感情色彩非常鲜明，并且常常情不自禁地表明立场或进行价值判断，而且常常是直抒胸臆的，感情如钱塘潮水般汹涌澎湃，《荒原问道》就属这一类型的小说。在中国当代文学里，池莉、张洁等小说家都擅长于这种直指命运顶层的写作。

《荒原问道》讲述了两代知识分子在相同的时代、不同的年龄阶段发生的各种形形色色的事。年龄的不同会造成心理的认知不同，所以主人公的命运走向也不同。当然一些事件的发生也有雷同之嫌，但这并不影响主人公的精神走向。老一辈知识分子夏木出身于书香门第，因特殊原因来到了兰州市的西远大学，后被发配到河西走廊的双子沟，期间彭教授的死亡让他蒙受不白之冤。之后，他和村支书的女儿秋香结婚，本来想着隐姓埋名在荒原里生活一辈子的夏木被恢复的高考打乱了整个生活节奏，这也改变了他的命运。他阴差阳错又回到西远大学任教，对生活的失望和对大道的痴迷，使他后来抛妻弃子而流落民间。另一个是晚辈陈十三，小时候的一场爱情改变了他整个人生轨迹，或者说，这次爱情把他推进了另一个命运胡同，以后的所有生活都直接或间接的与此有关。陈十三在13岁时，就偷偷爱上了他的英语老师黄美伦，在15岁时，二人陷入了爱河。由于家人的反对，最后黄美伦偷偷离开。这次感情扼杀了陈十三对爱情的忠贞，他开始逢场作戏，先后和13个女性谈恋爱，但没有一个能让他倾心。感情的失落并没改变他做人的真诚，他和夏木成了交心的朋友，二人常常谈论人生大道。之后陈十三遇到了失散20年的黄美伦，但好景不长，黄美伦在一次抗震救灾中牺牲了，心灰意冷的陈十三携带着黄美伦的骨灰去了希腊。何时归来？只有上帝知道。

这部小说注入了作者很大心血，从头到尾渗透着作者对人生、对生命，甚至对人类命运的思考。作者有一种向善的、高贵的人文情怀，读者能够感觉到，小说里反映出作者对人生思考的沉重和矛盾、痛苦。人生、上帝、道、大道、生命、死亡、佛祖等字眼在书中的出现频率很高。本书作者有一种基督担荷人类罪恶的责任感和地藏王菩萨“地狱不空，誓不成佛”的使命感。作者是高尚的、痛苦的、矛盾的。这种思考使小说带给我们每一个读者洞悉和发挥的空间。

从意义向度来讲，这部小说有两个精神核心，一个是对人类精神乃至终极价值的关怀；另一个是对罪感文化的发掘。先说第一个，20世纪人类社会普遍出现了精神的疲劳和价值的匮乏，这有深层次的原因，但有两个不容置疑的事实：“二战”使人看到了生命的宝贵和短暂，人人都有生命苦短、朝不保夕的危机感，这如同中国古代的魏晋文人，那种悲观或骨气都是对社会现实的反映。悲观是生命苦短，骨气是文人气概。当时，“二战”的阴云笼罩着整个世界，在视生命如草芥的年代里，精神当然无所附丽，犹如浮萍断絮。另一个是现代化机器虽然促进了科技和社会的进步，但同时给人一种陌生感和隔世感，冷冰冰的机器不仅没有挽回人类的尊严，更加深了人类的恐惧感和不安全感。于是，整个人类社会似乎普遍出现了精神荒漠和信任危机。这在文学艺术领域表现得更为突出，代表性潮流便是现代主义和后现代主义的滥觞。这是一种只追求形式，抽空了思想和理智的文学和艺术。这既是时代的进步，也是时代的悲哀。艾略特的《荒原》、卡夫卡的《变形记》、加缪的《局外人》、海勒的《第二十条军规》都表现了这种荒诞和无奈。

《荒原问道》中的夏木是时代的牺牲品，所以夏木和陈十三有着不同的精神诉求，这种不同来自于出身的不同和时代的不同。夏木也有20世纪的西方式精神荒原，但这种精神的荒漠主要来自三方面：一方面是新中国建国以来的各种大型运动扼杀了他做人的积极性和仅剩的一点勇气。这种外在的压力形成内在的恐惧，真诚和信任对他来说已经是负值。另一方面是现代性的冲击，不论他身在何处，科技化的社会现实都让他感觉到冷冰冰的四壁。传统文化的温馨和魅力好像无处安身，这就造成一种精神危机，流落民间便是最后的天堂。美其名曰“寻道”，其实这是一种精神的流浪，是对现实的一种软性抵抗。第三方面是高贵的出身和微贱的处境造成的心理落差。这和屈原的处境如出一辙。屈原从“帝高阳之苗裔兮，朕皇考曰伯庸”的高贵出身到“屈心而抑志兮，忍尤而攘诟”的无奈，这似乎是其直接的死因。夏木的人生态度本来是积极的，即使荒原牧羊，也未放弃对生活的信心和勇气，悬壶济世、扶弱济贫。但出身书香门第的京城人流落在此，心理的反差始终无法抚平，无根的流浪感无法使他停下找寻的脚步，是否寻道，道为何物，恐怕连他自己也不知道，他知道的只是空虚和无聊。精神追求本是精神虚空的表现，夏木的“问道”更是内心“无道”的折射。

另外，夏木的精神归宿还有一种与生俱来的罪感意识。“罪感文化”本是西方的一种基督教文化，“罪感文化”就是提倡建立道德的绝对标准，并且依靠人的良心发展社会的文化。基督教认为人是有“原罪”的，任何人在世上都是来赎罪的，只有这样，方可重新回到上帝的身边。《罪与罚》、《安娜卡列尼娜》等小说的伟大和救赎意义就在于此。夏木的罪感意识是来自于内心的心理机制，他不是借助外因的“耻感文化”。所以我们说夏木是有罪感意识的。出身不俗的他最后流落到荒凉的西部，冥冥之中好像这就是原罪的惩罚，他注定此生要走在救赎之路上。“爷爷对父亲说，夏家将来可能有难，尽可能的让大家远离京城，尽可能的隐姓埋名。”（徐兆寿：《荒原问道》，作家出版社2014年版，第15页）彭教授的死亡如一块铅石压在夏木的心上，让他背负了十几年的罪孽包袱；对王秀秀的感情又让他承载着两个女人的情债。这一切来自内心深处的罪孽感让这个无根的男人再次走向人生的危崖。以问道为由逃避人世，这是夏木的必然选择。

相对于夏木，陈十三的精神危机就轻多了。他的这种信仰危机不是来自于内心，而是来自于外部的经历。和女教师黄美伦的情感经历使他不再相信世上的感情，他和诸多女性的恋爱关系便印证了这一点，他没有鲁思·本尼迪克特所说的“耻感”，更别说“罪感”，有的只是“乐感”。最后，他远赴希腊也只是为情所伤和完成心愿。

三、形式追求：思想的架构

在形式上，这部小说取得了很大的突破，这首先体现在人物塑造上。《荒原问道》塑造了两个典型的知识分子形象。自新文学以来，知识分子形象成为文学中的母题，80年代以来，一直方兴未艾。如80年代初期方之的《阁楼上》，陆文赋的《献身》，刘心武的《没有讲完的课》，宗璞的《三生石》，王蒙的《蝴蝶》、《布礼》，谌容的《永远是春天》、《人到中年》等作品。80年代中晚期陈冲的《小厂里来了个大学生》，丛维熙的《雪落黄河静无声》，鲁彦周的《天云山传奇》，张贤亮的《灵与肉》、《绿化树》，张承志的《北方的河》，梁晓声的《这是一片神奇的土地》，史铁生的《我的遥远的清平湾》，方方的《祖父在我心中》等作品。到20世纪90年代，知识分子的小说减少了80年代的"纯情"。人物向多方位、立体化发展，知识分子的精神和思想也趋于复杂，且"出走"现象更为常态。《荒原问道》中夏木和陈十三的"出走"是这类知识分子出走的一种物理群像和精神延续。"五四"时期，鲁迅的《在酒楼上》、《社戏》，庐隐的《海滨故人》，巴金的《家》，郁达夫的《沉沦》等作品中主人公的出走多由时代的压力和精神的涅槃所致；而20世纪90年代徐则成《夜火车》中的陈木年、阎真《沧浪之水》中的池大为、葛红兵《沙床》中的诸葛、张者《桃李》中的邵景文等人物的出走多数是精神的虚空导致的感情放逐。夏木和陈十三的超越之处不仅仅是一种精神的流浪，这种流浪也是一种缓冲，不是对生活完全的失望，而是一种精神的自我修复过程。他二人都经历了"历道—论道—问道"的三部曲。这种"出走"也是一种骄傲的回归，是一个灵魂涅槃的过程。

夏木和陈十三的塑造是很成功、很立体化的。他们不是申公豹或诸葛亮式的一面倒，而是性格复杂的圆形人物。这就符合生活真实，作者在塑造人物形象时，不是停留在生活的表层，而是将他们放在一个广阔的历史背景中。这是一部具有"史诗性质"的小说，小说的时间截面是从新中国建国后50年代一直持续到现在，期间中国内陆经历的社会主义改造、"文革"、改革开放、恢复高考、市场经济等历史事件都在小说中有所反映。小说反映了各个历史阶段人们的生活现状和精神面貌。作者的这种广阔的历史视野是难能可贵的。这说明作者已经是一位成熟的、高屋建瓴的作家了。

夏木善良、热心、学识渊博，但又内向、自卑、懦弱。小说在塑造夏木时，有两个非常经典的场面分别反映夏木的两个性格极端。王秀秀事件，充分暴露出夏木的懦弱和无能。知识分子保守、软弱、自恋、虚伪的本性显露无疑。当夏木和王秀秀嫦和场面被妻子秋香发现后，夏木大脑一片空白，倒在两个女人脚下，之后义无反顾地选择了自杀。“夏忠的脑子不动了。他机械地穿着衣服。他看见秋香变形的脸，只觉得这世界完了。而就在这个时候，他们听到不远处来了好多人。夏忠觉得自己彻底完了。”“他的脑子仍然不动，像僵了一样。他继续往前走，只有一个信念，跳下井去，跳下井去。”（徐兆寿：《荒原问道》，作家出版社2014年版，第125页）这个懦弱的书生在和狼王的战斗中，却发出了人类最勇敢的能量，他用嘴咬住狼王脖子的一刹那，人性向动物性做了一次完美的转身，他向天地证明了他的雄性。“他立刻就势将其头部用双手拼命地按在地上，用牙齿去咬它的喉咙。他的确咬到了一嘴的毛，但他不能松口。……但他还是拼命地压住它，咬着它。终于，一股鲜血在他的嘴里咸咸地流了出来，然后，喷涌而出，涌出了他的嘴，在地上开始流了。”（徐兆寿：《荒原问道》，作家出版社2014年版，第147页）这是一场天地为之震惊的场面，这个精彩的场面不仅加强了人物的立体感，更给整部小说带来了精彩和一种厚重感。

复线叙事，也是本书一个很重要的转变。徐兆寿先生以前的小说多是辐射式结构。围绕一条主线可辐射出好多枝枝杈杈，且每一章都有标题，如《幻爱》和《非常情爱》等都是这样。这种小说的优点是线索清晰，缺点是情节简单。新作《荒原问道》改变了以前的创作结构，采用平行发展的“双线式”结构。两条线索平行发展，互为补充，相得益彰。这样既可提供更多的信息量，又可为人物的命运提供演绎的平台，最后两条线索汇织在一起，形成圆拱状，饱满而精巧。中外好多名著都采用这种结构，如《战争与和平》、《安娜·卡列尼娜》、《静静的顿河》、《平凡的世界》、《白鹿原》等。新作里面省去了以前惯用的标题式章节，这使得文章更显得圆润流畅、一气呵成。《荒原问道》中一条以夏木为主线，另一条以“我”为副线。两条线交织发展，共同演绎了中国大地20世纪50—80年代的广阔时空。小说主人公历经磨难，九死一生，他们爱过、恨过，痛苦过、彷徨过，但他们从没有停止对光明的追求，从没有停止对真理的思考。小说阐释着“一个人的经历就是一代人的经历，一家人的生活就是一个国家的生活”这样的主题。

一个成熟的作家都有自己独特的写作风格和语言特点，那是属于他自己的，别人无法复制的。茅盾说赵树理的写作，“如果把他的作品的片段混在别人的作品之中，细心的读者可以辨认出来，凭什么去辨认呢？凭它的独特的文学语言？独特何在？在于明朗隽永而时有幽默感……就它的整个风格说，应当认为明朗隽永是主导的”（茅盾：《争取社会主义文学的更大繁荣》，作家出版社 1960 年版，第 14 页）。徐兆寿先生是一位工于语言的作家，这和他高校教授的身份有很大关系，平时的规范训练和博学丰稔使他在写作时能够信手拈来。

在语言运用上，他有自己独特的魅力。首先，诗人本色使他的小说具有诗话的语言，且读起来朗朗上口、满嘴书香。“那一天，我的悲伤风干。/ 那一天，我将她在心上埋藏。”（徐兆寿：《荒原问道》，作家出版社 2014 年版，第 5 页）“他喜欢的历史是先秦至隋唐，有一个古老的王国值得他去研读细究，值得他将此生的鲜血渗进那斑驳记忆。流沙坠简，弱水流沙，他能听到，能看到，那样富有诗意！大漠驼铃，古道丝绸，他仍然能看到那些头裹白布的神秘旅客行走呢！海市蜃楼，楼兰古国……只要他闭上眼睛，一切被岁月关闭的美梦都向他打开。”（徐兆寿：《荒原问道》，作家出版社 2014 年版，第 48 页）其次，他的语言哲理性很强，这不是有意为之，而是好像嵌进肉里的骨头一样，已经成为小说意旨不可分割的一部分。“我还想起他那封彻悟之信，是的，世若棋局，人生如梦。我不禁长叹一声，望着高天上的长云，走进茫茫荒原。”（徐兆寿：《荒原问道》，作家出版社 2014 年版，第 5 页）“十三，事若幻影，世若棋局，人生常常不得意，所以人生虚幻多、梦境多，梦境成真，便要修求，所以大道不闻，智慧难觅。于纷争烦乱中求一席蛮荒之地，于声杂音乱中造大象无形之境，也许是你我根本之所求。我生于道，隐于道。从来处来，到去处去。”（徐兆寿：《荒原问道》，作家出版社 2014 年版，第 374 页）再次，作者善于景物描写，且他的景物总是带着西部的沉郁、粗粝、厚重和雄阔。山如危石、树似鸣鹤；月如泻银、水如凝练。一处景物是一次记忆，一段山水是一份情感。如写意念中的风景，“闭上眼睛，有风轻轻的掠过我的耳膜，像好奇的孩子一样偷偷的掀起我的衣角。鸟鸣山野更静。远处有流水的声音悄悄传来。一片叶子无声地掉下。一只松鼠跳下了树枝。”（徐兆寿：《荒原问道》，作家出版社 2014 年版，第 1 页）如写措美峰，“连飞鸟也只是在半峰中盘旋。朝霞将其抹红。我看见半峰中有好几棵巨大的松树，不知活了多少年。绿色从下而上，将其身体遮蔽的严严实实，但在山顶上，却是白雪皑皑。那是夏季，但白雪并没有融化的意思”。（徐兆寿：《荒原问道》，作家出版社 2014 年版，第 3 页）

文学，是徐兆寿先生的另一种生命。《荒原问道》只是这条生命长河中的一点浪花，最迷人的风景正待着他去描绘。正如他本人所说，“文学对我，已经是一种命运。无论如何，我都得将这场命运走完”。

（杨天豪：兰州大学现当代文学博士）

一位西部知识分子的"荒原问道"之旅

——访西北师范大学传媒学院院长徐兆寿

郑士波

2014年夏，一部名为《荒原问道》的长篇小说横空出世，在社会上产生了广泛影响，引起了人们的关注。它的作者便是被称为"非常作家"的西北师范大学教授徐兆寿。小说自出版以来，有上千人通过微信、微博或各种渠道问他要书。在送出数百本书后，徐兆寿不得不在博客上发出通告：老友可以相送，新友请到当当网和卓越网上购买为盼。

金秋九月，由中国作协创研部、中国现代文学馆、作家出版社、西北师范大学联合主办的徐兆寿长篇小说《荒原问道》研讨会在中国现代文学馆召开，中国作协副主席、党组成员、书记处书记李敬泽，作家出版社总编辑张陵，以及梁鸿鹰、雷达、彭学明、何向阳、白烨、施战军、贺绍俊、李洱、程光炜、李建军、陈福民、邱华栋、徐忠志等20多位评论家与会研讨。李敬泽评论说："它是我们当代以来关于知识分子叙事的一个阶段性的总结。就《荒原问道》来讲，我最喜欢的还是那种自我怀疑的精神，那种穿行在历史中，同时也穿行在生活中的荒凉感，那样一种不能安顿的感觉。"邱华栋评论说："这是一部罕见的精神性长篇小说。"张陵花了很长时间看完后说："读了真的很激动，怎么在我这里出了这么好的书？"评论家雷达说："这更像是一部启蒙小说，应当引起人们的关注。"

一、漫游西部的浪漫作家

在这个物质主义盛行的年代，似乎很少有人高扬理想主义的旗帜。徐兆寿却坚称自己是一个不折不扣的理想主义者，有人在《荒原问道》里读出了他内心时刻涌动着的“一股理想主义的激情”。

徐兆寿20世纪60年代末生于甘肃凉州，即天马的故乡。在中国历史上，因为丝绸之路，西北成为汉唐史中举足轻重的“边塞”。汉武帝、天马、西域、敦煌、佛教、玄奘……多少的传奇都出自那里，汉文化的自信也建立在那时，中国的帝王被称为天可汗。那时的西北高原，是知识分子跋涉、扬名、求道的场域。西天取经是知识分子为中原心灵向西求法的中国故事，边塞诗则是一阕恢宏的交响史诗。英雄、悲壮、苍凉、牺牲、荣耀、信仰……似乎这些人类伟大的品质皆在那里可以寻觅。

仿佛只要是出生或来到西北这边苍茫大地上的知识分子，就会被那历史的气氛所弥漫、所熏染、所感动、所激活。历史上汉唐文明所裹挟着的那种自信、豪放、英雄之气始终在冲击着作家知识分子的心胸，使他们在委顿的现实面前，不断地一次次出发。他们的心中，沉积着一种历史的气息，那种悲壮、苦难、苍茫、豪迈之气，都不时地散发出一些东部作家所难有的美学气息。他们之中一些有着更高追寻的知识分子便不断地从边缘、荒凉的西北出发，带着历史的沉重呼吸，向着加速度行进的整个中国发问，向今天的现实发问，形成了风格特异的西部文学精神。在当代文学史上，王蒙、张贤亮、路遥、陈忠实、贾平凹、张承志、昌耀、杨显惠、周涛、刘亮程、红柯、雪漠……他们或是诞生在那里，或是“发现”了那里，更或是被那里“养成”，用沉重、悲壮、高迈、宏大的标签式书写，使得西北文学成为一道耀眼的风景。

徐兆寿长时期地漫游于西北那片苍凉的大地，并跋涉于各种文化的高原，似乎就是为了写出一部他所希冀的西部知识分子小说。这种设想暗含在徐兆寿诸多的诗歌、散文、随笔以及早期的小说中。他在80年代末上大学，并从1988年开始发表作品，写了大量的诗歌与小说。其中一部“极端浪漫主义的抒情长诗”（叶舟语）《那古老大海的浪花啊》在一定范围内引起轰动，诗评家谢冕先生评论说：“我发现了现在诗中罕见的激情……他那高亢的歌唱，使一切流行和迎合时尚的诗歌都显得渺小和鄙陋。他直逼价值主题，不回避，使一切踟蹰在‘边缘’的诗人都显得卑琐。”

20世纪90年代，徐兆寿在西北搞文学运动和思想运动，被人称为疯子、狂人。那时的他就像充满激情的“堂吉诃德”，挥舞着长矛要与风车决战。他年轻，富有活力，为文学的梦想热血沸腾。1997的春天，他带着一个学生和80本自办的民刊《我们》来到北京，遍访谢冕、邵燕祥、丛维熙、雷达、曾镇南、郑义等文学界的“大咖”，想把他们的声音传到北京，并得到北京文学界的支持。但那时正值一片经济热潮，作家们都热衷于下海，出版社也只关注市场，文学精神开始凋零。这种现象，与他们所想象的文学界大相径庭，这使他对文学界极为失望。在回去的火车上，他对自己的学生说：“中国的文学还得靠我们。”这是一句多么狂妄的话。不久，在徐兆寿出版长诗《那古老大海的浪花啊》后，他突然间产生极端的幻灭感，于是，他开始自我放逐，不再写诗，沉寂于诗坛。他开始过着隐居的生活，少与人往来，独与天地精神往来。这种孤独的沉淀，使得他的精神开始变得厚重。理想主义之后，他只是暂时沉寂下来，但是并未曾熄灭。

二、“非常作家”诞生记

2002年，沉寂多年的徐兆寿出版了《非常日记》。让他万万没想到的是，这部小说立刻引起轰动，成为那一年最畅销的小说之一。小说的封面上写有两句话：“中国首部大学生性心理小说”、“当代青年必读之书”。很有意味的是，徐兆寿本意是写一个大学生自杀的过程，想引起人们对于青年一代信仰失落的关注，但人们关心的是一个形而下的问题，即小说中描写的大学生性心理问题。据当时的各种报道，小说手稿风靡一时，小说出版后七日就有盗版书上市。在这部小说中，他确如雷达先生所说，弗洛伊德、荣格等心理学家对他的影响是极大的。这是一部心理小说，但在社会上引起了各种不同凡响，争议很大。它催生了大学生性健康教育的开始，同时也使徐兆寿向性心理学者的角色转型。

事实上，徐兆寿最初写这篇小说的目的是想解读自己的一个困惑，即海子之死。这在他后来的小说《非常情爱》、《荒原问道》中也一再地进行了深度书写。海子对他的大学生活产生了极大的影响。他在大学时最早取的笔名也叫“海子”。有一天，诗人叶舟告诉他海子在山海关卧轨自杀后，他就不再用笔名海子了。但是，海子的诗对他的影响却与日俱增。那时的他，也常常设想过自己如何自杀的情景。他经常在思考海子为何自杀。这些思考催发他要写一部解读海子自杀的小说，以此来揭示一代人信仰失落的心灵史。但是，在写作的过程中，他又想起了身边很多悲剧，于是，他将这些悲剧与海子自杀这样一个情结联系到一起，便产生了《非常日记》。使他没有想到的是，一方面，他写出来的这部小说与海子相去甚远，不能真正表达他的真实愿望；另一方面，出版社和读者所关心的并非他所关心的内容，而是小说中的性心理问题。那时，正好是中国社会热烈探讨青少年性心理的时期，于是，这部小说便自然成为这股潮流的一个切入点。它流行的原因就在于此。

此后，徐兆寿出版了长篇小说“非常系列”：《生于1980》、《非常情爱》、《幻爱》，还出版了两性方面的著作《非常对话》（与刘达临对话）、《爱是需要学习的》、《爱与性的秘密》等。其中《生于1980》和《非常情爱》等都是当年的畅销小说，在大学生中有很高的知名度，被誉为“非常作家”。

2005年，他在大学里首开“性文化课”，成为开风气之先的青年学者。2006年前后，徐兆寿在性学研究方面已经有了很大的名气，曾被称为“青年性学领袖”、“青年性学三杰”之一。他出版了好几部这方面的著作。他的博客也成为备受关注的文化博客之一。他和李银河是当时影响最大的性学界的学者。但是，在他自己的意识里，他只是想告诉人们当年写《非常日记》是有很深层的理由的。为了这个理由，他跋涉冒险了数年之久。

三、站在中国文化之上发问

到2008年之后，徐兆寿的认识发生了巨大的转变。他在自己的博客里写道，现在中国青年最大的问题不是来自身体上的，而是来自心灵上的，现在中国青年的性问题已经很开放了，不再需要为其鼓与呼，而要做的，恰恰是信仰、伦理、道德的重建。徐兆寿强调，他与别人不同，他关心的是两性伦理问题，属于精神层面。但前十年造成的这种影响实在太大了。中国人更愿意将这个问题理解为行为和生理层面的问题。他说，如果21世纪初人们的思想还不解放，在那时谈青少年的性教育及两性方面的问题是及时的，但在今天，它过时了，今天的问题不是不解放，而是没有了底线。这是个大问题。

从那时开始，徐兆寿放弃了性学研究，开始研究中国传统文化与西方文化，试图在古老的传统里找到可以安身立命的“道”来。从这一轨迹来看，徐兆寿都是站在时代的病理上来着手写作、研究的，有着前驱的精神。从2006年之后，徐兆寿没有再出版小说。他埋首于中国传统文化和西方文化的海洋里，孤筏重洋，一去就是数年。2010年，徐兆寿到上海复旦大学攻读博士学位，在读期间，他重新回视自己栖命的中国西北部，开始写作《荒原问道》，将自己长期对中国文化命运的思考融于这部小说中。那时也在复旦大学读博士的周仲谋回忆，一天傍晚在复旦校区北区散步，偶遇徐兆寿。徐兆寿说，他正在写一部长篇小说，每日挥毫十几个小时。当时他和另一位朋友都被徐兆寿的狂热创作激情和宗教般的献身精神所感动，并表示大作出版后一定要先睹为快。

《荒原问道》属于徐兆寿的转型之作，他将笔触从大学转向辽阔的社会生活。小说原有58万字，后经8次修改，删减为32万字。小说为我们描绘了一个广阔的西北地理空间，同样也描绘了两代知识分子半个多世纪的心灵空间。老一辈知识分子夏好问早年离开京城远赴西北，在西远大学任教，却不料被遣送到双子沟。彭清扬教授意外死亡，夏木怕再被牵连，只好逃到附近的柳营农场。从此他打消了回到西远大学的期盼，改名夏忠娶了农场书记的女儿钟秋香为妻，生下三个儿子，彻底做了一个农民。岁月悠悠，乾坤再转，“文革”后夏木又回到西远大学，但他孤傲清高，钻研中医，演绎周易，四书五经、经诗子集无所不通，但述而不作，在西远大学深受学生拥戴，却在职称评定等当今教育评价体系中并不得志。年轻一代的博士陈子兴经历了理想和信仰的幻灭后，终于在现实的大地上开始成熟起来，他从荒原出发，去了北京、上海这样的大都市求学，可以说到了文明的中心，然而他感到这里似乎是心灵的荒原，于是放弃留在上海的机会，回到西远大学。在西远大学，他和夏好问交遇，并奉其为精神上的导师。不想夏木悄然失踪，遁迹于荒漠之野，或许他是问道于荒原，这对于陈子兴是一个极大的触动。就此前后，陈子兴也曾跟随自己的导师问道于国内外，奔命于传统的复兴，但仍然感到精神的幻灭。在这个时候，他遇到了自己曾经深爱过的爱人，想与其结婚，不料她在地震中殒命。痛苦中的陈子兴遭遇了数位亲人亡故的打击，正在此时，又遇到了自己童年时的朋友文清远。文清远已是一位得道的高僧，对陈子兴进行了一番点化，陈子兴终于从痛苦中站起来，去国外传播中国传统文化，同时，继续去西方文化的发源地雅典问道。

在小说中，徐兆寿不停地借主人公夏好问和陈十三发问：中国文化命运何如？什么是道？什么是伦理？知识分子应当如何存在？这也许就是他近年来一直在思索的问题，也是近几十年甚至百年来中国知识分子一直在追问的大问题。因此，这部小说为我们呈现了半个多世纪以来知识分子的很多终极追问。其中，荒原在这部小说里有一种虚指，即当下中国文化乃至世界文化都进入荒原之困境。这不禁使我们想到艾略特那首现代开山之作《荒原》长诗，那是人类进入现代的困扰。但身处西北“荒原”的徐兆寿不仅对荒原有一种直接的生命体验，而且对人类进入现代文化精神荒原之后有着另一番理解，这便是他的问道。如果说艾略特仅仅描绘了西方人的荒原景象的话，那么，徐兆寿不仅将这种荒原景象推向中国和整个人类，而且他还往前推进了一步，这就是中国文化中的问道精神。也就是说，他将西方精神切入到中国传统文化的精神中了。

徐兆寿说，相比《非常日记》，《荒原问道》已经走得很远很远了。它不仅仅在艺术方面更为成熟，而且在思想内蕴方面也有极大的纵深开拓。青年评论家杨光祖说："徐兆寿的小说一直能引起读者的共鸣，得益于他的问题意识，及切入当下的勇气。《荒原问道》，无论艺术水平，还是思想冲击力，都是他此前作品的大超越，呈现了作家多年潜伏所获得的高度和深度，是一种优秀的钙质书写。相信它的面世，一定会获得比《非常日记》更大的社会反响，对迷茫中行进的人，也是一种精神鼓舞，和一次难得的反思机会。"在杨光祖看来，徐兆寿的《荒原问道》在题材上有点类似托马斯·曼的《魔山》，但《荒原问道》切中的是中国当下的文化问题。中国社会文化目前就处于一个"荒原"的境况，中国人怎么办？中华文化怎么办？这都是非常巨大而迫切的问题。中国作家大多都在逃避这个话题，逃入虚无的历史，潜入个人的隐私领域，臆说着虚构的乡村，写着与自己有关，与别人无关的文字。但徐兆寿敢于直面这些问题，并以问道的勇气来体现一位当代知识分子的担当。

是的，在徐兆寿身上一直闪耀着理想主义的光芒，他的经历浓缩了一代知识分子的命运。《荒原问道》中两代知识分子的问道精神在徐兆寿那里也有体现，这也是他在不停追问和思考的。无可置疑，80年代是一个让人缅怀的理想主义的时代，是自我高扬的时代。80年代的理想主义如果能够在某种意义上在20世纪90年代的现实中展开，那么历史形成的结果也许会是另一番景象。《荒原问道》带着80年代的文化记忆，既是为启蒙精神守灵，也是为西北大地上的千年文明招魂，更是发掘中国文化新的时代精神。它向着我们今天疲惫追逐物质的人们发出一种声音：是到了信仰、伦理、道德重建的时候了！

重拾信仰之路

《学习博览》：《荒原问道》这个题目很像一个哲学命题，"荒原"与"道"之间是怎样的联系？

徐兆寿："荒原"在我的小说中不仅仅是一个意象，有其文化象征。在西部，荒原意味着与绿色不同的一种生态，它与大地、草原、海洋都是生态的一种。人类对荒原的治理与开发在过去是一种进步，但在工业化和城市化一日千里的今天，需要重新认识。荒原承载着人类曾有的伟大梦想。这是一层意思，也是我小说描写的一个意象。但另一种荒原指的是文化和精神上的荒原。艾略特在20世纪以长诗《荒原》获诺贝尔奖，他在那时就已经指出欧美西方文化处于一片荒原的景象，那么，被西方文化几乎覆盖的今天的中国，又何尝不是呢？但站在这片荒原上，我们如果就此止步，就毫无意义了，我书中的主人公开始问道。道是中国文化的最高体现，不仅仅是道家精神中的道，也是儒家知识分子所遵奉的道，道还可以指佛教精神甚至基督教、伊斯兰教中的最高精神。用“道”这个指称只是回到中国文化的语境或视角上，并不简单指回到中国传统文化上。所以，荒原代表了西方，道代表了东方。

《学习博览》：好问先生在晚年突然出走，他不再读书，而是开始阅读“人间”这本大书。这样安排，是否有实践道家“绝圣弃智”的寓意？

徐兆寿：有这样的寓意，也有其他多重意味。一方面，好问先生所读的那些书无法真正解释一个知识分子心中的终极追问，就像浮士德一样，他必须走出书房，去寻道并实现道；另一方面，小说中写道古印度的一种求道方式，也是在晚年要出走、要脱离家庭、要去荒漠处，一个人静静等待道的来临，等待神圣的死亡和新生。我觉得有多种理解更好。

《学习博览》：您在小说中揭示出一种民间的长期以来被遮蔽的隐性的文化存在，如夏好问所学的中医、风水和民间巫术，还有民间一直活态存在的儒家和道家传统，这种民间文化在中国传统文化中占据着怎样的位置？

徐兆寿：这些成分一直也是中国传统文化中的“基层存在”，或者说，也是中国传统的民间文化传统。当然，中医不仅是民间的，而且是官方的。而风水学在唐宋时期一直被视为皇家秘籍。后来，它就成为中国民间无处不在的学问。民间巫术在古代中国一直存在，它不仅与主流的儒释道宗教合为大流，而且也常常以自身的一些方式独特存在。

《学习博览》：主人公“我”最后带着爱人的骨灰去了希腊，世俗层面是完成爱人生前夙愿以及去就职孔子学院校长，此外是否还有进一步“问道”的诉求？

徐兆寿：与好问先生相对应和不同的是，主人公“我”是新一代知识分子的代表，他所面临的是如何在世界文化中“问道”，同时，他的任务之一，也是在闻道之后如何去发扬中国文化，实现中国知识分子的使命。

《学习博览》：这种“问道”方式是单向交流还是双向交流？

徐兆寿：问道是多层次多向度的。一是好问先生在向古代、西方文化问道，最后又向大地问道；二是年轻的主人公陈子兴在向西方、中国古代文化问道，同时又向老一代知识分子问道。这是两条主线，但同时，小说中陈子兴的两位导师都在做同样的事，而陈子兴深爱着的老师黄美伦后来去基督教上帝那儿求道，他的童年时的朋友文清远则向佛教问道。

《学习博览》：这部小说寄托了您怎样的文化理想？

徐兆寿：我想，单纯地想恢复中国传统文化而拒绝西方乃至世界文化，肯定是愚昧的、盲目的，同时，简单地接受西方文化而抑制中国传统文化不仅仅是另一种文化侵略，更是数典忘祖。我们不要忘了，今天我们生活的伦理世界很多都是传统在默默地起作用。它是我们看不见的空气。这两种精神的探索之路恰恰是我们百年来中国人在精神生活方面的痛苦经历，但如何去寻找一条更适合我们中国人的精神之路，是我们知识分子的毕生梦想，为此，几代知识分子遭受了极大的心灵痛苦，但即便如此，仍然有许多不屈不挠地探索真理、放逐自我而问道、寻道的知识分子。他们才是中国精神的脊梁，我就是想写写他们的精神世界。

《学习博览》：中国文化优异的特质是什么？中国文化未来的发展方向是什么？

徐兆寿：中国文化在后来的发展中形成了儒释道三教合一的局面，这种合并一方面是中国文化的高峰，另一方面也是中国文化僵化的开始。中国文化本来呈现儒道两家为主流的百家万流的奔涌之势，就向大地上的长江、黄河滚滚向前，而其他诸流都与其汇合流向大海。儒家文化的人性道德范式、处理万般的中庸之道、君子的人格理想以及仁爱思想至今仍然是中国人应当发扬的优秀文化。这些文化也不是孔子凭空创立的，而是中国人在孔子之时已经有的但被孔子在纷乱的文化中发现、提倡和突现出来的。这些文化恰好也是今天人类百家时期可供借鉴的最好的文化之一。道家对世界的那种理解，与今天科学家所揭示的世界规律有很多吻合之处，也是应当重新发扬的。至于佛教，它虽发源于印度，但已成为中国人信仰的重要部分，已深植于中国人的灵魂中。她向我们提供了有别于基督教、伊斯兰教的世界观、伦理观和文明观。尤其是在今天提倡多元共存的时代，佛教的博大共融的特征正好符合世界文化的要求。

说到中国文化未来的发展，谁也说不准，但有一点是可以预见的，就是要和世界文化共融发展。中国文化不可能还是原来的样子。只有这样，中国文化才可能是世界的。

《学习博览》：您是一个理想主义者吗？

徐兆寿：我是有一些理想，有一些悲剧激情，但是不是理想主义者就不知道了。

《学习博览》：您怎么看待理想主义者在现实中的惨淡？如小说中的夏木在现实生活中处处不得志。

徐兆寿：理想主义者应当是面向未来的，当然也有可能是追怀历史的，因为历史上从来都有值得我们去追怀的伟大理想。理想主义者总是希望这世界像他们心中所向往的那样去发展，如孔子之于大同世界、陶渊明之于桃源世界、柏拉图之于理想国等。这些先贤在现实生活中却往往是不得志的，都是因为他们的理想是面向未来的，他们的生活便不得不在现实中被迫弯曲，甚至破碎。夏木是一个理想主义者，很固执，原因是他从圣贤那里继承了他们的遗志，但现实不可能按照他所向往的那样发展，所以，他的生活便四面受敌。如何去处理理想与现实的关系，也一直是中国文化的智慧所在，这是另一个话题，此处不谈了。

《学习博览》：学者、作家、性学家、知识分子等，这些称谓中您最认同哪个？

徐兆寿：知识分子。知识分子代表了一种为人类理想而奔命的精神向度。其实我更愿意是一位诗人。诗人是通神的，是超越物质世俗的，但诗人在今天是沦落的知识分子形象。

《学习博览》：您觉得什么样的人才能算一个合格的知识分子？

徐兆寿：一个合格的知识分子首先对世界真知和人类真理有通透的理解，其次对人类命运有着深切同情且敢于担当，最后愿意为一切正义而赴汤蹈火。在今天，这样的人越来越少了，因为一方面知识太多，有时成为知识分子追求真理的障碍，另一方面，古典信仰的丧失使人们再也看不到星空中的北斗星，失去了方向，容易迷茫。

《学习博览》：您觉得知识分子在这个时代应该有哪些担当和作为？

徐兆寿：在今天，来自政治的、经济的权利在异化人性，而且来自知识的权利也在异化人性，这是来自知识阶层的异化问题，知识分子首先对这些真理层面的问题应当勇于斗争。其次便是历史上从来就有的对低层民众的压迫和奴役的反抗。最后则是对一切生命不被尊重的斗争。知识分子在今天最重要的是拨开真理的迷雾，让人们重新拥有生活的信仰，让人们得以看到纯净的天空与太阳。

《学习博览》：我们这个时代最缺什么？为什么到了信仰、伦理、道德重建的时候了？

徐兆寿：当然最缺的是精神信仰，既然缺了，就应当重建。关于它的讨论已经有很多人讲过了，我就不再赘述了。

（郑士波：青年作家，《学习博览》编辑）

隔代的呼应

——“好问先生”形象的三重变奏

乔焕斌

徐师兆寿的新书《荒原问道》出版之际，我能有幸拜读实乃快事一件；由于老师要求要在读完之后为此书多提意见，而我也害怕在老师问起之时无言以对，因此，在拜读之时我着实字斟句酌了一番！由此一件“快事”前后花费了将近一个月的时间，一月时间读一本小说实在是有些缓慢。乍一看我的话语之间有自相矛盾的嫌疑；然而我的迟缓是有原因的，除了前面提到的“老师要求”的外在原因之外，最本质的根源还是在于小说自身的特点：密集的知识含量使人不得不时时掩卷深思以探其究竟，就这样在放放停停中我读完了这部小说。心中有读完全书的轻松，也有小说中人物形象所带来的沉重！其中印象最深刻者莫过于“好问先生”其人。

希腊先哲普罗泰戈拉曾说：“人是万物的尺度，是存在的事物存在的尺度，也是不存在的事物不存在的尺度。”用两句诗来加以诠释的话就是：“千江有水千江月，万里无云万里天。”真正的“月亮”只有一个，然而只要有水的地方就会有它的“倒影”；目及所处都有“天空”，只要没有“阴云”遮挡心地有多宽天空便有多高。我们可以说，每个人的观点对他自己来说都是真实的；从这个角度来讲，我对“好问先生”的印象对自身来说也是真切的：好问先生，以哲学家的哲思来拷问世界、以艺术家的敏感来体验世界、以庸常人的行为来融入世界；由此，形成了他个性形象的三重变奏。

有人说，哲学家是用这个世界的痛苦来惩罚自己；也有人说哲学家是把别人家的棺材抬到自己家里哭；既然是先有“鸡”还是先有“蛋”的问题大家搞不清楚，哲学家们，为何不抛开那穷根究底的特质在现世浑噩地过呢！

然而总会有人用那种“打破砂锅问到底”的精神来拷问这个世界，因为那是一种“薪火相传煮忧患”的力量源泉，是“人”介入世界认识自我的必经之路。“追求真理和获得真理的人是黄昏和清晨时分最亮的那几颗孤独的星星，它们构成了宇宙的坐标系。其它的星星都以它们为标准。”（徐兆寿：《我的文学观》，内蒙古人民出版社2008年版，第132页）牛顿说上帝为这个世界的运动提供了第一动力，之后他消失了；到了黑格尔那里，他是越研究哲学越相信上帝的存在：世界如此完美不可能不是上帝创造的。正当西方哲人为“世界究竟是怎么来的”这一本原问题争得面红耳赤的时候，教会神学钻了人们蒙昧无知的空子；在西方的哲人眼里，东方的孔子无疑是比他们虔敬的上帝还要聪明的人，因为“子不语怪力乱神！”孔子的“现世哲学”巧妙地消弭了这一对“本原”的争执。在东方，一个强势的帝国“罢黜百家，独尊儒术”在形式上统一了“思想”。从此，东西方的历史长河中出现了两种奇特的现象：盛产玄学的地方多见苟且和腐败；盛产神学的地方多见偏执和战争。

《荒原问道》中的主人工夏木，因为在一次给学生的讲座中提了据说99个问题，而被学生冠以“好问先生”的别号。是讽刺，是佩服，是调侃，是敬意？客观地说，我觉得这几种感觉都能从小说中读出：是小说故事叙述者“我”对好问先生学识的佩服和敬意；是那些貌似精明强干、实则短视无知者对好问先生的讽刺和调侃；在这两者之上更是隐含着小说作者对这一切的冷眼旁观。好问先生，无疑具有哲学家的特质和睿智，他用怀疑的眼光和头脑审视思考身边的一切，思考过去、叩问未来；几近疯癫是他的悲惨，然而就是在那看似疯癫的背后蕴藏着一个时代走向理智的希望。因为，批判和怀疑是“启蒙”的内核、是一个时代前进的动力，而一个理智的时代，总是会把传统的和现有的一切放到理性的审判台前，重新加以检验和审查，正像鲁迅通过“狂人”之口所喊出的：“从来如此，便对么？”

“离群索居者不是伟人便是畜生。”亚里士多德说此话一方面是为了肯定自己是一个伟人，另一方面他则向世人昭示了成功的必由之路。如果孔明没有出山之前极“冷”极“闲”的生活状态，就不会成就他出山后极“热”极“忙”的一生。上帝可不就是独自一人创造了世界？“太阳不就是用一只眼睛看着整个世界吗！”([英]莎士比亚：《亨利六世·上篇》（塔尔博语），章益译，第22—23页，载《莎士比亚全集》，朱生豪等译，人民文学出版社1978年版）每一种成就背后都有着不可避免的孤独。康德的“哲学家之路”难道不是一种对孤独的坚守！

如果以黑格尔的辩证唯心主义哲学和马克思的辩证唯物主义哲学作为人类哲学

思辨领域的高峰的话，“希腊三哲”是这一领域的源头；康德、黑格尔、马克思之后“体系哲学”走向了终结；叔本华、尼采的“超人哲学”，萨尔贝·加缪、让保尔·萨特的“存在主义哲学”，马斯洛的“人本主义哲学”，罗素的“道德哲学”等则代表了“潮流哲学”的典范。他们每个人都沿着自己的思想轨迹倔强地登上了属于自己而又足可与他人遥相对峙的峰顶。

夏好问保持着一种离群索居的状态，与老子问“道”，与孔子论“礼”是他独处时的功课；然而，“庄周梦蝶”是庄子的超脱、淡定，代表了一种物我两忘的境界，却使好问先生陷入了迷茫与焦躁。或许真的如先哲黑格尔所言：每一种事物，在它的源头上都是以“悲剧”开始，在它的继承发展中却不可避免的以“喜剧”结束。苏格拉底的从容赴死是何等的悲壮，可是好问先生在他所处的那个时代、在众人的眼中却多少显得有些格格不入、滑稽可笑。是好问先生疯了，还是他身后的那个时代癫狂了？

或许那些哲人身上的特质一脉相承、亘古未变，变化的仅仅是世人庸常的追求。如果说 2 000 多年前的圣贤因为“无知”在他们所处的那个时代的世界面前还有着深沉的虔敬之意和自己内心世界的真切情感体验的话，那么 2 000 多年后的今天的我们，心中还留下些什么呢？人类地球霸主地位的确立，继之而来的却是在宇宙中的迷茫；欲望有多膨胀心中的梦魇就有多深是他们的窘境。“好问先生”无疑是一个贯通中西哲学的大家，“重新解释这个世界”是他的理想，然而这种努力却最终使他陷入了绝望，他的大脑无疑成了先哲们的“跑马场”，各种思想在那里碰撞挣扎，却唯独缺少了他本人真切的情感体验，没有自己真切的情感体验即使思考的再透彻也很难做到对他人思想的扬弃。因此，好问先生的广博是一种驳杂，而不是真正意义上的博大。

哲学和文学在情感的体验方面是相通的，因为：“本能和情绪都是从我们祖先那里继承下来的，千百年来很少有什么变化”（朱光潜：《悲剧心理学》，人民文学出版社 1983 年版，第 184 页），每一段真挚的情感、每一个永恒的经典都可以从我们祖先那里找到原型，而我们所能做的仅仅是传承，在传承的过程中投入自己的感受。“凡永恒的东西，不能完全排斥往昔的传统。往昔的荣誉在人的情味感受里是永恒存在的，往昔的崇高性在情味领域里也是永恒的。”（泰戈尔：《泰戈尔论文学》，倪培耕等译，上海译文出版社 1988 年版，第 300 页）富有艺术才华的人一方面是因为天资，另一方面是因为自己的苦行。天资是一种命定的继承，而保持孤独则是一种后天的修行，然而修行决不等于自杀，修行的目的是为了丰富心灵。

“把内心感受幻化成外部图景，把情绪感触孵化为语言符号，把短暂事物转化成永恒记忆，以及把自己的心灵真实变成人类的真实感受，这就是文学事业。”（泰戈尔：《泰戈尔论文学》，倪培耕等译，上海译文出版社 1988 年版，第 18 页）

如果说诗歌是一种激情的话，小说则毫无疑问是一种经历；“好问先生”无疑有诗人气质，也有丰富的人生经历，然而他最终未能走上从事文学的道路，因为突如其来的命运摆布使他来不及将自己内心世界的情感体验投射为外在的语言符号。只能说他是一个良心未泯的孤独的知识分子。

生活中的一切对好问先生来说都显得那么自然，那么不可抗拒，仿佛他的命运被冥冥之中的某种东西所牵引。“福楼拜认为人生理想在‘和寻常市民一样过生活，和半神人一样用心思。’”（朱光潜：《诗论》，生活·读书·新知三联书店 1998 年版，第 299 页）这句话可以很好地概括好问先生的一生。

夏木踏上的是一条从城市走向农村的“回归”之路，“几十年的经历教给他的知识却是十分可悲的：愚昧倒比知识更为可取。”（[法]卢梭：《漫步遐想录》，人民文学出版社 1986 年 2 月版，第 22 页）因此，他满怀希望撇开自己的知识和思想，一门心思想融入那些说着骂人的脏话，开着粗俗的玩笑的群体中，可是一次次的努力都归于失败；小说的叙述者“我”——陈子兴则“走在进城的路上”，他们两人的生命便注定有着交汇的轨迹。

小说中这种交汇虽然也写到了“城”与“乡”的碰撞，但是打破了以往那种“城乡对立”的二元模式，作者着墨更多的却是人物的心灵描绘和性格刻画。因此，如果单纯的用“乡土小说”或者“都市小说”来界定它都会陷入褊狭。沈从文的“希腊小庙”里也供奉“人性”，然而在他的笔下“乡村”代表了“善”的居所，“城市”则无一例外地成了“恶”的栖息地；知识分子是都市“阉寺病”的典型患者。“好问先生”的出现则是对都市“阉寺病”的一种有力反拨和超越。法国作家菲力普·克洛岱尔在《灰色的灵魂》中说：“十足的混蛋和完全的圣人，我都没有见到过。没有任何东西是完全漆黑的，也没有任何东西是完全雪白的，压倒一切的往往是灰色。”不是相传斯宾诺莎在哲学思辨之余捉苍蝇放到蛛网上玩来取乐吗？唯意志论者的代表叔本华不是对女人充满了偏见和蔑视吗？这些“偏执”否定不了他们的崇高，反而能给我们一个立体、真实的前辈形象。夏木曾因给人看病被骂为“流氓”，他却充耳不闻，不顾一切地与自己的学生热恋，这一切都使他更接近于普通的“人”；

然而，在现实生活中的妥协和疯狂总是难以掩盖他内心深处的强大和单纯。

可以说陈子兴代表了夏木的青年，也可以说他们分别代表了两种性格：夏木虽然饱经风霜，然而骨子里他是一个乐观者；陈子兴虽然满怀憧憬，但是难以掩饰他骨子里的悲观。作者着意这两种性格的“碰撞”是小说的精彩之处，也是小说的深刻之处。

眼前的“夏木”、“陈子兴”不由让人联想到《围城》，人们或许会想到“方鸿渐”、想到“城里的人想出去，城外的人想进来”，可是往往忽略了：“天下有两种人。譬如一串葡萄到手，一种人挑最好的先吃，另一种人把最好的留在最后吃。照例第一种人应该乐观，因为他每吃一颗都是吃剩葡萄里最好的；第二种人应该悲观，因为他每吃一颗都是吃剩的葡萄里最坏的。不过事实上适得其反，缘故是第二种人还有希望，第一种人只有回忆。”（钱钟书：《围城》，人们文学出版社 2003 年版，第 263 页）夏木和陈子兴他们都“崇拜”过别人，也都因“崇拜”而被人爱慕：钟家三姊妹因为“崇拜”夏木有的暗恋他、有的委身于他；陈子兴因为“崇拜”与比他年长十几岁的老师黄美伦相恋，然而现实使他们不得不割舍对方，“乐观者等至深夜是为了证明新年的到来，悲观者等至深夜是为了证明旧年的逝去”（[法] 大仲马语）。骨子里的悲观使他深陷在过去的感情回忆中难以自拔，从此他的生命里只有匆匆地爱，匆匆地分手，然后承受久久的惩罚。鲁迅说：“人生最大的痛苦就在于，梦醒之后发现自己无路可走。”对于陈子兴来说，最大的痛苦在于徒留遗憾。“与遗憾相比，未实现的愿望的痛苦是小的：因为这种痛苦面对始终敞开的一望无际的未来；而遗憾则面对不容挽回的封闭的过去。”（[德] 叔本华：《叔本华散文》，绿原译，人民文学出版社 2008 年 5 月版，第 166 页）

20 世纪以来，鲁迅的“铁屋子”、钱钟书的“围城”、尼采的“兽栏”、卡夫卡的“城堡”、T • S • 艾略特的“荒原”、海德格尔的“深渊”、福柯的“监狱”等等空间意向，均向世人传达了中西文学家及哲人对人类精神状况的危机感受。“从艺术史的角度看，一个天才出现并建立了一种艺术的法则，这个法则成为一般人的模仿的范式，直到下一个天才的出现，打破这个法则而重建一个新的法则。因为，艺术实质上就是天才的接力赛，是天才在唤醒天才，从而推动艺术的进步和发展。（启群：《新编西方美学史》，商务印书馆 2004 年版，第 393 页）

“文艺复兴”时期的达 • 芬奇在他的理论著作《芬奇论绘画》中说：“艺术家是大自然的儿子！”他紧接着又问道：“那模仿艺术家的人呢？”而“五四”时期

的“郭沫若则叫出了：‘艺术家不应该做自然的孙子，也不应该做自然的儿子，是应该做自然的老子！’所谓‘做自然的老子’，用郭沫若的话，就是‘赋予自然以生命，使自然再生’，就是‘创造’。”（严家炎：《中国现代小说流派史》，长江文艺出版社2009年8月版，第96页）一个是面对自然的谦逊和热爱，一个是突出自我的主体意识和内心焦灼。如果说“艺术家是大自然的儿子”是对“人类是上帝之子”的一种批判的继承的话，那种“弑父”的批判里还有着深深的“忏悔意识”，这种意识与普希金，与列夫·托尔斯泰的自我忏悔的“罪感意识”在精神上是相通的。尼采说：“上帝死了！上帝是被我们亲手杀死的！”很多人在“上帝死了！”的疾呼中窃喜自己成为人类主宰的时候，却很少有人注意“上帝是被我们亲手杀死的！”上帝在被杀死的一刹那给西方艺术家遗留下了烙在灵魂深处的“罪感”，在东方艺术家身上则体现为挣脱了“精神枷锁”的无所敬畏和自我迷恋的狂热。“德国汉学家顾彬说：‘中国在其革命的进程中常常淡忘了对自己固有传统应有的重视，取而代之的却是对所有所谓新生事物的偏爱。’”（徐兆寿：《我的文学观》，内蒙古人民出版社2008年版，第191页）可谓一针见血。

只有鲁迅，他只取西方文学的批判现实的精神，撇开徒自模仿的外衣，直接针对现实人心彻底挖掘自己灵魂深处的声音，将中国的文学推向了足与世界文学接轨的高度，从而走出了自己的文学之路。

“文革”之后，新时期以来，文学“思潮”的流变很是活跃：“伤痕文学”、“反思文学”、“改革文学”、“人道主义文学”、“知青文学”、“军旅文学”、“现代主义文学”、“寻根文学”、“纪实文学”、“先锋文学”等等，不一而足。这种“潮涌”真可谓是：文坛频有思潮出，各领风采三两天；貌似与“五四”文学传统有遥相呼应之势，实则是用一种极端去反拨另一种极端，与“五四”文学“启蒙”的传统更是相去甚远。

伟大文学的一个特点是前所未有的，或者具有独创性。当文学具有生机勃勃的力量时，它会以新的形式表达永恒，这就是它的任务。（泰戈尔：《泰戈尔论文学》，倪培耕等译，上海译文出版社1988年版，第223页）“密集的知识含量”是《荒原问道》的独特之处，也是它的弊病所在。毫不夸张地说这种“知识的密集”直逼《红楼梦》，然而《红楼梦》中有深刻细腻的人物的心灵描绘和人物性格刻画，也有鲜活的小说人物，遗憾的是《荒原问道》在这方面稍显单薄，小说人物仿佛只为承载作者某种要传达的知识，给人“脸谱化”的感觉。《红楼梦》被奉为经典的一个方面的原因在于小说倾注了作家的“荒唐言”、“辛酸泪”，它是“十年辛苦不寻常”的结晶。

归根结底，“文学主要是依赖感情，而不是知识。知识需要加以证实，感情需要注入生活的信息。它为此需要比兴和艺术技巧。对感情仅仅做一番解释是不能解决问题的，需要进行创造。”（泰戈尔：《泰戈尔论文学》，倪培耕等译，上海译文出版社 1988 年版，第 12 页）文学在于作家培植自己的感情，然后使之变作大众的感情。“在真正的文学里，我们不仅想在现时期，而且想在永恒的时期里，使自己的理想和自己的哀与乐受到尊重。所以必须使事物的广度和深度结合起来。当把短暂时期的事物变成永恒时期的事物时，测量短暂时期的尺码就于事无补了。正因为如此，优秀文学不是稍纵即逝的。”（泰戈尔：《泰戈尔论文学》，倪培耕等译，上海译文出版社 1988 年版，第 18 页）

正如有学者所说：“说到底，文学的命运只能由文学家自己来把握。社会可以改变文学的生存背景，高科技可以改变文学的载体和工具，文化转向可以改变文学的存在方式，读者的选择可以改变文学的功能模式，但文学追求真善美的本性没有改变，文学的审美品格和道义承担没有改变，因而，文学永远是文学的文学，是文学家的文学，文学的命运永远掌握在道义承担的文学和有操行的文学家手中。”（欧阳友权、谢鹏敏、吴天：《消费时代文学何为？》，载《文艺报》2003 年 9 月 6 日）

被视为现代主义鼻祖的福楼拜曾疾呼：“包法利夫人就是我，我就是包法利夫人！”从一个侧面我们可以看出作家对自己小说人物塑造的成功的自信，从另一个侧面我们可以看出作家对自己小说中的人物倾注的情感。时隔几个世纪后的今天，唯愿《荒原问道》的作者也会有疾呼“好问先生就是我，我就是好文先生！”的信心。

（乔焕斌：西北师范大学文学院现当代文学硕士）

读《荒原问道》有感

雪　尘

不久前我读完《陈寅恪的最后二十年》，一直沉浸在悲痛中难以自拔。“秀才遇上兵”的可悲历史情境一遍一遍地在我脑海里回放。我不禁思索着，属于知识分子的“骨骼”和“历史责任”究竟是什么呢？当疯狂者破坏一切秩序和人情时，真正能够载道的又是什么呢？一切思考，不再为生活服务的时候哲学思考是否有必要的意义？恰在此时，经朋友的推荐，我拜读了徐兆寿老师的新作《荒原问道》。我困惑的很多问题，在该书中一一找到了答案。很多古老的恒言随着故事情节的展开跃然于纸上。

《荒原问道》，是近几年来我读到的唯一一本没有“序”的书。扉页之后仅有一句“道可道，非常道”。“荒原”在书中所蕴含的意味又是什么呢？我出生在河西，说到荒原不免想到茫茫戈壁，而隔壁在一天之中的每一个时刻里又都是不同的。早晨的戈壁日出前后的景象，划开混沌的第一缕阳光照彻大地，总是给人一种充满了希望的感觉；白天的戈壁是灼热的，太阳是唯一的坐标，走向哪里都有迷路的感觉；黄昏的戈壁是神秘的，日落如同微启的莲花，金色的光芒加持俗世生死，显得神圣；夜晚的戈壁是梦幻的，每一个童话里的夜晚大抵从此而生。

近几年读书，我们所能读到的当代作品，偏僻入里地发现问题的作品屡见不见，而真正给出答案的书却太少太少。在我看来，《荒原问道》恰恰是一部将问与答都写得十分细致入微的作品，体验生活，然后发问，发问以后再次进入生活中体会并寻找答案。这让我想起了 2 000 多年前的孔子及其弟子，《论语》亦是在一问一答之间流传至今。“君子务本，本立而道生”，这个“本”，就是在大地上劳作的状态和人类文明蔓延的感情线索。所有哲学发问大致不能离开这个“本”。书中所纠缠的陈子兴的一段爱情故事和夏木先生与农民打交道的 20 年岁月里发生的一系列关于土地和荒原的故事，在我看来正是在诠释这个“本”字。很多道理，只有放入生活当中才能知其对错，我以为一切哲学探讨的关键都只能体现在“务本”的实际意义上。

生活的复杂性往往是难以捉摸的，佛家认为在如来入灭以后人类的生活一直在不停地走下坡路，聪明人越来越少，糊涂蛋越来越多，真正有智慧的人似乎已经绝种，更有人说中国自孔孟以后2 000多年来没有圣人的出现，这大抵是由于“务本”思想中“务”的部分在流失，而“本”的部分被曲解。关于“务本”一句，古人已经说尽，在《荒原问道》中“务本”是以“身体力行”的方式表现出来的。在此地，我们不妨做一点佛家禅定的功夫，舍其筏而登其岸，从两个主人公角色本身的角度和立场上体会一下“务本”的思想。

至于本书“问道”的结局，我想徐兆寿老师已经在书中做了最好的诠释，固守结局与固守开始别无二致。

以上仅是我个人以读者的身份写下的一点浅显见解。

（雪尘：青年作家，记者）

人到中年的体悟与文学书写主题的变迁

——评徐兆寿先生长篇小说《荒原问道》

姚康康

《荒原问道》是徐兆寿先生非常看重的一部长篇小说，对于这部小说的创作，他投入了极大的期望和热情，几易其稿，初稿完成后，曾向不同领域的专家学者、批评家、学生征询过意见，这在他以往的文学创作中是不太多见的，足可以看出他对这部书的重视程度。

《荒原问道》是徐兆寿先生中年书写的“集大成”之作，是一部寄予了相当大的写作“野心”的作品。这部小说蕴含着一个文化学者兼作家多年的人生体悟，也在一定程度上体现着他文学书写的变迁和希望对以往写作的突破和超越。因而，这部小说的创作，对于徐兆寿先生来说便具有不同寻常的意义，对于读者来说，也留下了许多期待。

应该说，《荒原问道》的创作，标志着徐兆寿创作风格与题材的一次转移，是其第三个创作阶段的开始。就目前的创作来看，徐兆寿先后经历了青春书写、社会热点书写两个阶段。前者是以一个执着的诗人和诗坛殉道者的身份出现的，代表作品有《那古老大海的浪花啊》等。徐兆寿在当时的诗歌创作灵感，来源于一位诗人对文学的热爱与坚守。徐兆寿的诗歌创作主要开始于20世纪90年代，那正是一个黄金的诗歌年代（80年代）刚刚过去，商品经济与物欲开始成为社会的主潮，文学的热度在下降，诗人纷纷转行的时期，徐兆寿在当时以诗歌鼓与呼，不乏响应者，但同时也几多寂寞与无助，然而他的努力和热情仍令人感动和肃然起敬，他的诗歌创作构成了20世纪90年代以来甘肃诗坛的重要成果，这是他文学创作的第一个阶段。众所周知，大学毕业后的徐兆寿先生从事过多年的高校行政工作，成绩比较突出，并有多次到有关政府机关工作的机会，后来他主动放弃了仕途这条道路，他的选择令周围许多人难以理解，在我们这样一个官本位的环境中，这是他人生道路的一个艰难转型，这种现象是不多见的，从根本上来说，他其实仍然心系文学，向往学术之路。徐兆寿的这次转型，开始了他文学创作的第二个阶段，同时，作为一个文化学者，也开始成型于此阶段。除文学创作外，徐兆寿作为国内年轻的性学研究专家，也为他的文学创作提供了一些新的视角和文化底蕴，长篇小说《非常日记》是首部涉及国内当代大学生性问题与心理问题的畅销书，《生于1980》是他对80后问题的关注，另外几篇小说也与他此时的文化研究不无关系。徐兆寿此阶段的小说创作，基本上以80后群体为主，他们在小说中基本上是以大学生的身份出现的。大学阶段是人生成长过程中的一个重要阶段，也是大学生人生观、价值观形成的重要时期，然而长期以来，文坛对这个群体的文学关注并不是很多，尤其以心理健康、情爱观为角度的写作更是少之又少，但无可置疑，这些问题又是社会热点和难点问题，成为困扰和影响这个年龄阶段人群的一个重要问题。我们不妨可以说，徐兆寿的这些小说可以算作是新时期成长小说的组成部分。以往的成长小说，比如《草房子》、《看上去很美》等，往往写到青年的中小学阶段，其实往宽泛处说，大学阶段也是一个人成长的重要阶段，他们虽然在法律上取得了成人的身份，但在心理和思想上并未完全成熟起来，因此也只能算一个“准成人”，他们成长过程中的困惑谁来关注，无论从文化研究还是小说创作来看，徐兆寿都将此纳入自己的书写范围，这也是徐兆寿学术研究和小说创作的重要收获阶段。

如果说第一阶段徐兆寿关注的主要是文学，那么第二个阶段他关注的主要是社会，到了第三个阶段，亦即以《荒原问道》的创作肇始，他转入到对文化与心灵的叩问中，对于他来说，是一个层层向内转的过程，这种向内转的过程，体现出创作和研究的深化和复杂化，虽然从题材上来看从自我到社会，再到文化，似乎视角是变开阔了，到了外层的地域，实际上我的感觉是他的创作是在渐渐深入内心和精神最深处，是一个从“小我”到“大我”，再到“心”之根源的过程。研修佛学的人都熟悉一个“小乘”与“大乘”的问题，王国维谈境界也提出过三层境界的问题，那么以此类推，徐兆寿的创作便体现出一个对自我认识不断深化的过程，如果说前面的创作只是体现一个“是什么”和“为了什么”的问题，那么到了《荒原问道》中则是关注“为什么会这样”的问题。王国维说过一句很感人的话：“人生过处唯存悔，知识俱增只宜疑”，也在一定程度上说明了这点，它是生命历程的深化，这部书中的人生的疑惑也便由此而来，与其说书中是“好问先生”对人生与社会提出的疑问，不如说是作者借主人公之口表述自己的观点和困惑，人生的体悟是“向心”的，而非“离心”的，所以说，此阶段徐兆寿的写作在向内转便是这一层道理。

《荒原问道》写了主人公夏木生活的全部遭遇和体悟。这里的遭遇包括生命遭遇和精神遭遇两个部分。故事由“我”的故事和夏木的故事两部分组成，“我”其实是夏木故事的叙述者，重心还在于夏木的故事，夏木的故事几乎包含着书中全部的沉郁和悲怆。书稿完成后，徐兆寿先生曾征询过一些人的意见，他问大家，他的这部书中到底有没有写出一些独特的东西，发前人之所未曾发，在我看来，应该还是有的。从文化角度或性学的角度来切入小说叙述在别的作家那里已有过尝试，20世纪的寻根文学，以及贾平凹的《废都》都属此例，甚至陈忠实的《白鹿原》里也不乏性的描写。因为在此前有过这样一些作家进行尝试，所以徐兆寿的担忧是有一些道理的。《荒原问道》的创新之处在于作者以双重独特的视角对夏木生活的遭遇进行叙述，夏木是一个遭遇生存困境，而具有独特意蕴的文学形象。作品的跨度时间比较长，从20世纪50年代一直写到新时期，夏木先后经历了改造、饥饿、逃亡、隐姓埋名、结婚、考大学、衰老等不同阶段。夏木作为一个受难者，他在民间获得保护和新生，这种民间的、西部的、底层的文化值得我们去考察，徐兆寿以传统的文化视角与多年的性学与社会学研究的双重视角来书写夏木如何成为夏忠，在动荡的年代从民间寻找到自己安身立命的处所，这里的传统文化视角不是指纯粹的儒家文化，在这里包括许多民间的、地域的成分，而从性的角度来切入考察个体的生命遭遇，又包含着徐兆寿的学术视角和人文关怀，过去的文学书写，从文化的角度来讲，往往离不开儒道释的角度，而从性的角度来讲，又容易复制《金瓶梅》的模式，从民间的角度，《白鹿原》中写过一点（田小娥），然而写得并不多，也不是作品的主线，《荒原问道》则以民间文化与现代作为学术视域下的性学研究的经、纬线，来叙述夏木（忠）一生的困境和遭遇，这就是作品的独特之处；此外，长期以来，由于受新文学中启蒙主义的影响，民间里的大众往往是一个需要启蒙的阶层，其实从现实来说，民间大众和知识分子形成了一个互相启蒙的过程，《荒原问道》无疑写了这种新的东西。在《荒原问道》中，我们可以从中发现许多熟悉的然而鲜有其他作品涉及的东西，这是它的另一价值所在；还有一层，无论是夏木的故事，还是“我”的故事，都是寻找一种“自由自在”的状态，而在现实面前处处碰壁。作品里写到了许多人物，男男女女，自觉的和不自觉的，有知识的和没知识的，共同陷入各自的人生困境里，这是作品的第三个引人注目的地方，亦即作品中的哲学探索。当然，其中不乏许多个体的体悟，掺杂着自我的和非自我的人到中年的体验，想来应该容易在读者中引起共鸣。

《荒原问道》这部书中也有许多章节写到了大学校园。作品写到了80年代校园生活里的理想主义情怀。关于这点，我们可以从《雪花那个飘》中看出一些相似的东西。作为大学生的夏木是传奇的，他的才情和多年来民间生活所形成的文化经验成为他身上的深厚底蕴，后来作为大学教师的他也不乏吸引人的地方，然而就是这样一个人，却注定成为大学校园里边缘人。他倾心于传统文化和现代哲学的探索，不屑于职称评定和学术论文写作，也不屑于与学术投机者为伍，就这点而言，有许多“现实生活”的影子，讽刺了什么，如何理解，相信读了此书的读者自会仁者见仁、智者见智，难免会心一笑，这种小说写作中的“忍不住”，与作者长期生活在大学校园里，又做过多年大学教师的生活经验不无关系。同时我们亦可以看作是作者对大学生态环境的一种深刻反思，涉及精神家园重建的许多重要问题。

无论从文学书写变迁的角度，还是从文化研究与人到中年的体悟的角度，《荒原问道》都是作者积累了多年的经验，尝试回答“文学是什么”和“人是什么”的问题。当然，文学作品不是哲学著作，它需要的是以人物形象和故事情节来演绎作品内容，《荒原问道》是一部非常有必要予以重视的作品，单从凉州这块土地来说，它完全有理由与雪漠的《大漠祭》、李学辉的《末代紧皮手》一道，达到相同的地位，同时它也有自己许多独特的东西，《荒原问道》为“凉州现象”又贡献了一部力作，进而成为西部文学的重要成果之一。

（姚康康：西北师范大学硕士研究生）

面对荒原，问道在何方

张　枫

《荒原问道》是作家徐兆寿教授在甲午年里奉献给读者的一部精神力作。作品一经面世，即轰动金城，在北京大学召开的研讨会上，受到众多专家学者的赞誉。

这是一部探讨知识分子面对荒诞和空虚的现实，遭遇精神危机的作品。小说着眼于知识分子与时代的关系，创设“荒原”意象，采用双线交叉的艺术布局，运用虚实兼用的写作手法，多维刻画了陈子兴和夏木两个学富五车却困惑迷茫，把荒原作为精神依托的两代知识分子的形象，生动诠释了知识分子与社会的关系。

小说讲述了两个人，或者说是两代人的跌宕故事。

作品的一条线写的是老一代知识分子的人生及其心路历程。夏木，大学毕业自京城到地处荒原的西远大学任教，经历了被改造、做农民、再高考……一系列波折，后重在西远大学教书，在嫉妒排挤和其他诸多不顺心中出走荒原。另一条线写的是新一代知识分子在当代社会中的经历与精神碰撞。陈子兴，中学时代与老师相爱。黄老师因不堪社会重压而出走。他读研后回到荒原当了西远大学教师，与夏木成为忘年之交。夏木出走，他苦苦寻觅，无意中偶遇已经失踪20余年的黄老师。大喜中，黄老师却不幸亡命于地震。陈子兴抱着她的骨灰离开西远大学，去了他们都曾向往的希腊。

小说描摹了20世纪50年代至当下知识分子的社会生态、心灵轨迹和精神彷徨，时间跨度长达一个甲子。在空间上，小说冲破大学校园的囿禁，将知识分子这一群体置放于社会沧桑变迁的大背景下，在一系列社会重大变革中叙写其工作生活、命运沉浮，以及群体内部、群体与社会的精神撞击，跨越了大学与城市、大学与农村，以及荒原与北京、上海乃至国外。小说特别注重对知识分子心性、心境、胸怀等内心世界的书写，揭示了知识分子孜孜不懈的精神求索。作品宏观上气势磅礴、纵横捭阖，节点上细致入微、开掘深刻，堪称一幅新中国社会史和知识分子命运史、思想文化史的恢宏长卷，其中有如椽巨笔的大写意勾勒，更有重要断面上工笔重彩的刻画，被学者一致誉为近年来“精神性长篇小说”不可多得的佳作。

《荒原问道》成功地塑造了两个知识分子，或者说是两代知识分子的典型形象。

夏好问是新中国成立后最早培养出的一代知识分子形象。他生于京城，出身于知识分子家庭，后离开金城孤孑委身荒原大学，因一首诗歌被曲解，和许多其他优秀知识分子一道被遣送到荒原上的农场接受改造。在那场国人熟知的大饥馑中，他逃出农场，留下一条活命。为了生存，他决心远离城市、远离知识分子聚集的是非之地，埋名与当地大队书记的女儿钟秋香结婚。20余年间，他种地、放羊，当民办教师、乡村医生，与秋香生养了三个儿子，且不断经历着坷坎。高考制度恢复时，命运阴差阳错地把他又一次送进西远大学，他又重启教书生涯。夏木精通文史哲，医术高明，是学生的精神偶像。而他本人却遭到山之宽的排挤，也受到部分不学无术者的嫉妒和畏惧于权势者的躲避。这些，又一次使他陷入痛苦的沼泽。他用自己的方式默默与种种社会“新潮”观念、权势和不正之风以及不和谐的家庭生活抗争……他遵从算命先生“少言避祸”的叮嘱，钻在自己构建的堡垒里，苦苦地在精神荒原里寻觅道路。最后他离家出走，匿迹于西部荒原世界。夏木的形象，一个典型的殉道中国传统文化的文人形象。

“我”，小说中的一号主人公陈子兴，是改革开放后的新一代知识分子。他从荒原腹地走出，戈壁大漠养育了他。他中学时与年长自己20岁的英语老师黄美伦相爱。他们越过了男女之间的最后一道防线。师生暧昧的“丑闻”被暴露后，“我”和“她”的人生轨迹都发生重大改变。“我”失去了当年学生优先选择的中专入学考试机会，不堪重压的黄老师则从学校蒸发。黄老师像多米诺骨牌的第一张，她的离开瓦解了“我”的多米诺长城。许多年后，陈子兴在苦读中完成了从荒原放羊娃到大学老师的角色转换。刚毕业时，他身上躁动泛滥。在与夏先生说天道地、谈古论今中，他暂时找到了心灵停泊的港湾。然而，随着时间的推移、知识的递增、婚姻的不幸，他再次陷入困顿。这是一次如同浩荡海啸的困惑，几乎颠覆了他的“三观”。他有丰富的知识，却不知何去何从，好似一条找不到灯塔的船，迷失在浩瀚的海洋里。此时，与他灵犀相通的夏木又突然失踪。在寻找夏先生的过程中，陈子兴意外遇到更名换姓的黄老师。他的人生似乎出现光明。他开始再一次寻找着自己前行的方向。黄老师在做慈善事业中不幸殒命于地震。陈子兴茫然地捧着自己心上人的骨灰走上飞机，去了他们许多年前就向往的希腊。

小说为读者揭示了新中国知识分子在不同际遇里的精神嬗变与追求。

《荒原问道》中的夏好问和陈子兴，在时代上是相差30年的两代知识分子。他们的家庭出身、成长的社会背景和走过人生道路各不相同，对自身归宿的设计定位也不同。夏木刚步入社会就遭遇了多舛的命运，他拼命融入农村。陈子兴生在荒原，为摆脱贫困的生存环境，千方百计想走出农村。但是，作为同在大学任教的知识分子，他们都有强烈的独立人格和精神追求，有中国传统儒生所具有的共有特质。在小说里，作者还用强烈的宗教元素，暗喻了东西方文明在当代中国社会的撞击与融合。小说中的两个主角，都饱受中国传统文化教育，但当他们在接受了佛教的濡染和基督教的冲击后，对自己曾经固守的“道”开始了新的探索。《荒原问道》，既是对前方新路的探索，更是对自己灵魂的拷问。

作品通过对夏木和陈子兴形象的刻画，似乎折射出了新中国成立后，特别是改革开放以来整个知识分子群体的迷茫、困顿和求索。作家准确把握了不同时代知识分子的社会生存现状和文化心理，以艺术化的手法还原了知识分子群体的孤独，为读者打开了一扇前人未曾开启过的大门，是一部大写中国社会特别是知识分子人文精神的厚重之作。

小说通过人物形象的塑造，回答了当代中国“不能丢弃传统优秀文化的根与本，也要与时俱进地吸纳人类文明的一切优秀成果”这样的社会大命题。

作品通过对不同时代社会思潮和众生言行心理的描述，将当今社会人们思想活跃但又缺失主流文化思想引导、盲目跟风的乱象呈之于读者。作者通过对主人公夏木、陈子兴与众不同的文化理念秉持以及由其导致的现实生活中的遭遇的描写，用鲜活生动的形象告诉人们：我们的社会不能没有主流文化，我们既要坚守老祖宗数千年创造传承的优秀文化遗产，又要不断创新发展和发扬光大祖国文化，还要兼收并蓄地包容吸收优秀异域文明，让中国文化的参天大树在不断汲取营养中根深叶茂、永远先进。

《荒原问道》让我看到了中国西部的现实荒原，也帮助读者认识了眼下包括知识分子在内的国人的心灵荒原，还前瞻出走出荒原的途径——必须重新构建先进的主流文化。

小说告诉人们，无论现实的荒原多么贫瘠，只要人们顺应自然、利用自然、生生不息地顽强创造，才能在与自然和谐相处中营建出适合自己的生存环境；无论精神的荒原如何荒芜，只要人们固本培元，在不断探索中培植滋养能促进社会发展的文化正能量，成长于中国几千年文明沃土上的先进文化，必将会成为激励人们奋发向上，成为实现“中国梦”的不竭动力源泉，这就是这部小说要表达的思想。

我期盼现实的大地郁郁青青，更期盼精神的原野葱葱茏茏。

（张枫：西北师范大学传媒学院戏剧与影视学硕士研究生）

一个90后的问道求索

——《荒原问道》读书笔记

林　恒

一天中，太阳会升起，同时也会落下。人生也一样，有白天和黑夜，只是不会像太阳那样，有定时的日出和日落。有些人一辈子都活在太阳的照耀下，也有些人不得不活在漆黑的深夜里。人害怕的，就是本来一直存在的太阳落下不再升起，也就是非常害怕原本照在身上的光芒消失。

——东野圭吾《白夜行》

人世间有一种东西你永远无知，但越是无知，你越是渴望知道，然而，最终你还是无知。那就是命运。

——《荒原问道》

怀着沉重的心情读完《荒原问道》，又怀着同样沉重的心情开始思考《荒原问道》。其实读完作品有很长一段时间了，想写些感受却一直不知道该从何处下笔。

在我看来《荒原问道》不仅讲述了两位不同时代知识分子的故事，更是对整个时代、生命、人性提出了种种现实意义的反思。90后的我在看这部小说的时候几乎目瞪口呆，像是进入了一个新的世界。由于生活经历和生活境遇的不同，我无法感同身受那样一个艰涩的年代。我对历史、地理、人文的认识浅薄，只能通过书中的描述而抽象的构建出书中所描绘的景观，无法联系实际。对我来说，《荒原问道》已经不是一部小说了，可以算是一部叙事化、拟人化的学术作品。从《荒原问道》中，我可以看到整个乡土社会从对荒原神明的迷信和崇拜，转变到城市化的物质糜烂和欲望滋生，再到人伦信仰的丧失，从真正看得见的荒原到看不见的荒原，从大地的荒原到思想的荒原。书中有一个小情节是一个学生质问好问先生什么是道，好问先生无法回答，大家便笑他，他说，“上士闻道，勤能行之；中士闻道，若存若亡；下士闻道，大笑之，弗笑不足以为道”。或许对于我这样一个层面的读者来说，即使能闻道，也觉得“若存若亡”，如此一来，不如从书中“闻道而勤能思之”，像《荒原问道》里的两个知识分子一样问道，向生命问道，向现实问道。

夏木出生于一个知识分子家庭，也算是书香门第，因为一首小诗被遣送至双子沟，从双子沟开始了颠沛的一生。命运似乎在夏木13岁时就已经安排好了，他一辈子的苦难都与文章有关。夏木从双子沟逃亡到柳家营，果真要开始当一个老实本分的农民，还做了柳家营一手遮天的大人物钟书记的上门女婿，这一躲就是20年。夏木在不断的向生活妥协，同时也在固执的问询，关于人道、关于天道。知识分子，可以停止对身份地位的要求，但永远不能停止思考和探索。

夏木在柳家营的这20年里，为读者展开一幅乡土社会的全景图，这是我们今天的社会慢慢遗失的。这里的人们生于斯、长于斯、死于斯，在这样一个社会中，人与人之间是熟知的，他们之间的相处方式是自由的。在现代化进程中，人与人已经开始脱离了这种自由而随意的相处方式，转而变为一种貌似“亲近有礼”实则“明知故问”的接触模式。农村人相处，不像城里那样冷漠和简单。城里人见面点个头，说声你好，最多握一下手。乡下人把人情世故看得最大，把人情世故处理好，那是需要很多规矩的。《荒原问道》中有一个情节是钟书记巧妙地解决了两兄弟之间争斗而引起的误杀，使他们避过法律的制裁，这在冷峻的法制社会中是行不通的，夏木给陈子兴说的一句话让我印象深刻：“大道废，仁义出，仁义隐，律法制。”这句话的确道出了整个人类社会的发展轨迹。

从双子沟到柳家营，夏木极力想把自己转变成一个农民，放过8年羊，当过老师、做过医生，但仍不能完全融入到这样一个乡土社会中。乡土文化是有赖于象征体系和个人的记忆而维持的共同经验，而夏木没有这种记忆，也缺失这种经验，他的出生、经历、学识虽然比起乡下人丰富得多，但对这种民间思想文化他却又无可奈何，思想上他也一直在学习、融合、探寻。比如后来的他开始信命运，开始信风水玄学。造物弄人，恢复高考后，夏木又隐姓埋名回到西远大学，这时候的他回到城市生活，却又与周边的环境格格不入，忘记了城市里的那一套人情世故，经历了世事变迁，他反而更看不清什么是道了，或许是这世间万道，道道在理吧。贯串在夏木身上的，是一种文人的骨气，这骨气可以体现为一种固执。因为看不惯系主任山之宽的行径，或是出于彭教授的往事过节，夏木说不评教授就是不评。他可以用夏忠的名字隐姓埋名一辈子，但是最终还是说服自己把真实的经历公布于世，他要对得起自己的良知，对得起彭教授。这便是一个知识分子的骨气，也是夏木对于道义的抉择。

书中夏木和王秀秀的故事让人印象深刻，王秀秀是个命运悲惨的女人，可怜人也必有可恨之处，她不仅害了自己，也苦了夏木。但是我认为她不单是因为个人的生理欲望而死缠着夏木，也是出于一种牺牲和奉献的念想。夏木与众不同的个人魅力，深深地吸引着她。这种对夏木的敬仰逐渐上升到一种崇拜，对于王秀秀来说，她没有什么可奉献的，唯有献出自己的身体，出于她的悲惨经历，王秀秀在性方面从未获得过真正心理上的满足，因此对夏医生的苦苦纠缠，不单是生理欲望的释放，同时也是心理情感的向往。这是一种牺牲奉献的仪式，如同古老的祭祀，少女把年轻的生命奉献给神明一般。其实这种心理在夏木的妻子秋香身上也可以明显地体现出来，秋香对夏木的种种迎合，小心翼翼却总觉得有阻隔可以看得出这种敬畏之情，只不过后来夏木回到西远大学，秋香也开始接触到校园和城市生活后，慢慢地学到了另一种城市化的人情世故，由于周边环境的影响，也开始以为夏木不是高高在上的了，因此也会对夏木有所责难和误解，这也是不能避免的，本来文化层次就差得远，如此一来反而离夏木的精神世界越来越远了。

《荒原问道》中谈到文明与生命的冲突问题是由夏木和小姨子冬梅发生的一段不伦的情感引出的，冬梅在柳家营时就对夏木埋下了暧昧不清的情愫，后来经历了城市校园生活，多少也跟夏木有些共鸣。姐妹共侍一夫的罪恶思想是不被现实伦理接受的，更是夏木这样的高级知识分子所排斥的，因此触犯这种禁忌之恋后，夏木明显地表现出一种慌乱，因此书中也提出了疑问“一切的罪恶仍然来自于生命与文明的冲突，而生命永远要让位于文明。难道文明应该沾沾自喜吗？”的确，人们所持有的道德伦理观到底是对人性的颂扬还是对人性的压抑呢？人的情感多种多样，而道德准则却屈指可数，所谓的伦理道德在什么样的情况下都是具有普适性的吗？就像彭教授在双子沟的时候喂夏木死人肉，一个高级知识分子，也会做这种同类相食的事，这是否有违道德和原则呢？这些都是现代文明所没有触及的，又一次，现代文明出现了荒原。

从夏木的身上我们可以看到一种“贵族精神”，那是一种洋溢在高级知识分子当中的高层次文化气息。这种贵族精神不是由出身和下乡环境比对出来的，而是真正包含对真、善的追求和知识分子们特有固执。时代的磨难使他的生活态度更加超然，他经历了失望、希望、绝望、淡然，而这超然的贵族精神在一直默默地支撑着他。同时惨淡的时代和这种贵族精神又形成了鲜明的对比，从无所不知的夏忠到无所不问的夏好问，不仅是小说中的主人公在问道，同时也引起读者们对现实的种种思考，鲜明的对照在读者的心中产生了极大的震撼。

第二代知识分子陈子兴在读中学的时候，爱上他的英语老师，他们彼此勇敢的相爱却因为世俗的压力而惶惶不可终日，当他们的恋情被公开后无论怎样挣扎也难逃离别，在那个闭塞的时代面前，再真诚的情感只要有违世俗伦理就会被击得粉碎。在这里，我们能看到中西方人文观念和历史文化的差异，那是他们所向往的，却也是遥不可及的。在经历物是人非之后，他们再次相见而且颇具戏剧性。我们看到了岁月的痕迹和青春的激流，那些相识的快乐与别离的痛苦，那些深爱过的和背弃过的，在冲破世俗，跨过时间之后，却又遇命运的责难，让读者感受情绪上的起伏的同时，也为主人公感到可悲和惋惜。

小说对于陈子兴的描述，多半是感性化的。相比于夏木来说，陈子兴的经历没有那么丰富，一路从荒原走到城市，但情感上的经历却让人惊心动魄，一波三折。经历了跟黄美伦的生死之恋后，他一直对自己心爱的英语老师念念不忘。从情窦初开的少年到成熟有为的教授，这段情感始终是陈子兴的梦魇，以至于后来的苏小小、张蕾，甚至后来结婚的李娜，也都是昙花一现。和黄美伦一别就是20年，在这段岁月里，陈子兴也一直在思索、问道。年轻时的“错误”让他学会了妥协，时代出现的新思潮，让这一代知识分子的信仰出现了真空。陈子兴读大学期间，也有过思想上的混乱，也曾成为一个洒脱不羁的诗人，后来一切重归平静之后，他也开始对生命、人性开始了思考。再刻骨铭心的经历都会被时间磨平，再热烈的岁月都会被时代淹没。陈子兴对黄美伦的记挂也仅存于一丝执念。后来的相见，他苦苦证明葛艾羽就是他旧时的恋人，都是出于对情感的执着，历经20年，各自都有情感，各自都有过苦难和家庭，这少时的情感还能留下多少，这也难怪他在确认黄美伦的真实身份时会产生犹豫和厌恶，执念和心魔始终是一种可怕的东西，难道成全了黄美伦就对得起自己的家庭了么，对得起已经结发的李娜吗，那陈子兴的道义和责任又在哪里？这是他的道德困境。人性确实是复杂难言的，如果换成我们，遇到类似的问题，又应该如何抉择呢？或许黄美伦死于地震也是一种好的结局吧，人伦不容，天理也难容吧。最终陈子兴把自己爱人的骨灰撒到爱琴海，或许那是那他们爱恋中向往的地方，也是这爱情的归宿吧。陈子兴相比于夏木而言，对世事终究还是不能看得很透，总是受到环境的影响和人伦的束缚，虽然也一直问道，终究还没能完全放下。当他身边的人一个一个离他而去时，他是那么的痛苦无助。我更喜欢夏木身上的老庄精神，淡薄又深邃，生于道、隐于道。从来处来、到去处去。

生命从何而来，生命的意义又在何处。儿时的梦想都被生活和认知磨平了棱角。现实的束缚和荒诞的人性让人们跟着命运一起随波逐流。我想起了李普曼的“拟态环境”。哲学、政治、文明这些或许是被抽象出来的。它们离我们真实的物质生活太远了，我们无法真实地看到它们的面貌。或许我们踏踏实实的劳动，生存下去反而更切合实际。就像夏木如果他真的从知识分子转变成为农民，也许他会活得更轻松吧。或许陈子兴更实际一点，他会收获更幸福的婚姻，获得更出色的成就吧。然而生命的意义远不止为了活着而活着，还必须思考为什么而活，即使宿命真的已经写好，也不能像一个空心人，如同行尸走肉一般苟活于世间。《荒原问道》中有一段充满诗意的感慨：“在大地上，没有一种生命是匍匐着生活的，没有一棵树是低头生长的，一个也没有。所有的生命都是昂首生活，所有的生命都不屈地向上。”而我们人呢，又怎么能向命运和生活低头妥协呢？人不仅需要理想，也需要信仰。人们受制于时代，也在不断推动着时代，一个民族，需要文明和精神去维系，需要用传承下来的文明和借鉴来的文化去共同构建。这样我们和我们的民族才能生存下去。自然既然赋予人以智慧，也必然赋予了人类丰富的情感。人生也不只是追求最终的结果，而是一路的过程，每个人都是这样，知识分子更是如此，一辈子有无数个疑问，不是每个问题都有答案，但只要在走着，并不断思考就能找到答案。

《荒原问道》对理想、爱情、现实、生命、人伦展开了丰富的表现，也蕴含着对中西方人文差异的思考，对命运与世俗的反思，对人性与道义的解读，同时，对历史与文化进行了详尽的描绘，对生命和文明展开了深刻诠释。读者从书中不仅看见了世界，也让人们不断反思真理，这也同时吻合了“问道”这一主题。

（林恒：西北师范大学传媒学院戏剧与影视学硕士研究生）

一场源自荒原的视觉狂欢

——评徐兆寿新作《荒原问道》

吴婧雯

今天，我是以一个普通读者的身份坐在这里，与诸位师友探讨徐兆寿老师的新作《荒原问道》，妄自说出一些自己的拙见。

他一位出生在凉州地区的作家，总是以温文尔雅的形象示人，言谈举止间一派温和之气。这副模样很难与20世纪90年代那个在兰州高校振臂一呼倡导文学自救运动，带着他的所有作品在北京奔跑半个月，敲响谢冕的大门请他为之作序的狂热青年诗人联系在一起。1998年他在出版的诗集《那古老大海的浪花啊》的扉页上写着："我要重新解释这个世界……"

第一章《只有灵魂不死》中有这样几句诗行：

一切都源于灵魂 源于这世界不休的呼吸
一颗小小的心灵就能和世界万物共鸣 和这世界息息相通
像洁净的空气一样 灵魂是轻曳的 迅疾的 飘忽的
是这世界的空茫 是徘徊 是忽然间的疑惑
我们分明能听到一种真理的呼唤
分明能看见这世界的秘密
一颗古老的却日益邃远的心灵

2001年他出版的另一部诗集《麦穗之歌》沙与沫篇章《狂人日记》（组诗）《无人相识》中的那几句：

他在黄昏时分狂傲地说
"太阳，我和你一样在发光"

他对春天第一朵野花说：
“我和你一样灿烂”
他在一个黑夜死去
手里攥着一团火
说要照亮死者们前进的道路

灵魂涤荡于肉身，直至存在之困。读过徐兆寿写的东西，不少人认为他是个疯子，是中国当代的堂吉诃德，做出与时代相悖、令人匪夷所思的行径。20世纪新文学史中新诗潮代表人物海子对于像徐兆寿这样一批寻求文学改良的新青年影响至深。适时海子“一个诗歌时代的象征”，其诗影响了一代人的写作，彻底改变整个时代的诗歌概念，成为中国诗歌文化的一个重要组成部分。

屡屡碰壁后，他选择沉寂，直到“非常系列”问津，徐兆寿三个字再度回到人们的视线，引起大家的广泛关注。被誉为“当代贾宝玉之传”的《生于1980》：聪慧潇洒、家境优越的胡子杰邂逅了外表纯情而背景复杂的欧阳澜，这场轰轰烈烈的爱情以失败告终，胡子杰开始浪荡，这部小说揭示了城市独生子女的内心世界。《非常情爱》中那个不可一世的张维，经历了丧父丧母丧师丧友患上了严重的失眠症、抑郁症和孤独症，陷入人生低谷后，他反复思考着：究竟人应当怎样活，路又应当怎样行。张维的才气吸引多个女孩子为之倾倒，可到最后他还是孑然一身。一代美学大师易敏之亦师亦友将他从悬崖边缘拉回。大彻之后的张维，重回平静的生活。《幻爱》里一个女人的身体里包藏着诗的内心，风一样的灵魂，人世间会有这样一个人能把两种对立的力量和形式共于一身，并运用自如、浑然不觉。我（主人公杨树）不可抑制地爱上了她，从此婚姻生活混乱地一发不可收拾。

在高校任教多年，这位充满激情的作家不断思考着，敢于触及当代青年男女敏感脆弱的情感世界，用笔下一个个现实故事进行主人公的精神剖析，直抵心之隐晦，引发人们对大学生生存和精神状态的考量。

2008—2009年他相继出版《我的文学观》、《中国文化精神之我见》，摒弃对固有常识的叙述，以独到的视角，匡正对中国传统文化的误读，高屋建瓴般宽阔的宏大视野，更像是学术性文本。《西部生态与西部文学的关系》、《诗歌改良刍议》、《〈红楼梦〉》中国古典主体精神的终结者》一袭文章被逐一列出。

10年间徐兆寿作诗、写小说、撰写评论，漫长的反省、自查，扪心自问。步入中年后作为一个知识分子他对身边熟悉环境中那些不为人熟知的事物进行叙述、思考，这才会有这部真正反映知识分子精神的大作《荒原问道》的面世。

就像俄罗斯思想家尼·别尔嘉耶夫为知识分子下的定义：“俄罗斯知识分子的始祖是拉吉舍夫，他预见到并规定了俄罗斯知识分子的基本特点。当他在《从彼得堡到莫斯科的旅行》中说‘看看我的周围，我的灵魂由于人类的苦难而受伤’时，俄罗斯的知识分子便诞生了。”

徐老师呕心沥血4余载不下10次修改最终定稿近40万字的这部旷世之作，旨在定义中国当代知识分子应有的担当。本书围绕一老（夏木或曰好问先生）一少（陈子兴或曰陈十三）两位具有典型代表性的两代截然不同知识分子的命运展开叙述。他们皆是从历史变革的成败、悲喜中迎来一次次精神的升华或者沉沦，敢于向权威挑战，迫使其改弦易辙，以救黎民苍生于祸乱；敢于声讨尘世间的黑暗腐朽，迫使其改恶为善；更是敢于向弥漫于整个社会的浮躁、贪欲质疑，而祛除媚俗。当然，眼前这两位知识分子是单薄的、孤独无助的。几度绝望的知识分子寻找支持自己活下去的生存之道，即精神所求，自己又当如何在此种精神中存在。

夏木在最美好的年龄同彭教授下放到双子沟，沿途经过这片寸草不生的土地时，是茫茫戈壁那亘古千年的荒原。初来这里他们对荒凉没有概念，体力劳动即体验生活、自然灾害、饥荒。冬天严寒不断有人饿死，被抬出。年轻的夏木身体饱受摧残，他感到前所未有的绝望，最后同彭教授出逃这这座魔窟。1990年出生的我无法想象在极端恶劣的环境下人们放下高高的姿态要活下去的那种强烈渴望。我们只能从严歌苓小说《陆犯焉识》（前不久被张艺谋导演搬上大荧幕的巨作《归来》）影像呈现中获得些许对这一代知识分子当精神社会崩塌时对生活的彻底绝望的通感。我们不难联想到杨显惠的《夹边沟记事》里那段尘封40年的历史。作者在忠于还原历史事实的基础上，通过讲述20个故事，表达对受难者命运的深刻反省，正视历史悲剧虚掩下的本质。当夏木被抓到永县柳营农村后，他选择做一个彻头彻尾的农民，并与村姑钟秋香结婚，他是要一辈子在这里放羊了。作者用12篇幅陈述夏木在农村的这段生活，小学教书匠、行医、与狼王搏斗。寡妇王秀秀勾引他这件事成了大家的笑柄，更让他在岳父钟书记面前抬不起头。在这片土地上他受尽凌辱，心灰意冷。直到高考恢复的消息传来，他毅然奔赴考场。造化弄人，他被工作过的西远大学中文系录取，回到阔别了20年的熟悉校园。

夏木回到城市，在西远大学生活。踏上故地的夏木尽可能伪装自己，特别是彼时彭教授的助教夏木。才华横溢、满腹经纶的他很快引起大家关注，成为大学生们的精神领袖，解读尼采的哲学与思想解放，按自己禅悟出的哲学史观教书育人，这些行为被院里坚决反对，这时候他才意识到，自己错误地认识当下。对熟悉的不能再熟悉的知识分子环境，他满心欢喜地回来，万万没想到从头到脚泼了凉水，由身凉透心。

相比较另一个知识分子陈子兴的命途似乎略显单一甚至枯燥无味。陈子兴生于河西走廊的贫瘠土地，过早地从农村来到城市求学。在城市化进程的推动下，受20世纪70年代以来后现代主义个人对世界和自我的无中心意识和多元价值取向的影响，这代知识分子评判集体主义的价值的标准全然不同了，个人的思想不再拘泥于社会主义理想、人生目标、国家的前途命运、传统道德体系的制约等。陈子兴的思想得到彻底解放，对于自我有深刻的认识。多年的求学道路俨然将他重塑成西远大学有史以来最年轻有为、学术造诣极高的学者，即攻读博士、系统接受西方哲学体系教育。在内心深处，陈十三发生的所有蜕变源自隐藏情窦初开时一段深切美好的爱恋——不可救药地爱上比自己大20岁的老师黄美伦。受道德伦理制约，真心相爱的两人短暂相聚被世人分开。至此之后，苏小姗、夏雪银、石熙媛、李娜她们像是陈十三生命中的过客，匆匆来，又匆匆去，无一长留，直到他再度遇到自己所挚爱的黄老师，两人相见，恍如隔世。

我们说，一个人绝望一回就足够死一次，更何况好问先生和陈子兴已经绝望了几回呢？两人共同之处是数次回到荒原沉思，而这个荒原是一个根本不存在的文化符号——他们的精神载体寻找着支撑自己在探寻自我存在价值道路上艰难前行的理由。

这样一部沉重的作品通过对一老一少知识分子内心饱受中西方文化对抗、撕扯、合流、交融的描写，来解读中国当代知识分子灵魂的搏斗、挣扎和最后的变异。

最后，请允许我作为一个读者表达应有的期待。正如当代学者刘小枫在他那本《拯救与逍遥》中认为的那样，道佛两家在面对世间恶的时候，采取的是一种漠然的石头态度，西方的基督精神被弃尸荒野。中西文化精神的品质存在巨大差异，它们并不能互译，最为根本性的不同就是拯救与逍遥，中国有以德感为基础的道佛，西方有基督精神，以爱感为基础、罪感为表象、拯救为中介的基督精神。为此他引用曹雪芹的《红楼梦》探讨逍遥；陀斯妥耶夫斯基问："上帝如何可能"，可是，刘小枫到这里就迷路了，他也不知道路在哪里。他只是对其他迷路者说，我去过这几条路，基本情形就是这样，至于该怎么办，我也不太清楚……

《荒原问道》中没有提到主人公是如何自我救赎的：两代知识分子面对被命运再三捉弄后双双选择逃避：年轻的陈子兴怀抱美伦的骨灰远赴希腊，他要带她去爱琴海。好问先生去西北考察中国最古老的文化，遥寄给子兴一封信，落款荒原人。故事讲到这里戛然而止。

但是，我很想知道这两位知识分子到底是选择了拯救还是选择了逍遥？

（吴婧雯：西北师范大学传媒学院戏剧与影视学硕士研究生）

《荒原问道》中国作协研讨会纪要

时间：2014年9月25日上午

地点：中国现代文学馆二层大会议室

主持人 梁鸿鹰（中国作协创研部主任）：大家上午好！由中国作协创研部、中国现代文学馆、作家出版社、西北师范大学联合主办的"徐兆寿长篇小说《荒原问道》研讨会"现在开始！

今天研讨的是一个学者、一个小说家。徐兆寿出生于20世纪60年代末期，既是一位学者，也是一位小说家，他通过出版这部小说想在当代知识分子的精神书写方面做出自己的努力。在这部小说中，主人公生活的大学是西远大学，表示他生活的环境离我们非常偏远。但我们读了他的小说以后，发现它实际上离我们所面临的问题非常接近。小说对知识分子苦闷的情状和寻求精神出路所做的一些探索做了非常好的描摹，我相信对这部小说的研讨也可以对我们当今学者型小说的创作提供有益的借鉴。

下面我介绍一下出席今天会议的领导和嘉宾：

中国作协副主席、党组成员、书记处书记 李敬泽

中国小说学会会长 雷达

作家出版社总编辑 张陵

中国作协创研部副主任 彭学明

《人民文学》主编 施战军

中国作协创研部副主任 何向阳

《人民文学》副主编 邱华栋

《文艺报》社总编室主任 徐忠志

中国现代文学馆研究部主任 李洱

沈阳师范大学教授 贺绍俊

中国社科院文学所研究员 当代文学研究会会长 白烨

中国社科院文学所研究员 陈福民

中国社科院文学所研究员 李建军

中国人民大学中文系教授 程光炜

中国作协创研部创研处处长 李东华

《中国文化报》理论部副主任 杨晓华

中国作协创研部研究员 肖惊鸿

中国作协创研部综合二处副处长 纳杨

中国作协创研部助理研究员 岳雯

甘肃省作家协会副主席 叶舟

西北师范大学传媒学院副院长 王德祥

西北师范大学办公室副主任 陈学锋

本书作者、西北师范大学传媒学院院长 徐兆寿

今天来自新华社、人民日报、人民日报海外版、中央广播电台、光明日报、中华美术报、文艺报、青年报、北青报、人民网、新浪网、腾讯网等近20家媒体的朋友也参加了我们的会议，对我们的会议进行报道。

首先请中国作协副主席李敬泽同志讲话。

李敬泽：《荒原问道》提出了知识分子的很多问题

● 《荒原问道》不是一本让人很快乐、很舒服的书。

● 它是我们当代以来关于知识分子叙事的一个阶段性的总结。

● 就《荒原问道》来讲，我最喜欢的还是那种自我怀疑的精神，那种穿行在历史中，同时也穿行在生活中的荒凉感，那样一种不能安顿的感觉。

● 读人间这本大书绝对永远是知识分子所面临的大问题。

李敬泽： 今天是9月25日，是具有历史意义的一天。首先是《文艺报》创刊65周年。其次是今天这个会是梁鸿鹰作为创研部主任主持的最后一次会会议，下午他就成《文艺报》的人了。最后便是我们在这里开《荒原问道》的研讨会。平心而论，《荒原问道》不是一本让人很快乐、很舒服的书。在整个阅读的过程中，我们作为

读者也是一个知识分子，既是阅读也是反思。这样饱满的有重量的一部书，在某种程度上讲，它是我们当代以来关于知识分子叙事的一个阶段性的总结。他在这里面回应了关于知识分子的很多命题，构成了很充分的对话空间。它一方面回应了过去知识分子的大部分主题，另一方面，也是更重要的一方面，它还开启了一些新的主题、新的方向，拓展了知识分子的话语空间。

知识分子在今天的存在是有很多问题要深思的，我觉得最大的问题，不仅是在文学作品中，生活中也是这样，就是知识分子话语的自我封闭。我常常感到我们知识分子生活在空中，生活在云里雾里，生活在自己话语的运行中，不向真实的经验敞开，甚至以我看来，也不向自己的真实境遇敞开，是自己在那里进行话语运转，而且现在最可怕的是沾沾自喜的运转。知识分子赋予自己各种正当感，包括伦理的、道德的正当感，使这种运转构成了一种奇观。在某种程度上讲，这样一种知识分子的自我浪漫化，是知识分子写作自80年代以来，逐渐演进到现在的一种退化，以至于知识分子玩得很高兴，自我感觉很好、很崇高。我觉得，知识分子需要历史理性，需要真正有力量地去面对历史，也需要真正有力量地去面对当下，面对我们现存世界是怎么真正运行着的，面对人是怎么活着的。我常常在微信上看到很多知识分子发言，感觉他们对人是怎么活着的毫不关心，对世界是怎么运转的也毫无好奇，是因为他们觉得自己已经知道什么是真理了。这样一群自以为真理在握，实对话语利益感兴趣的群体是有问题的。包括我们在内，包括我自己在内，我觉得我们都有这个问题。

就《荒原问道》来讲，我最喜欢的还是那种自我怀疑的精神，那种穿行在历史中，同时也穿行在生活中的荒凉感，那样一种不能安顿的感觉，我觉得是真实的，相比来讲，一些写作中那种太有把握、太斩钉截铁的感觉是可怕的。我们现在为自己虚构了很多固若金汤的城池，比如我们可以虚构出一个民国，一个简直是空前绝后的美好的民国，这真实吗？我们能对得起我们自己的历史理性吗？我们还虚构出了很多东西，而且把它变得固若金汤。如果我们连如此切近的历史都不能够拿出一点历史理性去正视的话，就更不用去说有能力去面对我们现在的生活、现在的世界。所以我想对于知识分子来讲，精神、知识都是很重要的，但重要的不是我们抓住这个统，道统也好、文统也好，然后就可以安身立命了。我个人觉得这个统也许在那儿，也许不在那儿，但是它救不了我们，它一点都不能够使我们免于面对苍茫的历史，面对复杂的当下。这个时候，我们必须面对精神上的压力，面对复杂的经验，必须要有一种艰苦的、痛苦的认识态度。在这个意义上说，《荒原问道》是很有意思的。

小说前一部分是对知识分子主题的回应，但在后一部分里，也开启了某种思想上的可能、精神上的可能，所以我看到最后好问先生写了一封信，说："我在荒原上，我也不读什么书了，我开始读人间这本大书，直到这时候我才真正读懂了人。"当然我也觉得他似乎过于自信，何以就能够读懂了人，这是多大的一句话。我不相信他能读懂人，但是我想读人间这本大书是对的，读人间这本大书永远是知识分子所面临的大问题。对于知识分子，读书是我们拿手的，搞精神普系、知识普系是我们拿手的，但关键真正考验我们的是愿不愿意、能不能和有没有能力去读人间这本大书，道就在于此。我也喜欢他的这些话，叫作"知识蒙蔽了我的眼睛，思维限制了我探索无限之可能"。知识不会蒙蔽我们的眼睛，但是怕的就是我们手里拿着知识，但我们只是把知识当成了我们的话语利益，在我们对知识的掌握中，并无求真的热情。知识太多，有时候可以使人的求真意志瘫痪。

在这个意义上说，作为一个文人、作为一个读者，我觉得这本书是非常有意思的，它向我们提出了很多的问题。中国当代文学中知识分子的书写，可以说是不绝如缕，是很重要的脉络，这个脉络发展到现在，我觉得确实到了一个需要深入反思、深入探讨的关头，这种反思和探讨，还不仅仅和创作有关，也与知识分子的当下境遇有关。在这个意义上，我觉得把这样一本书放在此时此刻，放在当下，去探讨它，恐怕是有着比这本书本身更广泛的、更高端的意义。我也期待着今天上午能够听到各位老师的高见。

主持人：谢谢敬泽，非常精辟、非常有启发性的讲话。

下面请本书的出版单位和这次会议的主办方张陵发言。

张陵：《荒原问道》带给我的陌生感与熟悉感

- 我在这里向作者表示检讨。
- 这部小说没有任何商业气，这种情绪我感到很陌生，又感到非常熟悉。
- 小说以思想见长，但是融入的故事又非常生动。

张陵：这本书当时是我签发的，听别人讲，是一本很好的书，所以这本书一直在我桌前放了很久，一有机会就读。后来雷达老师和鸿鹰说要开研讨会，我才意识到这是一件大事情，正好月初那几天没有出差，就花了很多时间认真读了下来。读了真的很激动，怎么在我这里出了这么好的书，我居然不知道，所以我在这里向作者表示检讨。

我有一点体会，这个体会很像当年读《晚霞消逝的时候》的感受，还有读比较抽象、比较哲学的写《公开的情诗》时的感受，好像是那个时代的氛围重新回来了。这部小说没有任何商业气，这种情绪让我感到很陌生，又让我感到非常熟悉，因为我们当年是读过这种比较富有哲理性的、比较知识分子化的小说的。我想，作者可能是受到了那个时代的影响，也可能跟西北文化的挺立有关系，但是，小说又是我们当代的作品，所以这个品种从我这两年出书的情况看，比较稀缺。

小说以思想见长，但是融入的故事又非常生动。主人公夏好问读了两次大学，先被改造，后来又去上大学，他经历了人间的苦难以后，突然悟出很多东西，后来自己到了荒原里去行走。这个荒原很像当年思想解放初期的那样一种荒原，很像西方文化碰到现代进程的那种荒原，同时又是我们今天思想枯竭的荒原。就像敬泽主席刚才讲到的知识分子面临的精神苦闷而又不能反思的一种状态，这本书却试图在反思。

小说中两代知识分子形成了非常鲜明的对比，第一代知识分子夏好问经过那么多的人生经历以后，开始问道。所谓的问道除了人生道理以外还有世界的本原、世界的根源，这种思考非常沉重，也非常深刻。第二代知识分子陈十三在读中学的时候，他就爱上黄老师，但他很怕，后来到了这个老师的晚年，居然他们俩见面了，那时候那种人生的感慨，我觉得写得非常充分，虽然这个情节有点多，读起来有点怪怪的，就不知道怎样去体会这样一种东西，可能我们没有经历过，体会不是特别深。但是我感觉作者有很多的用意、很多的信息在这里，也反映了今天知识分子对当代带有很哲学意味的思考。它反映了我们时代的思想风貌，是一部很有意思的作品。我作为主办单位，也作为书的出版者，对这本书的出版我感到很荣幸，也对这本书的作者表示祝贺，能写出这样一部作品是非常了不起的。谢谢大家。

主持人：谢谢张陵。下面请中国小说学会会长、著名评论家雷达先生发言。

雷达：对知识分子主题新的开掘

● 《荒原问道》是近期出版的一部在主题上有久违亲切感，意蕴上非常独特，题材上容量很大，反映时代上跨度很大的精神性长篇小说。

● 超越了以往知识分子的政治叙事，从而进入文化的、人性的、私人化的丰富的叙事空间。

● 总体来讲，这是一部非常难得的作品，也是近年来一部非常独特的作品，是长篇小说的重要成果。

雷达：研讨会之前，我读过这本书里的一些主要章节，这次全书都看了，过一段时间我还想看第二遍。总体感觉，《荒原问道》是近期出版的一部在主题上有久违亲切感，意蕴上非常独特，题材上容量很大，反映时代上跨度很大的精神性长篇小说，非常值得注意，非常值得一读。

开始读的时候，它使我们想起80年代的新启蒙，想到伤痕与反思文学，想到一些著名的文本，特别是主人公夏木，比如张贤亮的《绿化树》、《男人的一半是女人》，杨显惠的《告别夹边沟》，高尔泰的《寻找家园》等，作者也不是没有受到这种文本的影响和启发，然而进入小说的内部机理，就会发现有大量的关于作者独立的、新鲜的、深刻的体验，而且是站在今天，重新思考知识分子的命运、信仰、价值和精神追求的作品，它的意义是面对全民族，是对整个社会精神归属和灵魂安慰的思索。这是它的价值。

为什么说它不是80年代反思文学的重复和简单的刷新，而是其发展、深化呢？因为80年代的文本比较多的局限于政治文化，属于政治叙事，但是徐兆寿在描写陈十三这个年轻一代的知识分子形象时已经不再局限于政治化叙事，而是将人性全面打开。人物的命运、性格不再以简单的政治文化来揭示，而是从人生的复杂、心理的复杂、心灵成长的曲折来反映，甚至不回避性文化的大量介入来反思中国知识分子的性格命运，进而在儒释道等各种文化追求中，反思人物的意义、人物的精神价值。这是很不简单的一部作品。

这部作品当然离不开知识分子的受难史，这是它主要的骨架，但是它的背景却十分广阔，从校园到乡村，从荒原到都市，从苦难到异化，广泛地思考生命、时间、生死、幸福、生存、性爱等问题，把作者自己的生活经验和文化思考融汇到这里，作为一个60后的作家这非常不易。它有外在结构，即半个世纪苦难的命运，以夏木为最，背后的事件是我们知道的困难时期、“文革”、思想解放、新启蒙等，描写了一个孤独的思想者、精神领袖的形象。值得注意的是，徐兆寿不是人云亦云地去写流放、藏匿、逃亡，比如《牧马人》的模式，而是为我们打开了另外一个社会，那个社会写得非常详细，有很多很多人，包括像王秀秀这么一种畸形的性压抑的女性（王秀秀给我留下的印象太深刻了），还有钟氏三姐妹，这些经验是新的，是我们以前写知识分子很少看到的。这是一个底层的民间社会。知识分子回到了民间的怀抱，夏木在此疗伤、躲避，求助于劳动者，这是过去20世纪50年代以来知识分子普遍的一个困境，确实是这样。知识分子实在无路可逃的时候，只有到民间底层社会去逃避，才能保全自己的身体。如张贤亮《绿化树》中的章永麟，在马厩里边抱着马头痛哭，这种知识分子的受难是一种外在结构，但徐兆寿《荒原问道》中知识分子的受难不是常见的外在结构，而是有创新、有心灵刷新，还有内在结构，是知识分子自身的心灵史、精神史。

小说最动人的地方是陈黄之恋。陈子兴和黄美伦的师生恋在小说中占的篇幅很多，我原以为师生恋在荡气回肠的前半部分就结束了，没想到后来又出现那么多故事，最后还是苦苦纠缠，女主人死在地震中，成为一个极为动人的华彩章节。陈黄之恋，使我想到了俄狄浦斯情结，即恋母情结，后来又觉得超过恋母了，我还想到了《约翰·克利斯朵夫》中的萨皮娜，还有少年维特、洛丽塔、华伦夫人，中外小说史上有很多类似的故事和人物，但是我又觉得徐兆寿写的东西和这些风格都不一样，我认为前一部分写得更好，也就是学校的部分，非常真实。

小说最值得关注的还有荒原意象。作者本身就生活在西部，他写的那些故事都发生在西部，不是硬贴到荒原上面，而是本来就生发出来的荒原中的故事，非常自然。其中九州县、双子沟、兰州、西远大学等等，无不是荒原化的存在，小说后来描写夏木再次来到西远大学以后所面临的存在也是一种荒原意象，这就是今天生活中的道德沦丧、伦理危机、去精英化。这是新的精神问题，不是老的精神问题，所以我说这部小说是对以往知识分子主题的新的开掘。这是这部作品比较可贵的地方。

面对知识分子叙事，我们要探讨的问题很多。首先，知识分子的形象写得怎么样，我觉得总体来说，很好。知识分子的形象很难写，历来如此。知识分子形象为什么难写，我也不知道。有模式化、类型化的倾向。过去我们提到的有受难型、封建型、书呆子型、狂放型等，好像这些形象都是相对固定的，最熟悉的反倒最不好写，容易掉入思维定势。我觉得夏木和陈子兴还是有血有肉的。但是夏木这个人物是否存在着某种被动性，是值得思考的。夏木从农场逃出来以后，在农村当了插门女婿，其中他念念不忘的一句话是将知识全部抛开。他就喜欢当羊倌，甚至让他去当老师他也不干，就是一定要当农民，不要当知识分子。这与他后面的精神领袖、传奇色彩、叛逆性、颠覆性的思维，似乎有断裂。夏木不可能在青年时代停止他的思考，知识分子可能灰心丧气、很痛苦，但是他不可能停止思考。

总体来讲，这是一部非常难得的作品，也是近年来出版的一部非常独特的作品，是长篇小说的重要成果。

主持人：下面请贺绍俊讲讲。

贺绍俊：一部大说的小说

● 很真实地写出了我们30多年来知识分子精神成长的过程。

● 这是一部精神自传的小说，是一部大说的小说，是一部理念小说，更是一部诗性小说。

贺绍俊：《荒原问道》确实是很难得的一部小说，我用四个概念来概括小说：①这是一部精神自传的小说。②这是一部大说的小说。③这是一部理念小说。④这是一部诗性小说。

先说精神自传小说。显然它的主要人物是知识分子，主题也跟中国知识分子成长和反思有关系。我对徐兆寿不是特别了解，但是他的一些文学成就我也多多少少听到一些，也知道他的一些经历。我觉得他还融入了个人的精神成长，和对社会、对知识分子不断思考的体验，他把自身的体验凝聚在这部作品中，通过两个主要人物来呈现，一个是夏木，一个是陈子兴，或者我们把陈子兴更多的看成是他对自我的写照，所以我强调这是精神自传，不是写个人经历，写的是精神的思考。这两代人可以说是我们当下中国知识分子的基本结构，也是新时期以来中国思想文化发展的主要参与者。这个思想发展就是这两代知识分子在相互合作、相互争执、相互影响的过程中往前走的。徐兆寿的小说很真实地写出了我们这30多年来知识分子精神成长的过程，也写到了社会文化思想发展的过程。所以确定以这两个人物作为主要线索，很有意义，很有概括性。

我很欣赏里面的一些章节和段落。比如经典对我们这一代知识分子的影响，他这么写的时候，完全有一种诗意的表现。比如他写陈子兴上大学以后先读什么作品，后读什么作品，一路读过来。要是纯粹想挑好看的故事去看的话，这样的书写不会特别吸引人。但是你进入到他那个描写的语境当中，会觉得特别诗意。比如他对80年代的那种描写，我觉得是一种诗性的描写，是诗性的概括。我特别喜欢他对80年代的概括，有一段是这样“在整个80年代，夏木几乎是生活在图书馆对面的广场上，生活在各种讲座和讨论中，漫步在黄河边上，他像一位饥饿了很久的人一样，蛮饮着知识的美酒，像一位刚刚从监狱里出来的囚犯一样，对知识充满着迷恋，到处游逛……”我觉得他这种描写很准确地概括了80年代是怎么渗透到知识分子精神成长的过程中间。我们今天说80年代是个理想的时代，虽然这个说法也不见得是非常准确，但是我还是赞同这样的描写。这部小说中也写到了，80年代中国知识分子应该是开始独立觉醒了，有了自我觉醒的意识，有了一种理想的建构，这种理想建构怎么延伸到今天，怎么真正贯串在知识分子的道中，就是问道，实际上他在不断地思考这个问题。所以我觉得这是部精神自传小说，他完全融入了自己的这种体验。

再说它是个大说的小说。一般来讲，其实小说应该往小里说更好，但是因为他的这个主题，决定了它是一个大说的小说，因为他的这种精神自传，反映了一个当下的知识分子怀着一种知识分子的道义在思考这样一个重大的问题，就是中国文化的未来在哪里，人类文明的前景在哪里。他不断地在思考这个问题，在问道，就决定了他显然只能以大说的方式来表达他的主题。

第三是理念小说。他要表达他在这个精神成长过程中间的思考，他更多是用理念来结构这样一个小说的情节。所以《荒原问道》成为他小说的题目，荒原是一个象征意义的东西，不是一个非常具体的场景。但是这给理念小说和大说小说同样带来一个损失，就是小说里的一些具体的东西会受到损失。比如荒原首先应该是个形象，但是这个形象在小说中间永远是个抽象的东西，就是在小说中它只是一个象征的东西。我很想看兆寿来写荒原是个什么样的状况，没有。比如他可以具体描写旷野是什么样子，但是荒原没有具体的风景描写。整部小说缺乏风景描写，而实际上这部小说很大的场景应该是在自然风景非常丰富的场景中间展开的，但是缺乏风景描写。主题之一是返回自然，从现代文明中返回自然，去寻究精神价值，假如返回自然能够和风景描写结合起来，我觉得可能会更有感染力。但是恰好因为那种太强的理念，没有在这方面做文章，我个人感觉有点可惜，这可能就是一种内在的矛盾。所以荒原仅仅是个象征，他只有具体写到荒原被伤害的时候，比如立起了工厂、建起了高楼，有这样的描写。这是它的定位带来的，怎么解决这个矛盾我也没有想好。但是理念小说我觉得很难写。这部小说给我留下最深的印象是他的理念，是他对我们整个历史进程的思考，是它的象征性。这可能是这部小说的特点。

当然，我感到兆寿在理念上还有一种内在的矛盾。我在读小说的时候，感到具体的情节展开是一个性爱史。比如夏木和陈子兴，更多是写他们在现实生活中间的性爱史，更多是从性爱史的角度展开故事情节的。但是主题内在的线索是一个理念化的命运史，他们的命运是通过理念化来展开的，这两个东西有一点内在的矛盾，我感觉可能是兆寿自己还没有完全跳出他自己的精神成长的经历。因为兆寿创作也经历了几个阶段，最开始是写诗，后来是对性文化的研究，最后是对传统文化的研究。我感觉对性文化的研究，可能影响到人物的描写。

最后是诗性小说。这跟兆寿是诗人有关系。由于时间的关系，这一点我就不展开了。

总体来讲，兆寿的思考是非常有启发性的。小说结尾处，夏木消失在荒原，陈子兴向往雅典，雅典实际上是西方文化的发源地，我们都要从源头去寻找道，殊途同归，这两个人物结合起来才是我们思考的起点，非常有启发性。谢谢。

主持人：这本书要捐赠给中国现代文学馆，咱们先履行仪式，现在有请作者向中国现代文学馆捐赠《荒原问道》，由中国现代文学馆研究部主任接收！

白烨：一部值得一读再读的小说

● 60后写作新的标高。

● 夏木这个人我一看就马上联想到高尔泰，包括经历、美学历程、执拗的性格，很像。这个人物是个艺术形象，比高尔泰更典型、更形象。

● 这部作品读了以后，让人感触很多，一言难尽，甚至有种刺痛感。

白烨：这部书确实需要多看几遍，才能看清楚、说清楚。只看一遍，是很直接、很粗浅的感受。即便读一遍，也能感到这部书确实很特别、很不一样。确实这对徐兆寿来说是一次重要的小说写作，对当下小说创作而言，是独特的小说文本。这本书的文化信息，包括精神含量，非常丰富。这本书出自60后作家之手，有60后作家小说写作中的独特心得，是60后写作新的标高。

给我印象深刻的是这本书的两个主人公，或者两超，一个是超级学术狂人，一个是超级情爱诗人，两个人都不一样，两个人都不正常，都是超常的。拿陈十三来说，陈十三的爱情就很超常，在学生时期爱上自己的老师，而且多少年以后变成他的心结、情结，这确实是他的真爱，这种真爱从社会生活、从伦理、从习惯上讲都是带有反叛性的，在现实中找不到支撑，所以才从小说里找。他的作品反复谈到洛丽塔等等，他是在文学作品中给自己找一种精神支撑，意思是说，他们也这样，我这个东西是有蓝本的、有理由的。但是他没想到，其实这两个例证是在文学中，也未必是在生活中。所以这部作品在这点上他写得很有力度，这个力度就在于他推崇一种出于真爱的反叛和超越，对整个社会我们习以为常的很多东西很有反叛和冲击。这个人物的重要意义是在这儿。

再说学术狂人，在我来看更重要。是用陈十三对他的寻找、对话、质疑这种方式来进一步彰显夏木这个人，夏木这个人我一看就马上联想到高尔泰，包括经历、美学历程、执拗的性格，很像。这个人物是个艺术形象，比高尔泰更典型、更形象。

夏木这个人一辈子受了很多苦，但是对夏木构成最大打击的其实是后来。后来他有了从事学术研究的可能性，有了这种环境、这种氛围之后，他如鱼得水，从现代到古典、从东方到西方，再从文化研究到中医实践，这种打通古今、学贯中西的状态，包括学术上的各种跨越，表现出的那种积极的姿态，我觉得确实让人看了很敬仰，他已经不是一般的学者或者知识分子了，他已经向圣贤靠近了，但是对他打击最大的不仅仅是这些方式的停止，而且是学校里的门派之争，文人之间的相轻，各种元素都在构成打击，使得他最后不能教学，甚至不能在学校里待了，最后离开学校，到所谓的大地，就是读大地这本书。整部作品写了一个知识分子的成长以及在成长中的各种坎坷，这是这部小说给我们最大的启示。知识分子的命运如果说很坎坷的话，是各方面的，甚至是自身带来的。这点给我印象特别深刻。

总体来看，这部作品是通过知识分子的命运、知识分子的精神困境，来揭示整个当代人类的精神困境。作品里有一些话我看了以后非常受启发，给我很多启迪。他讲到了知识，知识本来是我们问道的工具，但是它现在成为我们问道中的障碍，因为通过知识去问道不可能，夏木才离开学校隐居，读大地之书。所以整部作品对整个人类的精神现状、精神困境做了解释，可以说是当下精神存在的精神现象学或者精神病理学。这部作品跟我们以往读到的作品不一样，以往作品比较多的是集中于现实，这部作品是看起来很现实、很鲜活，但是总有一个东西又升腾起来，在高端上，这个高端可能有思想的白云，也可能还有一些乌云，可能还有宗教等各种各样的祥云，云雾缭绕，构成了跟我们看其他作品不一样的地方，精神层面上有很多其他东西在里边，这是这部作品跟别人不同的地方，也是他对自己以往创作很大的超越，在这点上确实是近几年小说中少有的作品。这种从精神层面上，让我们觉得精神在滚动的感觉，在其他作品里比较少见，这也是非常重要的一个特点。这部作品读了以后，让人感触很多，一言难尽，甚至有种刺痛感。

如果说有什么不足的话，我一直在琢磨，夏木这个人可敬，让你觉得他很可敬，腰不弯，按照自己的思路走。但是感觉不太可爱，包括他和他最亲近的人，包括他老师，包括他爱的人，他身上可爱的地方并不是很多。这个人身上一定是有毛病的，但是总体上看，他可能没有太多地看到自己身上的毛病，他看到的是别的知识分子身上的毛病、这个社会的毛病，是外向型思考，对自己的毛病看得不够。这个人确实很天才，但是也很自大、很自负，所以感觉可敬而不可爱。这是我感觉到的某些不足。

总体上讲，这是一部很重要的书，祝贺作者，祝贺出版社。

程光炜：知识分子反思性写作的续接

- 小说写得很大气，很有野心。
- 是对1980年代知识分子写作的续接。
- 在西部，在张贤亮之后，就没有再出现知识分子写作，这是一次大的突破。

程光炜： 兆寿原来不只写小说，是一位学者，这是第七部小说，了不得。小说写得很大气，很有野心，我指的是他想写60年，但这60年很难写，而且是两代人，这种大气不是专门写故事性，而是写精神层面。

我想说两点。第一点是题材问题。这个题材很有意思，80年代以来，很多时候是一种很暧昧的状态，使这种题材形式化了，当然这样一个过程也很重要，完善了当代小说技术上的问题。近几年来，我们发现农村题材、乡土题材占了上风，而且有大量重量级的作品出现，比如莫言的小说、贾平凹的小说。兆寿的小说实际上是重新接续了1980年代知识分子的再反思，因为知识分子比较难写，首先知识分子写作关注的不是世俗的生活，而是精神层面的生活；其次是如何处理政治问题，这些都是过去知识分子写作中出现的难点，而现在的问题是个人问题，个人怎么面对历史，在这点上兆寿显示了他很大的野心和勇气，能够直接面对自己的内心。

第二点是怎么处理历史问题，前30年是政治运动，后30年是改革开放，我们会发现很多人物都是被排斥的，夏木也好，陈子兴也好，都是这样。兆寿的作品一直在这么一个现实中有比较大的突破，做得非常好。这个小说有一个很特殊的地方，就是他写的是西部，从区域的分布来讲，知识分子题材自张贤亮那一段时间沉寂以后，很少在西部出现这样的人物。这是这部小说独特的地方。前半部写得比较有实感，后半部写得比较虚，因为我从上大学到现在，在大学里待了快40年了，大学校园的生活，不完全是抽象的，很精神层面的，还是有一些很有实感的东西，这种题材在处理这种东西的时候，下一步要思考怎么写得更实体化。因为我们学校里有评职称问题等等，可能不能用很简单的话语就略过去，因为很多知识分子最大的困境可能都是这些，比如评职称问题、分房子问题，怎么把它在精神层面做更深刻的思考，是兆寿下一步更要关注的。

邱华栋：《荒原问道》的命运

● 《荒原问道》有它自己的命运。

● 这个作品从毛坯到它成型，我算是一个助产师吧。

邱华栋：从编辑的角度讲，《荒原问道》有它自己的命运。大概在2011年的时候，兆寿就把这个稿子发给我了，我一看篇幅很长，当时还是敬泽主席当主编，稿子篇幅太大，希望有压缩。第一稿抒情成分比较多，情绪比较饱满，语言很美，但我觉得冲淡了叙事的张力，提了一些意见，兆寿又做了修改。还是太长，杂志发一个长篇，最好在20万字以内，他这部小说要40万字以上。后来我们又出了主意，让他把长篇切成两半，变成了另外一条线索，比如把当代的线索和历史的线索分开，看有没有可能。但是当他以这两条线分开成两部小说的时候，我们读起来又发现它突然变得单薄了，觉得不够分量了。这是这部小说很奇特的地方。

所以从2011—2013年，兆寿不断修改这部作品，后来在作家出版社隆重推出来，这部作品从毛坯到它成型，我算是一个助产师吧，是男护士。不断给他提意见，他也重视我的意见，因为跟兆寿也是多年的朋友。

后来我注意到他在兰州开了研讨会，在上海开了研讨会，在北京大学开了研讨会，直至在作协系统开了更高层级的研讨会，我还搜集了很多评论，包括我给兆寿提议，应该出这本书的评论集，这个会开完以后，我觉得这个应该能成型了。

每一部小说自有其命运，这部小说的命运，不断走过来，有了毛坯，不断调整，再切成两块，又合成一块，到最终成型，到现在大家提意见，以后可能还会进行修改，所以还是很有意思的。这部小说的生产是我非常在意和关注的。关于这部小说的评价，我写了一篇文章，已经在一些地方发表了，就不细说了。刚才雷达老师的分析特别精彩，使我又想起很多细节。祝贺这本书的出版。谢谢！

陈福民：一部知识分子再出发的小说

● 80年代那些鲜明的时代主题，在30年之后通过徐兆寿的《荒原问道》重新被提出来，我觉得这个提出是特别特别重要的，给了我们一次重新分享、争辩、反思，给了我们这样一次机会。

● 我特别珍视、特别看重徐兆寿给我们提供的《荒原问道》反思知识分子精神问道的机会，他通过自己的努力达到了相当的高度，在当下知识分子题材写作当中是非常出类拔萃的。

陈福民：这部书确实让我很意外。我知道兆寿是一个诗人，刚拿到这本书的时候，看到《荒原问道》这个题目，第一感觉不是一部长篇小说。当然这是我的误会，但这个误会是很有意味的误会。作为长篇小说，它赋予了整个内容以本体呈现的形式。此外，这个误会也使我们可以考虑到创作主体作为一个诗人的身份，对处理这个题材的至关重要的影响，这两者之间实际是有必然性的。

客观地说，我一开始阅读的时候，一入场人物就在寺院，但叙述中他想去希腊。这就是从东方到西方，这是很有象征意味的东西，它提示了某种精神范畴和精神指向。这样一种指向，这样一种描述，其实是最近几年我们经常看到的，就是知识分子在当下一种对世界和自身关系的基本定位。所以兆寿这本书我想谈的第一个问题就是，作为知识分子题材，他切入的角度与整个60年精神文化史的关系。这个关系主要体现在书中两个最重要的人物，夏木、陈子兴身上，这两个人在精神普及上是有血肉性的关联的。

读到夏木的时候，我就回忆起了大学时代，内容非常熟悉。很显然，作为一个诗人写作者，徐兆寿把他所见到的80年代以及他所理解的80年代知识分子诸多的元素，无论是写实的还是想象性的，都赋予到了夏木身上，夏木颇有传奇性。当然里面有些细节也是可以挑剔的，比如说这个人基本上是一个古典意义上的全能型人才，他不是一个学术意义上的学科上的专家，他是通才，是按照苏格拉底、柏拉图这样一个身段来打造的。我觉得这其实是特别重要的信息，他又懂中医、又懂天文、又懂八卦易象，别人讲什么他立刻能接着讲，他还很出色地处理了从黑格尔到萨特到尼采。我印象当中，萨特真正在中国思想界，以及在高校范围里大热，应该是80年代中期以后的事。如果我们真正从历史细节中去挑剔，他是把诸多元素压扁了，压到一个人身上。还好作为一个浪漫主义诗人，在象征性极强的作者身上，我们也没必要挑剔。

我也想起了自己80年代的求学经历和见到的特别多的人，我个人态度也是经历了特别复杂的变化。我回忆起30年前写的一段笔记，是关于《重返的鲜花》这本书的，我当时写这个笔记，并不是自己有多么大的历史超前性，我感觉有一部分人会对自己的经历做一段神圣化的处理之后，会站在那里让时间停止，我这个笔记现在还在。根据我个人的理解，很不幸，我预感有一部分人应验了，就是20世纪50年代遭遇了这些的人，会把这段经历神圣化，然后站在那里，后面的生活对他来说都是零。

兆寿在处理这个的时候，意识到了这个问题，所以夏木作为一个象征性的80年代的知识分子，他的神圣性以及超级狂性，我个人觉得是非常真实的。我自己在学校里，1978年读大学的时候，我们心里也有非常敬畏的老师，当时都觉得神圣得不得了，都有这样的传说。当我大学毕业的时候，我跟他们成为同事的时候，我渴望从他们那里得到精神滋养的时候，我后来非常失望，他们有种种让我失望的东西，我觉得我们面临同样的困境，这个困境徐兆寿在处理夏木的时候，他看得见。

这本书是一个知识分子题材的再出发，刚才各位朋友都谈到了这个问题，80年代作为鲜明的时代主题，在30年之后通过徐兆寿的《荒原问道》重新被提出来，我觉得这个提出是特别特别重要的，给了我们一次重新分享、争辩、反思，给了我们这样一次机会，非常感谢徐兆寿给我们做出的努力。这个书当中有些东西处理得好与不好，是另外一个问题，他对这个问题的处理本身就是特别重要的。这是我要谈的第一点。

第二点，思想反思的开放性和封闭性的问题。敬泽刚才谈的对当下知识分子的自我认知和生活关联的认定，其实并不是自明的，但是很多人犯的错误都是把自己固定在那里，认为这是自明的。徐兆寿通过自己这样一本书的努力，这本书同时存在双方面的问题，就是好与坏要做两分法，封闭性和开放性是同时存在的，他非常恰切地照出了当下知识分子在一个历史或认知上普遍存在障碍的状况，在这个点上这本书是非常重要的。

第三点，这是我最感兴趣的，当然我没有弗洛伊德这样的能力，我一直想去考虑一个关系，一个青年，一个有志的文学青年，以及一个渴望成为知识分子的青年，他们个人的性幻想，他们的性经历，他们处理恋爱的角度跟生活之间的关系，这本书这一部分是最有血肉的一部分，比如陈子兴的各种感情经历，以及他最后与黄爱伦的刻骨铭心的带有洛丽塔形态的情感，我觉得这一部分的处理，当然在结局上后边有一点戏剧化，但是在前期入手的时候，感情描写和朦胧的感受是特别真实的。这一部分究竟结局该怎么处理，那是作者的权力，所谓批评家说应该这么处理应该那么处理，这都是说法而已，作者这么处理，就表达了他对生活结构的基本认知，表达了他拒绝世俗评价、拒绝切实关系的一种知识分子式的恋爱。我觉得这些东西使我想起19世纪很多文学大师们，都处理过这样的关系。

这本书作为长篇小说的文体，可能还存在一些缺陷，但是它打开了让我们检讨自己作为一个知识分子的立脚点的机会，是特别特别难得的，《荒原问道》是有象征性的，这是一个非常驳杂的文本。

最后说一点关于诗人的问题，我也没有想清楚，我知道兆寿以及他的太太都是非常有成绩的诗人，他们在荒原、在西北一直过一种有诗性的文学生活，正是这一点支撑了他们在荒原定位自己，同时拒绝荒原，他们在精神上是丰富的。当我们去讨论这种精神的丰富性与小说文本的成熟性之间的关系的时候，这一点又变得有点问题。也就是说被我们歌颂的，被我们所认同的所谓的诗性的思考，是不是特别适合这样一个文本的处理方式，我觉得都是可以讨论的。

总之，我特别珍视、特别看重徐兆寿给我们提供的《荒原问道》反思知识分子精神问道的机会，他通过自己的努力达到了相当的高度，在当下知识分子题材写作当中是非常出类拔萃的，祝贺兆寿。

施战军：对道的质疑、超越

● 这部小说我看到了张承志那样一种对于道的追求的超越，或者是不自觉的一种超越。

● 今天如果再提倡道的话，还是回到道原初的想法，道法自然。如果不是那样一种道的话，就是专制和暴力。

施战军：看《荒原问道》，边看边佩服，我们都是在高校待了很多年的人，尤其是高校的其他老师在议论另一个老师的地方，我觉得十分精彩，大部分是这样。这个学科议论那个学科，这伙人议论那伙人，尤其你又是特立独行，非常受学生欢迎的，在高校里真是没法活。有些这样的细节我特别喜欢，但是这部小说确实是有两个地方我读起来，总觉得想和作者争辩，一个是说到道本身、精神本身的时候，有些词句一出来，那种理性的抒情，在一个非常感性的小说里突然出现非常理性的议论，如在与狼王的决斗中的一段话。在高尔泰那一代人身上，是他们的话语，在咱们这代人身上，可能会需要一些转型。

第二个是人物。夏木是小说里的核心人物，除了他外，还有一个要去希腊的我，这两者之间，一个是以后辈、学生辈的经历对夏木进行寻访。夏木的遭遇，不相干的作品就会泛上来，因为那代知识分子确实都存在遭遇的问题，受到那么多迫害，这里有一个东西支撑着夏木的感觉，因为学院当中的人是没法相处的，是相互排斥的，但是他找到了文学中的人，那些年轻的创作者、诗人等等，对他的欣赏和崇拜，找到这一种支撑。夏木是一个杂学通才，通才是对别人对他的评价非常在乎、非常敏感的人，表面上看起来是特立独行，但是确实是因为对别人的评价过于在乎，才导致他特立独行。

要去希腊的这个我，他的情感经历是小说里面着墨最多的，矢志不移相爱的有一个人，但是中间也经历了很多人。虽然非常真实，但是放在这部小说里面，感觉产生反作用，读起来需要不断消化。有几个非常重要的人物写得很好，比如秋香嫂，这个非常重要，如果夏木成了一个单身老汉，如果他没有家，没有秋香嫂子在他身边，而且秋香嫂子对他那么好，怎么都由着他，怎么都行，这个人物设置非常重要，重要在哪里呢？夏木的精神和生活的关系，是通过秋香的连接器，展现出来。

整体这部小说，我同意贺老师的说法，是用大说来写小说的方式。这部小说我们读起来就知道，是写人对精神的一种坚持，在无限大、无限多的学问上，道和人相遇，比如和夏木相遇，道在学问上相遇，道又在人生当中顿挫，只要你进入到人生、进入到凡夫世界，就会与道相遇。道还要到荒原当中寻觅。但是这部小说最后告诉我们，通过那么多的整体寻道的过程，告诉你道在专制中背离人间的爱与幸福。夏木对于秋香是什么感觉，对家是什么感觉，他走到荒原去的时候，他以为找到了道，但是他没有想到别人会怎么活。道真的要抛离这些东西的话，那道存在的意义到底是什么？

兆寿是张承志研究的大专家，《张承志论》写得真是精彩，但是这部小说我看到了张承志那样一种对于道的追求的超越，或者是不自觉的一种超越。比如张承志是对道的创立有一种雄辩，他是用一种愤世嫉俗的强势来完成这个东西，道是什么，到底能给人带来什么，我们也不清楚。但是兆寿有一种对道守望的意志，这个意志在他心里边是很强劲的，有这种意志，但是他有知其不可为的那种无奈或者软弱，这部小说其实里边隐含着他的软弱之心，所以主人公有到荒原里去的路径，也有到希腊去的路径。让人看到明晃晃的现实，和人生之间产生交集的那一部分，与其说对道是一种苦求，还不如说对道有一种质疑、存疑。或者说本来是一种追寻的意向，但是让我们在质疑当中开始重新思考，产生一种否定之否定的意念，让我们想到道和生活、和人、和万世万物到底是什么关系。刚才有批评家提到，对荒原缺少一种很细微的描写，原因就在于这个道本身过于孤立，或者过于缺少温度，过于荒寒。所以在今天如果再提倡道的话，还是回到道原初的想法，道法自然。如果不是那样一种道的话，就是专制和暴力。

彭学明：两代知识分子的精神问道

● 《荒原问道》揭示了两代人精神和思想上，甚至人性上的问道。

● 小说体现了知识分子的忧患、担当，传统的、人文的精神，这在我们当下写知识分子的作品中有地标意义。

彭学明：这部小说拥有整个的历史跨度，从以往一直写到当下，我感觉其中最深的是道，这个道是精神之道，是我们国家的文化生态、政治生态、文化形态、政治形态，对人的精神形态、社会形态、人性形态的影响，这可能是我读出来的很重要的东西。文化生态、政治生态中对两代知识分子精神上、思想上的挤压、浇灌，是这些知识分子在问道的过程中精神上、人性上的纠结、彷徨，他们有的在坚守、有的在蜕变。小说揭示了两代人精神和思想上，甚至人性上的问道。我觉得这是这部作品最大的闪光点和最重要的意义。

《荒原问道》中两代人精神上的问道和人性上的问道，体现了知识分子的忧患、担当，传统的、人文的精神，这在我们当下写知识分子的作品中有地标意义。

我非常赞同贺绍俊老师的观点，他想在你的作品当中看到景物的描写，我看了之后也有这样一种感受，作者取了名字是西远，是西部偏远，而且又是荒原，就应该把怎么西、怎么远、怎么荒、怎么原写出来，把那种荒凉感写出来，我觉得对《荒原问道》可能更有意义。就不仅是个符号了，而是非常具象的情景交融了。那种自然的荒凉、荒原和精神上的荒凉、荒漠就水乳交融为一体了，除了文学的深度、高度以外，更多的还有精神和思想上的深度和高度。我自己也是搞创作的，所以贺绍俊老师说的对我的创作也有非常重要的指导意义。

何向阳：对知识分子写作的新开拓

● 《荒原问道》把两种不同的风格融于一炉，又复杂又单纯，特别打动我。

● 最打动我的还是陈黄之恋，前期写得非常精彩，但是我唯一不满意的一点是对黄美伦结局的处理。

● 许多知识分子写作对身体性过于漠视，有的小说则过于注重身体，思想性缺乏。但是这部小说两者处理得很好。

何向阳：祝贺兆寿。我看了之后，觉得这本书是非常丰富和饱满的，而且他能够把两种不同的风格融于一炉，又复杂又单纯，他在写他的思想的时候非常复杂，中西、东西，有佛家的、道家的，非常复杂，但是他的情感又那么炙热和单纯，他把这两种东西融于一炉，而且写得非常饱满，他还把疯狂的东西和圣洁的东西、冷峻的东西和炙热的东西又融合在一起，特别打动我。

我们刚才谈到知识分子写作，理性的居多，刚才谈到了张承志等等，他们有他们的理性，也有疯狂，但是处理得个人性的比较少见，都是一代人的东西，整体的、叙事的。而《荒原问道》里边既有知识分子思想、理性的深度、穿透力，又有个人经验私人性写作的情感的、性情的东西。他能够把身体和思想、灵和肉，把现实和梦幻、东方和西方、集体和个人，不同的话语交织在一起，形成一部非常有特色的小说。刚才说到分成两部长篇就单薄了，那种冷峻性、炙热性就散失了。作者在思考国家的、知识分子的命运的时候，其实不回避作为一个人的性情的承担。我觉得这是他的非常大的特色。

大家都提到荒原有象征意味，艾略特的荒原，巨大的意象，是从西方拿来的。但是小说又有论道，是中国式的，从屈原开始，一直到当下知识分子的东西。我觉得这是一种东西方的对话关系，其中有很大的冲突。比如我们看佛家的、道家的，肯定有冲突，但是也有关联。这个论道是一种很抽象的道，不是说对一种具体的学派、学术和某一种思想体系，而是对人类处境、境遇、心理、精神的拷问，同时也是对自我精神成长的答问。

整个看下来，我觉得最打动我的还是陈黄之恋，确实前期写得非常精彩，因为对世界文学来说，这样的不伦之恋也写了很多，比如《钢琴教师》中的处理，男学生和女教师之间的关系，落差很大，一个成熟的女教师和少年的关系，我们也看到杜拉斯的《情人》，是少女和中年男性的关系，包括《洛丽塔》，是幼女和中年男性的关系，确实处理得非常独特。《钢琴教师》中女性的视点比较多，是一个中年女性的视点。而杜拉斯是老年之后回忆她自己的少女时代，也是女性的视点。《洛丽塔》是男性视点，但是在他们的关系当中，他是引导方。《荒原问道》虽然情感是这样的一个结构，但是人物关系是变化的，是少年的视点，黄美伦对陈十三不仅是身体上的引领，而且对陈十三来说，对黄美伦又是精神上的崇拜，他确实崇拜这么一个人，因为她是外语教师，懂得很多拿来的思想，在他幼小的心灵里，在荒原里非常想开出这样一种花来，这样一种精神的引导在这里写得非常充分，不但有身体，而且还有精神的依恋、寄托，或者崇拜的感觉。包括疯女人，一个16岁的少年骑着自行车在荒原上看到一个疯狂女人的情节，都写得惊心动魄，自己和自己爱的人是那样一种状态，在世人无法理解的时候，他们进入一种疯魔、沉醉的状态，写得非常真实。

但是我唯一不满意的一点是对黄美伦结局的处理，让她在地震中死掉了，我觉得稍微生硬了一点，能不能有一点延续。他捧着她的骨灰，要洒入爱琴海，稍微有点落入我们大家设想的意料之中的结局。如果能把陈黄之恋一直持续，再提供给我们另外一种结局，会更加出人意料。但是他（陈十三）的那种纠结，两种力量对他的拷问，在这种问道中答辩或者对答式、冲突式的紧张关系，巨大的张力，在这部小说中体现得已经非常充分了，而且我对体现的美学和冲突之美，感觉非常好，之前我们阅读的小说中可能缺乏这样的东西。许多知识分子写作对身体性过于漠视，有的则过于注重身体，思想性缺乏。但是我感觉这部小说两者处理得很好。

李建军：《荒原问道》是一部大文学

● 《荒原问道》是一部大文学，有一种沉重的沉思、追问，包括宗教、哲学、历史、现实，包括人性、两性关系等等，上升到道的意义上进行叙述，这是他不同于一般普通作家的地方，就是思想者的写作。

● 这部书有很强的反讽性。

● 兆寿的小说中，写师生之恋，也非常纯洁、非常美好、非常精细深入，而且富有健全的诗性的品格。

● 小说中探讨人物精神来路时对其阅读与知识历程的交代是非常重要的策略，这点是很了不起的。

● 不满意这部书的名字，建议改为《荒原上的路标》。

李建军：最近我读了170万字的《秋望》三部曲，但是是打印本，这部小说是直接个人经验的呈现，紧紧吸引着你，有饱满、鲜活、丰富的东西，同时又那么真实，那么让人震撼。到现在为止，写“文革”有那么强的记忆力和还原能力的，我觉得没有人比得上他。

《荒原问道》这本书是一个大文学，现在小情小调、鸡毛蒜皮的东西太多，但是这本书有一种沉重的沉思、追问，包括宗教、哲学、历史、现实，包括人性、人吃人、两性关系等等，很多大问题都有关注，上升到道的意义上进行叙述，这是他不同于一般普通作家的地方，就是思想者的写作。

另外就是反讽性。一切伟大的诗歌、散文等等，任何文体，都包括着极强的成熟的反讽，他用非常简洁的方式呈现出的反讽几乎无所不在，比如18页，我们的领袖也不行吗？庄教授回答道，肯定不行。最典型的是第129页，第35节，写惩罚一个医生，虽然不长，两页，但是他把这个时代的荒谬、时代的人性之恶，极具典型性地写出来，积德成恶，极具那个时代的真实。在他救治过的普普通通的人们，几乎给他带来灭顶之灾的时候，突然发生了一件事情，我觉得这是天才的反讽，包括他的岳父还是领导干部也没有希望，他被脱得一丝不挂，而且有人拿来了蜂蜜……我没法细述，是多么令人震惊、多么悲哀。结果就在这个时候，广播里有新闻，毛主席去世了，所有人都忘记了在批一对狗男女和权威，突然之间随着广播里的哀乐跪下了。这个非常之精彩，这是天才的想象，因为之前是把心都提到了嗓子眼，是多么揪心的人间闹剧，但是突然出了这么一件事，这是多么精彩的反讽，非常有力量。

第三就是陈黄之恋，师生之恋，一点都不避讳，作为一个男孩，曾经都暗恋过漂亮的女老师，她站在讲台上，传授给我们知识。我没有想起《洛丽塔》之类很现代的作品，我只想起了一个作家，就是屠格涅夫，想起了他的《初恋》，一个孩子爱上了他爸爸的情人，一个女贵族，少妇，写得非常之美，也写得非常揪心，错位的恋，但是非常诗性、美好的东西。我觉得兆寿的小说中，写师生之恋，也非常纯洁、非常美好、非常精细深入，而且富有健全的诗性的品格。

第四，现在很多小说中人物的精神是没有来路的，为什么形成这么一种性格，为什么有这样的思想、有这样的行为，我们不知道他的思想是怎么形成的，事实上对知识来讲，心路历程很大程度上决定了阅读，决定了阅读的书籍，兆寿在这点上是特别自觉的，读了什么书，跟文字相关联，在探索知识内心的时候，这是非常重要的策略，这点也是很了不起的。

我最近读过的书中有两本书是非常好的，一本是《秋望》，我每天都在读，做了很多批注。一本就是《荒原问道》，这个书名我真的很不喜欢，这个书名会给人家造成一种错觉，而且“问道”太抽象了，仅仅是问道的话不足以体现人物的焦虑、痛苦以及求索的心理。比如叫《荒原上的路标》或者《荒原寻路》都可以。比如《荒原上的路标》是很具体、很具象。书名从修辞的角度讲，是失败的。

另外，从小说中我看结构和整个内容的相关性，有非常多的难以自解的空白、断裂，我觉得这个地方还应该写得更充分。后来我听说删掉了至少有1/3甚至一半，我就能够理解了，因为我们现在是一个删节时代，什么都要删，要先自己删，别人再帮你删，删到最后是近乎残缺不全的文本，这是让我觉得非常诡异的事情。作为知识分子，我们要有兆寿这样的思想，尽管这种思想让我们非常焦虑、痛苦，也会让我们迷惘，但是我们从已有的基本的知识和判断出发，来思考我们的现实、来审视我们的历史、来打量我们的未来。谢谢大家。

徐忠志：还没有读过中国作家写这样的小说

● 《荒原问道》有语言优势，诗性的语言，浪漫的气质，确实即使是忧伤，也是那么美。

● 《荒原问道》有思想优势，书中的主人公，夏木、夏忠，好问先生，实际上是一个发问人，对我们知识分子的文化之根发问和思考。

● 《荒原问道》有学者优势和诗性表达。

徐忠志：我读兆寿的小说，收获非常大，从我个人的阅读经验来讲，还没有读过中国作家写这样的小说，徐教授有他自己独特的优势，从文本里我读出来了。

首先我印象深刻的是，一展卷没有几章，就感觉到他先天性的语言优势，诗性的语言，浪漫的气质，即使是忧伤，也是那么美，一下子我就利用两天时间读完了，要不然我会用更长的时间读。这是他语言的优势。

另外就是书里边的主人公，夏木、夏忠，好问先生，实际上在这部小说里面作者也是一个发问人，他作为一个学者的思考的优势也很明显。书里他对我们关注的很多重大问题都有思考，都提出来了，我印象深刻的除了大家刚才很多老师提到的，是他对我们知识分子的文化之根的发问和思考。所以这里面他用夏木也好，陈十三也好，在他们身上来提出关照中国传统优秀文化、传承中国传统优秀文化之根，给我留下了很深的印象，这是思想方面的优势。

此外，作为学者的优势，他这里面有很多中西文化的比较，运用了世界文学名家的很多经典语言与思想，恰如其分地为小说中的人物提供了行动的依据和思想的发源，就使得这个文本呈现出一种恢宏的气势和深邃的学识的底蕴。有时候他对一些问题的阐释方面，往往是能站在比较高甚至是哲学的高度去解决一些很纠结的问题。比如小说当中人物的命运，比如说爱情，比如说理想与追求，他都能够很圆润的表达。所以小说当中的夏先生和陈子兴，非常理性地思考了很多很多问题，而且这些问题对于我这样一个读者来说，给我的启发是非常大的。尽管没有一个明晰的答案，但是确实能让我感受到那么追求正直、进步，追求心中真实感受的向善向美的灵魂的不屈精神。

另外我特别喜欢小说当中的诗性表达，由于作者原来是个诗人，有深厚的诗歌、诗学的修养在，所以他中间用了很多跟诗歌方面相关的文字表述，都非常美。比如说关于仓央嘉措的诗歌部分写得非常好，深深打动人。他的语言结构、表现手法、思想内涵都能够反映出这是作者厚积薄发的作品，也是非常有冲击力的作品。

刚才很多老师提到了很多不满足，大家的品读都是从很高的期望和很高的标准来要求，我也希望在小说里面还能够看到一些比较扎实的细节，能够支撑出作者的发问。实际上很多关于道的思考，是在日常生活当中体现出来的。浪漫主义的气息非常浓重，理想方面的东西也很多，假如再多一点这些有温度的、有气息的、有地气的细节的生活的刻画和描写，我想它会更完善、更好。谢谢。

李东华：喜欢那质疑与反讽的气质

● 《荒原问道》让我感受最深的是夏木和陈子兴两个人，他们是两条逆向而行的河流，他们对道的追问都很虔诚。

● 这部小说写到了人所面临的最大的困境，这些困境不是外在的因素，而是他内心的、自身的缺陷。

● 小说中表现出的那种充满质疑和反讽的气质，是我非常喜欢的。

李东华：这部小说让我感受最深的是夏木和陈子兴两个人，他们是两条逆向而行的河流，夏木是从城市到荒原，陈子兴是从荒原到城市，代表着知识分子的这样两个人，无论是他们的历程，还是问道之路，都始终找不到他们想找的道，所以结尾陈子兴只能是到希腊，他把爱人骨灰洒向爱琴海，对中国人来说很遥远的地方，对夏木来说也来了一个贾宝玉那样的转身，远离了滚滚红尘。看到这儿，我想起了《围城》里的那句话，城里的人想冲出去，城外的人想进城里。但是那个道又找不到，始终不知道在哪里。

这两个人在作者的笔下，对道的这种追问都很虔诚，让人看上去非常高大上。但是当他们这样对道进行非常抽象的理论层面上推演的时候，当这样一种叩问和真实日常生活相关联的时候，你就会发现阻碍他们得到道的，除了一些外部因素，似乎更多还是来自于人本身的局限性，甚至是人出于本能的能够得道的局限性。比如当夏木在城市里待不下去，到了荒原的时候，是荒原这些老百姓、是秋香一家、是钟书记，把他收留了，他们对他有救命之恩，他心里很清楚这一点，但是他也熬不住，当他面对王秀秀的时候，他无法克制他出于男人的本能，当他面对冬梅的时候，他也难以坐怀不乱。这部小说我刚开始读的时候，感觉有一种天真之气，这是当下小说缺少的。当下小说很少有浪漫的气息。但是当我读到后面的时候，我发现他其实写到了人所面临的最大的困境，这些困境不是外在的因素，不是当他受到迫害，被流放到荒原去，甚至也不是说他后来跪到那个台上，也不是周围人对他的恶，而是他内心的、自身的缺陷。当他谈很玄之又玄的道理的时候，他都说得非常好，听上去非常崇高。但是当他真正地在红尘中要过日常生活，面对日常生活中的一些真实艰辛的时候，其实他也很难在这个层面上真正做到像他想象中的那样一个人，所以到最后我觉得一直在追问道的人，就像刚才施战军老师说的，最后其实是显得非常冰冷的。所以我觉得这部小说这样一种充满了质疑和反讽的气质，是我非常喜欢的。

肖惊鸿：《荒原问道》：一部勇气之作

● 在《荒原问道》这部描写知识分子命运的小说里面，强烈地传达了一种人生理念，或者叫作信仰的力量。

● 陈子兴应该是作者心中的陈子昂。这也是一个具有极大争议的人物。但是我在这一点上恰恰很有共鸣。

● 夏好问应该就是元好问，他从家庭情感中出来了，走到荒原里，实现了老庄一种人生价值的求索。

● 这部小说还原了历史进程中知识分子精神世界的真实，是一部勇气之作。

肖惊鸿：我读了徐兆寿的这部《荒原问道》，觉得有很多地方与他产生了共鸣，特别是他塑造的几个人物。读完之后我觉得有一种深刻的感受，就是强烈地传达了这样一种人生理念，或者叫作信仰的力量。“没有一种生命是匍匐地生活，没有一棵树愿意低头生长。”这里面塑造的人物给我印象特别深刻的是陈子兴，我想应该是作者心中的那个陈子昂吧，陈子兴身上有徐老师的自传的色彩在里面。这个自传指的是精神上的，不是生活经历上的。支撑陈子兴走过人生道路的是一种情感的力量，他把这个情感的力量定位于他和他的初恋，启蒙老师，英语老师，之间的关系，尽管这种关系有很多非议。在诸多的评论里面，我想这也是一个具有极大争议的人物。

但是我在这一点上恰恰很有共鸣，一个初中小男生，在他情窦初开的时候，喜欢上了当时绝无仅有的一个偶像，这是非常符合生活本色的。20世纪60年代出生的人，都会有过那样的经历，在那样一种社会气候之下，这个英语老师天仙一样下凡的人物，会在男生心中荡起情感的涟漪。为什么这么说呢？因为我自己当过10年英语老师，我知道有一批小男生，我是他们暗恋的对象。但是当然他有一个角色定位的问题，对于小男生来说，有这样一种自发的情感，这是很真实的，成为支撑他一生的情感力量也很真实。在他自己的叙述当中，陈子兴就说了，她简直不是我的恋人，而是我的另一个母亲，是我的另一所大学，那么他有自己的升华，他把这种升华注入了精神的力量。

但是对于这个女老师来说，我有自己不同的看法。我觉得这个女老师在当初的师生关系当中，她是主导者，她起到一个引领作用，这里边情感的诱惑，和道德伦理之间，是一个悖论。这一点当然对于一个个体来说，有他这样做的内在的情感逻辑，会是一个特例，不具有典型性。我更希望这种关系是一种罗曼蒂克的很唯美的编织，而不是呈现在书里面，两人数次上床，后来又怎么样了。因为杜拉斯《情人》开篇那几句话，他爱的不是她年轻时的那种美丽，而是她年老的时候脸上的皱纹，把这种东西弄成很唯美的笔触，我想可能其中蕴含的力量会更大一些，会比现在的呈现要更好一些。

至于另外一个人物，男二号，夏好问，应该就是元好问，也许徐老师会有认同。元好问的“问世间情为何物，直教人生死相许”，是一种情感的局限，但是，夏好问从家庭情感当中出来了，走到荒原里，实现了老庄一种人生价值的求索。而陈子兴是去了雅典，其实也是另外一种出世。所以在小说里面出现了那样一个终极理想的使者，还有文清远是小说里面一个非常重要的人物，他倡导的是儒释道基督等等众多众神合一的理想，他作为陈子兴的发小，那个人物的出现，在陈子兴精神世界构建中起到了特别重要的作用。

这部小说总体来说是非常有力量的小说，还原了历史进程中知识分子精神世界的真实，是一部勇气之作。

叶舟：不是问道，而是寻求一种伟大的庇护

● 感觉兆寿就是在写我和他的校园生活，在谈我们的青年时代。

● 在《荒原问道》中，我还看到了张承志的影子、高尔泰的影子、杨显惠的影子、昌耀的影子。

● 《荒原问道》不是去问道，而是去寻求一种伟大的庇护，这个庇护就是来自于旷野、来自于西部。

叶舟：我是来给兆寿师弟站台的，我想听听大家的说法。我前段时间读了兆寿

的书以后和大家的感受有点不一样，我在书中发现了很多自己的影子，因为中间唱了很多藏族歌曲，去草原上采风，那些歌可不就是我当初教给他的吗？比如《昨天的太阳》，因为校对的原因，老写成明天的太阳，这首歌本来是一首禁歌，是我把这首歌秘密带进了西北师范大学，他们在传唱。我也听过兆寿在我面前弹吉他，他是一名吉他高手。我读来读去，感觉就是在写我和他的校园生活，在谈我们的青年时代。

当初他第一次给我《荒原问道》的时候，我觉得很多人作品中可能缺乏这种所谓的道，除了看到我的影子，还看到了张承志的影子、高尔泰的影子、杨显惠的影子、昌耀的影子。那时候我在校园里长大，高尔泰像一尊神一样，不受待见，又像一头狮子一样，高蹈阔步，很多学生在后面跟着他，离他有10米左右，都是学着他的步伐、走姿。我们家旁边还有一个俱乐部，他像一个老年的阿甘一样，像基督一样在前面走。这是我少年的印象。所以这个人物我非常熟悉。

另外我和兆寿，像我们这种人，我一直在想，为什么义无反顾地比较喜欢张承志，这部书里面大量写到扎尕那，扎尕那是香格里拉没有被开辟的地方，叫石匣子，门很难进，里边有各种自然景观，有雪豹等传说。我想为什么我们真是那样，比如说昌耀先生，以前我们有很多交集，也看到很多隐秘的内心。我想《荒原问道》这四个字其实不是去问道，而是在个人英雄主义和浪漫主义的这些人身上，寻求的不是去问道，而是寻求一种伟大的庇护，这个庇护就是来自于旷野、来自于西部，所以他讲西远。所以我认为不是去问道，而是去寻求一种伟大的庇护。

杨晓华：解读荒原

● 这本书激发了我很多情感上的跃动和思想上的对冲，一种矛盾焦灼的感受。

● 荒原上的知识分子形象没有很多作品中知识分子对自己苦难的陈述、圣化，对社会的批判、控诉，而是最终通过自己的思想和生命体验，致力于个体性的文化价值和意义的创建。

● 荒原存在双重或者多重文化积淀。

● 在这部作品中，我深深感受到“探险”这两个字的含义。

杨晓华：我从一个读者的角度、媒体人的角度谈一点看法。我有一个感受，好像我们在艺术作品中去感受历史发生的中心部位，比如北京、上海这些大都市的时候，由于它承受的历史风暴的压力，知识分子的形象、人格的格局反而是比较小的，知识分子的艺术形象的命运往往是死者走向幻灭，但从西部边缘地带去感受知识分子的时候，以《荒原问道》这部作品为代表的，包括《寻找家园》等等，一方面它们是由于相对的边缘，缓解了一部分压力，难以彻底幻灭。也可能容易产生一种精神上审美的成果。看了这本书，激发了我很多情感上的跃动和思想上的对冲，有一种很矛盾焦灼的感受，包括各位老师在发言的时候，我始终处于一种焦虑中，有很多，但是我想集中讲一点对“荒原”两字的感受。

《白鹿原》当中有一个白鹿原上灵性的精灵，但是那个原是作为富有灵性的文化本体来看待，但是在《荒原问道》这本书中，是把荒原当作文化本体所赖以产生和拷问的亲切的客体来看待，为什么说是亲切的客体呢？因为这样一个拷问者、这样一个主体，站在茫茫荒原上，没有彻底死亡，而是保留了人性的温度，保留了对自己人性价值和意义的坚强的、执拗的追求。所以在这个荒原上的知识分子的形象，没有很多作品中知识分子对自己苦难的陈述，对社会的批判、控诉，没有满足于这些，而是最终通过自己的思想和生命体验，致力于个体性的文化价值和意义的创建。尽管这种个体性，有可能会陷入迷茫，包括这部作品最后结束的时候处理的方式，我觉得会走入一种轮回式的迷茫中，就是敬泽老师讲到的知识分子的怀疑，是不是在书本之外的大地之上就能寻得到。我个人理解，他在荒原上的心灵的逻辑，知识分子在遭到了非理性的逻辑、历史性的伤害之后，从这本书来看，他怀疑的不是荒谬本身，而是怀疑知识本身。

这种文化的原罪，会不会就是一种觉醒呢？我觉得在这种觉醒中，这个荒原确确实实对作者来说起了很至关重要的作用。荒原中的这种追逐，就意味着作者或者中间的主人翁对知识来源根本性的反思，对知识来源的反思我觉得也是对人的反思，然后是对生命本原的反思。这种反思是一种积极的人生态度，这种反思最后还是要在现实中间重新挺立起对人性和知识的尊严。这种反思为什么会可能呢？我觉得在这部作品中，在作者的理解中，荒原存在双重或者多重文化积淀。

首先，荒原是生命最原始的形态。在荒原中，生和死有明显的边界，这个边界就是动物性。所以我们在荒原描述中看到坟墓、看到野兽的出没和对生命的专制。这个荒原还有另外一层特点，就是它是人的生命发育或者文化战地最初的战场，我们人作为万物的灵长，最早挺立起来，就是从荒原中间站起来，作者通过主人翁和狼的战斗，就是回到原点后寻找到生命最初的那一点点要成为自己命运主宰者的生命体验，就是人回到动物的这样一个生活氛围中，才能够感受到自己存在的荒谬性、偶然性、自身生物躯壳的耻辱，才会去坚强地探寻人生的意义和价值。

荒原还有另外一个更本质的东西，荒原是肃杀的、是死亡的，在这里可以沉思、可以体验，但是不能沉浸，不能长久的在这里滞留。幸运的是他对荒原的迷恋，没有丧失对价值的追索，最真实的荒原，作品中间反复出现对荒原的抒情和议论，我觉得是一个象征性的精神存在，真正的荒原是最基层的社会人生的生命体验，在这里人们的利益、情感、欲望更赤裸的表达出来，比如秀秀对他的爱，比如人们在日常话语中的粗劣感。但是这样一个人生底层的具有荒原特质的荒凉的生活圈之内，人的生物性的撞击是一个方面，另外一方面也存在人性在最原本层面上对荒原的充实。通过荒原，人们寻找两个支撑和动力的来源。一个是生物意义上肉体力量的恢复，典型表现在作者在和狼的搏斗中，获得的尊严，回到村里，人们看他像英雄一样，只不过说明这么一点点简单的道理，人比动物聪明，但是他是英雄。第二点，在情欲中对爱的能力的恢复，而爱的能力是人作为人、拓展社会关系、寻找自己社会存在的动力的中心。有了这两点，在这样的基础上，夏木在相对超然的重新面对命运的捉弄，成为文化的承接者、守卫者。

小说的前半部分可能更加惊心动魄，更精彩，后面部分显得东西比较多，细节也不够扎实。但是无论怎么样，作为通过荒原的知识分子对自己命运的追寻，后面基本上恢复了知识的尊严。当然这个过程是特别艰难的，我们把回归荒原、走出荒原，可以认为是回归文化城市、回归社会城市的一次精神的探险。梁鸿鹰老师前段时间在我们那里发表了一篇文章，说文学是精神的探险，我觉得在这部作品中，我深深感受到“探险”这两个字的含义。

我自己联想，我们可以把今天习近平总书记对传统文化的倡导和推崇，理解为他是重构文化自信后的尝试，凝结在荒原的意境之上，我一直不断地想起高尔基笔下的海燕在搏击了暴风雨之后，才找到生命最根源性的品性，才把自己生命真实的丰富性和存在的理由打开。

王德祥：《荒原问道》叩问人类的出路和前途问题

王德祥： 我作为徐兆寿的同事参加这样一个高层的研讨会，感到很荣幸，也很神圣，有几位老师也曾经到西北师范大学去过，敬泽老师、雷达老师、施战军老师、白烨老师，都曾经到西北师范大学讲过学。今天在这里讨论徐兆寿的作品，听了大家的发言确实感觉很震撼。

徐兆寿在我们学校是多重身份的人，既是作家，也是评论家，既是教授，要教书，同时还是传媒学院的院长，领导我们这样一个集体、我们这样一个单位要向前发展，搞学科的发展，我认为很难，还能写出这样长的小说，更难。

徐兆寿小说书写的是人类正处于一个精神的荒原阶段，叩问的也是人类的出路和前途问题。小说主人公不断思考命运、思考人生，深入人的精神世界、深入人的灵魂深处，是一代知识分子精神重建的代表，有敢于担当的呐喊！综观百年中国史，有清末民初“师夷长技以制夷”之魏源，有倡导变法之康梁等；有”五四”新文化运动；有20世纪70年代末80年代初之伤痕、反思文学，有反映一代人心声的朦胧诗派。自兹而去，商业时代世俗降临，市场经济的功利价值渐蚀人心，知识分子也不能幸免，于是，知识分子何去何从、何以担当便成了迫切需要回答的问题。从这个意义上来讲，《荒原问道》的出版，使徐兆寿或许成为另类异出之先行者！

纳杨：一部另类长篇小说

● 这部小说在当下这么多的长篇小说里面写得很另类。

● 整本书都在写戈壁精神，戈壁上其实空空的什么都没有，但是好像人类的精神一样，当你被物质填满的时候，你的精神是空虚的。当物质都没有的时候，你的精神突然就很丰富起来了，这是很有趣的现象。

● 他的语言包括细节的描写，让我觉得读这本书很享受。

纳杨：我讲一下印象非常深刻的一点，我觉得这部小说在当下这么多的长篇小说里面写得很另类，主要有两个原因。第一个原因是，它需要慢慢地去读，这是我的阅读体会，我一开始拿过来读，就像读其他的那些小说一样，觉得慢慢去读，理清线索、人物、发展的脉络，后来当我读到100多页的时候，我突然发现不行，读的过程当中老要往回翻，里边有一二三四这样的分节，我老要往回翻讲的是谁，看一下再接着读，脉络总也理不清楚。后来我就放弃了，我说我不理脉络了，他怎么写我就怎么看。当我放弃去理清这个脉络以后，我突然发觉我找到了阅读乐趣，为什么呢？因为这本书的语言让我觉得很有特点，我举几个例子。

比如第76页讲王秀秀去见大夫，要看病，在看病过程当中，她在那等着，这一段大概有7行，一个标点符号都没有，但是读下来一点不觉得有什么困难，因为这种写法正好非常恰如其分地反映了当时王秀秀的心理状态，这个时候不需要标点符号，就是她在等，很顺畅就写下来了，这种表现手法我觉得很新鲜。

还有一些他的心理描写，刚才东华也说到两个方向，一个是从城市人要逼迫自己变成地地道道的农民，其实他是需要一个心理的适应过程，还有就是现在我们看的比较多的描写的是从农村往城市的心理变化，这上面的心理变化，因为从农村往城市刻画得比较多，不是很突出，但是从城市变成农村这种反方向的心理刻画，我觉得恰好可以让我更加加深了从农村到城市的心理变化的这个过程，就是一个反证，这对我来说也很新鲜。

还有一点，整本书都在写戈壁精神，戈壁上其实空空的什么都没有，但是好像人类的精神一样，当你被物质填满的时候，你的精神是空虚的。当物质都没有的时候，你的精神突然就很丰富起来了，这是很有趣的现象。所以为什么在经济不发达或者欠发达地区，文学特别繁荣，或者我们所习惯的里边包含了很多人思考的精神价值的文学作品，会比经济发达地方的要显得更加引人深思，这是一个很有趣的现象。他在写到戈壁的时候，有那么几场，戈壁离不开狼，有两场写人和狼的斗争，细节写得相当有画面感，非常真实，都让人觉得是不是他亲身体验过，细节写得真的很不错。他的语言包括细节的描写，让我觉得读这本书很享受。但是这本书的价值并不仅仅在于此，它的精神价值刚才各位老师都分析得很透彻，但是对于我这样的读者来说，还需要再去反复读，把这里边的人物每一个都要理清，才能体会这里面的东西，现在只是泛泛的。

我想提一点建议，我当然喜欢读一些有阅读困难的，读起来不是那么好读的作品，因为这种作品需要我反反复复去思考，这是有阅读乐趣的。但是这部小说里边本身最明显的两大条线索就已经是很繁复的线索了，在这两条主线下面又有一些细的分支，所以这样一个庞大的结构在叙述起来的时候，我觉得分支还是少一点为好。比如夏好问，他一会儿叫夏好问，一会儿叫夏木，一会儿叫夏忠，刚开始这三个名字是并排的，会引起一些阅读的混乱，会影响到整个阅读的进程。这是我提的一个小小的建议。

岳雯：为知识分子立传

- 这是一部学者之书，一部召唤之书。
- 这部书对我来说挺隔膜的。
- 我生活在小时代，书中人物生活在大时代。
- 知识分子只出现在学术史中。

岳雯：这是一部学者之书，一部召唤之书，每一位从事文学批评的人都梦想写出一本这样的书，作为一个只能写批评而且还写得不太好的人，我由衷地对徐老师在小说当中能自由地阐述羡慕嫉妒恨。他必须得写出这样一本书，因为这是在追问知识分子的命运，在探究自我究竟是什么的时候，从这个意义上说，这是为知识分子立传。

另外一层意思，为什么说它是知识分子的书呢？还是因为这是一部充满了趣味性、拼贴版的版本，读到夏木之前经历的时候，我们可能想到张贤亮的小说，当我读到他在和狼对峙的时候，我想到《狼图腾》，还有的地方会想到《陆犯焉识》，正是因为徐老师是一位学者，从这样一个集大成的思路来探讨知识分子的命运，在某种程度上讲具有后现代感。但是他不是在解构，是在建构，是在追问知识到底是什么，是现代和后现代的相遇。

另外讲一点我自己切身的阅读感觉。这部书对我来说挺隔膜的，我把80年代的小说都读了一遍，对于这部小说的内容我有一种文学史的熟悉感，但是对我自身的阅读体会而言，我觉得挺隔膜的。表现在两个方面，一个是可能像我这样的生活在小时代，而不是像这本书里的人物那样生活在大时代，包括刚要对夏木进行处罚的时候，突然传出毛主席死讯，一下子就变了，还有结尾的细节，最后让黄老师在地震中死去，这种处理细节的方式就是大时代的方式，而小人物的命运一定是会被历史事件所左右的，一定是某个历史事件就改变了一切，可是对我这样一个生活在小时代的人，体会不到大的历史事件对某个人命运节点的改变，所以读到这些的时候，我感到隔膜。

另外一个隔膜，是我反思了一下，我对知识分子的隔膜，"知识分子"一词只出现在学术史中，我从来没有想到在现实生活中我和知识分子狭路相逢，如果谁说我是知识分子，我一定觉得你们在讽刺我。现在文艺青年替代了知识分子，我们好像不再探究知识分子的命运，更多时候我们是在讨论文艺对人的影响，我们在用文艺来替代知识分子的概念。我前段时间把80后的作品捋了一遍，发现相似的命题我们依然在延续，大家都在关注文艺与生活的关系是什么样的，就是这本书讨论的道与生活的关系，只是我们把道这个词变成了文艺。这本书虽然有很深厚的历史感，很恢宏，但是我读的时候有一种很狭窄、喘不上气的感觉，如果文艺者的生活只剩下道与爱，或者性与爱的话，那是你们的天堂，我一分钟也不愿意待。

主持人：最后请本书的作者，西北师范大学传媒学院院长徐教授发言。

徐兆寿：我们何以写作

● 我不是一个作家，我是一个文学青年。作家在我心目中是与伟大相等的，他们是老子、孔子、司马迁、荷马、苏格拉底、柏拉图、释迦牟尼等这些天上的星星，他们是传道者。

● 我们只是一具知识的废墟。

● 写作就是在这样的废墟上如何重新建立信仰，寻找丢失的三魂七魄。因此，今天作家的任务就是为人类叫魂。

● 正是在这样的意义上，我认为我永远是一位文学青年。所谓文学青年，就是保持着青春的冲动、写作的初心和对文学理想的牺牲精神。

徐兆寿：今天在座的大多是我的师长，因此，我深知你们是怀着一份深情厚谊来鼓励一位后学的。你们慷慨地把赞扬都给了我，而把批评的留白放在边上。我都看到了。这是你们的美德。当一个作家在40多岁后还看不到自己的缺点，他基本上就故步自封，没有希望了。

我常常说，我不是一个作家，我是一个文学青年。作家在我心目中是与伟大相等的，他们是老子、孔子、司马迁、荷马、苏格拉底、柏拉图、释迦牟尼等这些天上的星星，他们是传道者。当罗兰•巴特说“作者已死”时说的“作者”不是他们，而是尼采之后没有信仰的文本写作者。因为在整个伟大的古典时代，作家就是代替神明传道的人，是教化民众的先知、圣人。今天，我们有何面目与他们争辉？

我们站在一片荒原上。我们头顶上的星星只是发光的物体，不再是精神的象征。它们在我们的心中已然死亡，因此，在我们虚无和绝望的时候，不再像亚伯拉罕那样仰望星空，寻找信仰。我们也不俯视大地与河流，不再像伏羲与孔子那样在大地、山川、河流间画下宇宙的真理，四季的轮回。我们甚至不能像加缪笔下的西西弗斯那样对诸神的惩罚表示蔑视，而勇敢地寻找新的生活，在大地上重新建立人类存在的信仰。古老的大地之神正在死亡。在这个工业技术的、电子虚拟的、信息过剩的、城市无限扩张的时刻，我们只剩下身体本身。但即使是这样的身体，也散失了神奇，最为重要的是丧失了灵魂。我们只是一具知识的废墟。

无论东方，还是西方，皆如是。

写作就是在这样的废墟上如何重新建立信仰，寻找丢失的三魂七魄。因此，今天作家的任务就是为人类叫魂。正是在这样的意义上，我认为我永远是一位文学青年。所谓文学青年，就是保持着青春的冲动、写作的初心和对文学理想的牺牲精神。

从这一意义上来讲，我甚至连文学青年都算不上。我没有那些大作家的自信满满和狂妄自大。当我在教授中国传统文化和西方文化时，越是对那些圣贤无限接近时，我就越是感到自己的不洁与卑微。

这部小说是献给大地的，也是献给我从小生活的荒原的。当然，更是向伟大的中国传统文化致敬的。我深知自己的缺点。我想表达的太多，而这样便冲撞了艺术之神。我前后修改 8 次之多，从 58 万字修剪到 32 万字，但我仍然感到艺术之神在暗处叹息。今天，写作的快感早已不在，而作品的缺点却与日俱增，使我难以夸夸其谈。现在，我最想做的是，尽快回到书桌上，开始新的旅程，超越自己。但尽管如此，我相信那颗文学青年滚烫的、赤诚之心是每一个读者能够触到的，是会怦然心动的。

感谢各位老师、兄长以及年轻的评论家们，谢谢你们歇下繁忙的双手，在某个黄昏或夜晚，翻开我无边的荒原。谢谢你们的金玉良言！

主持人：讲得好，谢谢兆寿感人肺腑的发言，希望你继续保持滚烫的赤诚之心。

随着时间的流逝，我在创研部的岗位只剩不到三个小时了，由此我特别感谢敬泽上午对我这个消息的宣布，让我感受到身上分量日益沉重，因为时间实在是太快了，三点钟我就要去那边了。但是无论如何，我希望我们还是一个很温暖的集体，以后多支持创研部和《文艺报》的工作。谢谢大家！

知识分子的精神大书

——《荒原问道》北京大学研讨会

主持人：陈晓明

主题报告：丛治辰

参加者：漆永祥、徐兆寿、邵燕君、陈思、孙海燕、张凡、范芊婀、陈彦瑾、彭超、龚自强、陈新榜等

开场白

陈晓明：今天我们要讨论的是徐兆寿的长篇小说《荒原问道》，首先介绍一下作者。徐兆寿，1968年出生，甘肃凉州人。复旦大学文学博士，师从陈思和先生。现为西北师范大学传媒学院院长、教授、博士生导师。他是甘肃省首批荣誉作家，中国作家协会会员。1988年开始在各种杂志上发表诗歌、小说、散文、评论，共计300多万字，成果卓著。徐兆寿的长篇小说有《非常日记》、《生于1980》、《幻爱》、《我的虚拟婚姻》、《非常情爱》、《生死相许》、《伟大的生活》等。诗集有《那古老大海的浪花啊》、《麦穗之歌》，学术著作有《我的文学观》、《中国文化精神之我见》等。获得过多种奖项，发表学术论文几十篇，徐兆寿是以学者身份来写小说，写了这么多小说，写得这么圆熟精彩的在全国还不多见。徐兆寿的创作带有文化哲学色彩，与社会学、生理学、精神分析理论有密切联系，如网上的介绍所言：他的知识结构和精神资源既来自于中国传统文化的命脉，又接受了世界文化的精神。我个人以为兆寿有点像“五四”时期的学者，钱钟书、沈从文先生都是这一类学者，在大学任教，既搞创作，又做研究。现在中国这一类的作家、教授越来越少。所以，我对徐兆寿的创作很感兴趣。先就介绍这么多，以便于大家后面可以谈得更好。

今天我们还是按照过去的模式，先做主题报告，然后大家一起来讨论。下面请

治辰来做主题报告。

知识分子、荒原与性

丛治辰：我的报告将围绕《荒原问道》谈三个问题，这三个问题既相互联络，又似乎存在矛盾纠葛，形成了一种奇特的张力关系。

第一个我要论及的问题，也是至今为止相关评论谈得较多的问题，就是关于知识分子。显然《荒原问道》是一部关乎知识分子的小说，当代文学中处理知识分子命题的小说已经不少，但是像《荒原问道》这样的处理还不多。我总结它的处理方式有三个特点：有老有新、有点有线、有虚有实。

有老有新，当然是指夏木和陈十三两个人物，小说通过他们写出了两代知识分子的历史遭遇。夏木大致出生在1940年前后，1957年左右来到西远大学。这个家学渊源，从民国进入共和国的知识分子，可以看作传统文脉的遗腹子。他像同时代的很多知识分子一样，经历的是一个从中心到边缘，从城市到荒原的过程。他主动从北京调到西北工作，历经共和国几乎所有的政治运动。虽然小说中每个人物都被处理得相当复杂，聚焦在同一人物身上的矛盾冲突往往并不单一，但夏木的悲剧主要还是与政治上的压抑有关。徐兆寿并没有像很多媚俗的作品那样，渲染政治压抑来博取关注，而是将夏木所承受的政治压抑转化到他的个人选择与日常生活的有限性中去，但唯其如此，才更加深刻。至于陈十三，我根据小说推算他大致出生于1969年，比作者晚一年。这个出生于农村的知识分子，跟夏木恰恰相反，经历的是一个从边缘到中心，从荒原到城市的过程。作为夏木的后辈，陈十三所面对的是大学体制和学术机制当中无形之网的压力。他更需要面对的是新时代的欲望挑战，必须在市场经济的物欲横流当中去面对自己的一切：出身、虚荣、本性，对欲望的妄念，等等。如何坚守属于知识分子这一身份的那部分品质，去对抗属于自然人的那部分本性，是小说处理陈十三这一代知识分子所必须处理的难题。这就是我所说的有新有旧，两代知识分子的不同困境。

有点有线，是指小说只围绕两个具体个人来写，但却串联起20世纪后半期乃至21世纪的知识分子精神历程。故事基本从夏木毕业开始讲起，小说完整讲述了共和国知识分子的遭遇："文革"、下放、恢复高考，再到80年代。徐兆寿以夏木的复杂经历，用小说的方式讲述了一个更加复杂的80年代历史。我们在小说当中看到，80年代不是单纯辉煌的思想解放年代，更是一个知识分子与原有机制文化之间不断碰撞，不断探索边界的时代。于已经板结化的历史叙事之外，焕发小说文体的力量，将历史的复杂和暧昧召唤出来，在我看来正是小说回应历史最为精妙之所在，《荒原问道》在相当程度上做到了这一点。在这一整段历史叙述中，特别有趣的还有夏木本身的选择。与很多小说表述不同，夏木并非一个被动的历史的骰子，而是一个极富主观能动性的个体。小说因此绝非历史的小说化图解，更表现出知识分子群体在时代浪潮裹挟中从未放弃的精神自觉和力度，即便最终失败，也是英雄式的失败。当小说所讲述的文化史进行到80年代，陈十三的线索也参与进来。如此设计当然与时代的复杂程度有关。在80年代之前相对简单的历史当中，夏木一个角色就可以支撑起知识分子的群体命运；而80年代之后的历史则需要更多人物，从不同视角去折射。夏木只是80年代的旁观者或指导者，并非弄潮儿；而陈十三对80年代文化的介入显然更加深刻，他在80年代完成大学教育，携带着80年代的精神印记，比夏木那种老派知识分子的简单对抗姿态更能够向我们讲述，在80年代之后饱受消费文化挤压的文化现场中，知识分子是何等迷惘与彷徨，也因此，陈十三的反抗和反抗的结局将更有力量。

有虚有实，指的是小说既写出了知识分子特别具体的问题，又写出了知识分子形而上的追求。作者长期在高校工作，对当代文化圈、学术圈的相关情况了如指掌，因此在他笔下，知识分子的生活细节相当翔实生动，迥异于一些作家对知识分子的肤浅写作。小说中很多细节，大家读后都可会心一笑。陈十三请自己的导师洪教授推荐发表论文的情节也非常有趣，当他拿到发表有自己文章的权威期刊时心里很得意，觉得果然文章质量不重要，有人推荐就好。这确实一定程度反映了当前学术界的问题，但难得之处在于徐兆寿接下来的处理：陈十三仔细读了一遍自己发表在权威期刊上的这篇文章，惊讶地发现，文章已经过洪教授特别精细的修改。这一突转彰显出知识分子应有的原则性与人情味，读来令人感动。从此可以看出，作者在书写知识分子的时候，从来没放弃这一阶层应有的洁身自好与不屈不挠的姿态。这在当下以矮化知识分子为乐的时代风气中，显得格外富有价值。

我要论及的第二个问题是关于荒原。小说题为“荒原问道”，贯串全书的始终是知识分子的追问声音，是对现状的不满而挣扎突围。在夏木看来，如今的时代乃是末法时代，那么作为知识分子，自然面临在此一时代如何安身立命，又如何济世救人的双重选择。夏木同时又兼具医生的职业，显然是有意设置。“问道”的结果是什么呢？徐兆寿说，一切的答案，应该到荒原当中去求索。荒原是空旷荒凉的，但却又无比丰富，这丰富就让知识分子的命题也变得格外复杂。知识分子的那个终极关怀于是转化为如何理解复杂的荒原，如何在复杂的荒原中去寻找自己道路的问题。我简单总结，小说中至少存在着以下几个层次的“荒原”：

第一个层次是经济结构中的荒原，也就是城乡二元对立中的荒原。在这一结构中，荒原—乡村—乡土是一回事，它们是劣等的，而城市则更高级。夏木自认为身在荒原是为了避世，这种表述意味着在他看来，城市才是“世”。他一度不想走出这个荒原，但一旦回到大学，他很快就忘记了荒原，认同城市生活。陈十三则更有趣，他的几段感情故事其实都围绕着城乡对立展开，比如他和第一任妻子及其家庭的情感矛盾。而更有典型意义的是他的成长经历。对陈十三的成长而言，至关重要的当然是他一辈子都念念不忘的黄老师，但在此之前还有一个文清远。其实从小说结构而言，完全可以不要这个人物，但作者似乎不忍割舍，他想要完整表现那个年代一个出身乡土的知识分子的成长史。在这一成长史当中，文清远成为黄老师的一条配线，这很像中国传统小说的笔法，文清远像一个影子一样预示着黄老师的到来，并在主题上为黄老师的出现热身。作为一个插班生，文清远并不是一个出色的孩子，但是他之所以引起陈十三极大的兴趣，就是因为他来自城市——他跟“我们”这帮脏兮兮的农村孩子是不一样的，陈十三因此特别喜欢跟他待在一起，甚至为他争风吃醋。正是在此过程中，陈十三逐渐明确了自己的性别意识，为黄老师出场做了铺垫。而黄老师这样一个年纪大陈十三很多的女人，究竟哪里吸引了陈十三呢？小说有一句话点得非常到位：“她狠狠地孤立于乡村。”黄老师的美，除了生理层面的，最重要的是来自文化层面。她最大的蛊惑性来自于她所携带的城市气息。尽管她是被城市驱逐出来的，但她从未将乡村当作自己应该待的地方。在陈十三与黄老师激情相恋的过程中，贯串始终的情节是黄老师用英语和世界名著来教育和改造陈十三，正如陈十三清醒认识到的：她是要把陈十三变成一个城市的儿子。

在教育改造陈十三的过程中，黄老师所携带的莫名的城市优越感借助那些“教材”，具体地转化为某种来自西方的文化资源，城乡对立变成了西方传统和本土传统的对立。从而，我们此前探讨的经济层面的荒原已暗暗向第二个层次的荒原滑动，那就是文化意义上的荒原。如果做一个简单的概括，我们可以说文化意义上的荒原指向某种前现代的文明形态。这种文明形态当然有其野蛮的一面，比如那个实际上被迫“嫁”给自己公公的王秀秀，以及陈十三家族在荒原开发过程中表现出的本能的暴力倾向；但也自有其独特的智慧与文明，那是中国传统精英文化与民间实用逻辑杂糅的产物。特别有代表性的就是夏木的岳父钟书记，这种典型的民间能人形象在中国当代文学中所在多有，是极富魅力的一种角色。如小说中夏木所说，钟书记的存在简直是一种荒谬。他白天是党的干部，一本正经宣读文件；晚上回家则对神婆神汉深信不疑。他有能力在历史的变迁当中游刃有余，既秉持乡土逻辑，又能与强大的现代国家机器周旋协商。文化意义上这个保存了前现代传统的荒原，正是夏木和陈十三学术后半期孜孜不倦试图从学理上解读和接近的荒原。在此意义上，钟书记的荒原被上升为与孔子、与《易》相等同的荒原，但疑问因此产生：荒原这一文学形象是否能够承受这么庞大的意义？一个前现代的荒原真的能够产生令现代知识分子如此倾倒的文化内容吗？或许正是为了在逻辑层面上回应这样隐在的质疑，小说为荒原又赋予了多一层次的价值，这也是在我看来最迷人的一个层次，那就是神性或信仰的荒原。

较之文化意义上的荒原，神性的荒原内在上更加抽象超越，外在表现上却更加原始蛮荒，在小说当中最突出的体现是那些散见于各个章节的关于荒原自然风光的描述。平心而论，由于小说想要集大成地表现知识分子的精神史，兼之作者对知识分子的相关细节了如指掌，《荒原问道》的叙事中确有琐碎之处。但往往在叙述渐趋琐碎的时候，对于荒原的大段描述就出现了，小说立刻大放光彩。一旦进入此种描述，小说和人物就从城乡对立的卑微或自尊中超越出来，从中医或易经的琐碎讨论中超越出来，上升到纯粹的自然神性之美。知识分子在这样自然神性的荒原中所感受到的，是超越了个人荣辱，超越了具体历史遭遇，甚至也超越了古往今来知识储备的大悲欢、大启悟。这就是夏木在面对整个荒原的历史陈迹时，胸中鼓荡的贯通天地往来的那种感慨。对于荒原而言，所有的文明都是过客，而长天不变，荒原依旧，个人的悲欢更加不值一提。其实并非那个中医的、民间智慧的荒原，而是这个神性的荒原，才真正在8年放牧生活里，给夏木以安慰，也给陈十三以长久的召唤。因此在我看来，小说感人至深的地方，在于最终让知识分子的追问超越了一切，回到知识尚未萌生的原初。任何文明、任何隐喻都不可能比荒原本身更伟大，这才是小说在荒原问到的最终大道。不过恰恰在此意义上，我对陈十三支教藏区的那几章略有微词：或许神性的荒原太抽象了，作者希望以宗教的方式赋予其具体形态，因此让陈十三经历了这样一场藏传佛教的旅程。但藏传佛教终究“有名”，较之荒原所蕴含的那种无名无言的力量，反而降格了。比较起来，反而夏木遭遇狼王的场景，更能够代表神性层次上的荒原。这大概可以解释，何以陈十三最终并未挣脱自己的欲望，而夏木却能消失于荒原吧。

我要论及的第三个问题，实际上主要是我的困惑所在，更多想听听在座各位尤其是作者本人的看法。这个问题就是如何理解小说当中的性。小说中有大量与性有关的段落，其意义何在？我大致总结了一下，小说中的性大致有三个层面的意义：

第一，性是知识分子努力对抗之物，是长期以来知识分子所面临的种种诱惑之具体化表征。知识分子作为一种文化身份，其内涵不包括对性的处理；但具体的知识分子乃是一个个自然人，他必须处理性的问题。问题在于，知识分子对这一诱惑很钟爱，甚至沉迷。它超出了知识分子应有的理性，因此性具有了第二层面的意义，那就是成为知识分子思考的对象。我们注意到，夏木长时间地严肃思考性和婚姻的问题，甚至试图在现代契约精神与个人本能欲念之间寻找到一种可谅解的办法，当然，这个办法是可笑的。因此性的第三个层面的意义是悲剧性的，那就是性成为知识分子宿命般的伤疤，是不可超越的限度。在夏木建立的一整套文化体系中，最大的难题就是如何处理性的问题。但实际上这个问题并不难以解决，只要能够压抑自身过分的欲望贪恋。但问题恰恰在于，压抑是不能实现的。

我尽可能对小说中的性进行了这样的理解，其原因当然在于，在我看来，《荒原问道》对性的关注比小说所需要的超过太多。但即使努力做了理解，我仍然感觉有些细节超出我的接受范畴。比如王秀秀对夏木的追逐，是不是过分了一些？可不可以不这样？而且，像王秀秀这样一种近乎疯狂要献身于某个男人的渴念，无论在现实层面，还是在象征层面，逻辑上能够成立吗？以上是关于《荒原问道》这部小说，我的一些想法和困惑，供大家参考。谢谢！

《荒原问道》的雅典进向

陈晓明：谢谢治辰做了一个很全面、很深入、很见功力的报告。他的概括我觉得还是很准确的，从知识分子的书写入手，特别是大学校园里面的两代知识分子，是抓住了作品的时代意义。知识分子的问题是摆在中国当前的一个大问题，遇到了尖锐的挑战。今天还和大学这样一个问题混淆在一起。今天我们说大学是一个时代的人文精神的堡垒，大学之道，在明明德，有了这样一种知识分子精神，才能把一个时代的价值信仰树立起来。治辰抓住徐兆寿作品中书写大学里面知识分子怎么去寻求他们的精神，这就抓住了要点。徐兆寿的小说立意非常有意思：大学里的知识分子要去荒原问道，这既提出了一个现实的问题，又是一个巨大的反讽。大学是来传道授业解惑的地方，是来给社会提供知识和解决社会价值困惑的地方，而大学里的知识分子现在要到荒原去问道，这提出了一个重大的问题。

我们知道这个荒原和艾略特在现代之初写下《荒原》这首诗是一种对话。《荒原问道》后面也写了诗，很精彩。这些诗还是很重要的，在这部作品中，也是关于荒原关于问道的一种表现。这部作品确实提出一个问题，就是在进入现代之后，我们今天怎么去面对一个价值的危机，我们的精神困扰到底发生在什么地方？这方面我想大家等一下可以展开讨论。治辰理解问道要到荒原里面去问道，但是荒原可能有双重性，一边是要到荒原里面问道，另外这个荒原也有一个象征，也是对今天我们所赖以存在的精神家园的隐喻。

这部小说在结构上值得关注的地方在于，它的叙述是一个双重结构，一个维度是理想性，另一个维度是面向现实的批判性，两个结构各自展开自身的叙述。理想性的很多东西是展现在夏木的身上。这样一个知识分子的气节，在荒原上也好，问道也好，他都在回答这个道，他本身在以他的经历，以他这样一个生命的存在，在回答他所理解的道。他是一个理想性知识分子的人格代表。陈十三使夏木的批判性展示出了另一面，那种更具有现实的存在性。夏木的批判性是一个更高的境界，所以说小说的叙述是有一个理想性和批判性呼应的结构，这个结构一直往深在发掘。

治辰刚才提到的身体和性很有意思，小说主人公本身一直也在疑问。夏木在精神上是很明确的，很大胆，甚至一直有一种坚韧不拔的状态。但是在性上，在身体上夏木也像一个初生的孩子一样。我觉得这一点非常有意思，在性这一点上是平等的，我们都回到了原初，我们都是孩子。你看看夏木在新婚之夜，陈十三和黄老师的初次，几乎是异曲同工之妙。以及在后来的夏木岁月中遇到了王秀秀，他束手无策，他不能解决王秀秀的问题。小说虽然有一点夸张，但通过王秀秀的故事，夏木并未完全被理想化，使他无所不能，夏木在这里遭遇到讥讽。小说里暗藏着另一面，是性。这是夏木所无法解决的。夏木当年遇到秋香，钟队长要把几个女孩嫁给他，他就没有过这一关，现实的身体的问题是当务之急，也就结婚了。在我们那一辈知青中，很多人就是这样，熬不过身体就成了农民。

我想我们可以在理想性和批判性的双重维度上来看这部小说的叙事，它一直像挖掘机、推土机一样，一直往前推，而且把时代的很多难题推出来。

性不是一个可有可无的，它也是夏木和陈十三都没有解决的问题。这个问题其实和道仿佛有关，又仿佛无关。它一直在另一侧，它一直发出一种笑声。性在向人类的理性发出一种笑声。后来陈十三遇到好几个女人，他写关于任灿那一段写得特别好。徐兆寿写这些，我觉得在当代小说中他的描写非常精细和准确，包括一些细节写得非常精彩。

另外，他写陈十三他们家把人打死时，他的一种态度是值得关注的。他也想在陈十三的身上表达那一代知识分子所具有的正义，我觉得这些以及乡村的问题都写得非常真实、非常直接，也表达得非常尖锐。十三的家人把那个白春打死了，白春一家人要打官司。最后又反写了一笔，我觉得后面那一笔挺好，还是把他判了10年有期徒刑。这笔深刻的地方在于他对陈十三的嘲弄，陈十三以为他真正能够看清了正义，就能够坚守住正义，在精神上和思想上坚守正义，就能够具有现实性。现实和精神化的坚守还是有很大的区别。我觉得这一点也是徐兆寿清醒的地方。

从一定意义上来说，这是一部知识分子的大书，提的问题比较多，如在夏木身上的理想性是不是一个解决当下之道的一种很准确和充分的表述，这一点是值得讨论的。我想《荒原问道》中的主人公陈十三后来去了古希腊，要问道古希腊了。大家知道在欧洲有一个雅典进向和耶路撒冷进向，这是20世纪欧洲的两种精神追寻。德里达在20世纪60年代写过一篇文章批判列维纳斯追求的是耶路撒冷进向；同时也批判了海德格尔的雅典进向。欧洲文明身处现代性的压力中，该走向何方？也是一个难题。当然，这个问题太大了，只是徐兆寿小说中的主人公问道荒原之后，要去欧洲问道雅典；这与前一段徐则臣出版的《耶路撒冷》最后也是到耶路撒冷寻求真理之道，构成一种呼应。

我知道徐兆寿读过俄国舍斯托夫的《雅典与耶路撒冷》那本书，那里面触及的一些问题是当代精神一些大的难题。这部小说的故事性无疑很强，很有阅读的吸引力，但同时也要注意到它试图提出的问题。通过夏木和陈十三两代知识分子的书写去揭示这个问题。今天，道怎么问？要问到哪里去？这个问题在作品中，当然还是有追问的余地。而且我觉得这个问题是可以深化的，是有很多拓展空间的。

一部好看的种马文小说

邵燕君：首先很感谢陈老师叫我来，有这个机会来参与这个讨论，我也是好久都没怎么参加我们传统文学写作的研讨了。我们以前老在一起，大家知道，我从2009年之后一直在研究网络文学，正是“新欢”的时候，所以比较热乎，所以可能会比较沉迷、比较偏颇，这一段时间脑子都在这边。所以我可能看书的角度也比较偏，现在也是比较狭隘，从这个角度来考虑问题。

我觉得这部书一看（拿起书的封面看），《荒原问道》，两代知识分子的文化命运，大概作者的主题跟文学史的关系，比如说跟从张贤亮到《陆犯焉识》，都能够看得到这样的一个历史的关联。陈十三还有书中描写的80年代都是我们经历过的事情，我就在想，可能是作者在陈十三身上投射的自己稍微多一些。那么夏好问先生呢？他为什么写这么一位，有可能是他在学院里见过这样一个先生，所以你大概能够想到一个年轻人想去探寻一个怪人，但是他身上又有历史的精神历程，然后去分析他的心理结构。这是大概能够想象的一个框架。刚开始也确实是从这个路数进入，后来我觉得也掉进了治辰想的那个困惑，为什么有那么多的充斥了整本书洋溢的对性的描写和想象。

其实我倒是从另外一个角度来理解的。对于写作，我们从小尤其到中文系，接受的就是精英写作，刚才想的那些几代人的命运，文学史，为什么去追寻，这是我们一贯精英写作的思路，这个思路对我们来讲，好像柏油路就铺得很死，好像这个世界就是这样的。但是就像你说的《红楼梦》的经典确立就是西方文学史的事，就是一两百年的事情。可能自古以来古今中外原初的写作不是创作的基本意图。知识分子也是一个新近的概念，所以为什么会说知识分子，难道有男人、女人、知识分子这种说法？

开到这个玩笑的时候我会说一句特别狠的话，比如说讨论女博士要不要孩子的问题？我觉得这不是个问题，首先你是一个雌性哺乳类，首先你不是一个女博士，你是一个雌性哺乳类。这事不能弄颠倒了，我们首先是人。在这个时代曾经有一度有一个名称叫知识分子，我们曾经被这么命名。大家怎么看这么一个问题？一个人的本能那部分可能占了99%，作为标志那1%决定了你的标志。所以要是这个放下来以后，从我研究网络小说思维的定式来看，我倒觉得这是一个很朴素的、很本原的一个写作。

本原的写作是什么，人家写作可能不是想问道，而是对自我的想象、自我的情感的宣泄，制造幻象然后自我疗伤。有人说网络文学就是一个全民疗伤机制，大家互相生产幻象。所以我觉得他可能就是一个自我表达，然后带有这种欲望的描摹，带有自我疗伤机制。从这个角度来讲，我就看到两种文，一种文就是种马文，尤其在夏木身上集中表现了种马文，陈十三我还没找到一个固定的合适的词。陈十三按照原来叫恋母式的，但是现在叫什么文合适我不知道。他其实也是种马文的一种，一个是更传统的种马文，一个是受点西化教育，恋母到姐弟恋的这么一个倾向。其实从这个角度来讲，刚才陈老师介绍说徐老师写过好多专栏，这下都能联通了，我觉得从这个角度来讲，这个小说写得挺好看的，欲望写得挺饱满的，但是我必须得说实话，我不喜欢看。

为什么呢？这是一个男性向特强的一个文。在网络文学里面男性向和女性向分得特别开。我特别喜欢一个男性向作家，我曾经一个学期命令所有的女生必须看，不看这学期就没学分了什么的。逼了半天最后女生说我是真不爱看，我承认他写得不错，但是他戳不到我的点。然后第二个学期讨论女性向的小说，也逼着男生看，那帮男生打着骂着看一点，他看不下去，这很正常。因为现在尤其网络文学使欲望化写作合法化以后，男性向和女性向特别突出，所以某种意义上男性向有时是排斥女性的。尤其我是一个女权主义者，我很排斥，这里面所有的女的都会贴着男的，主动送上门，恨不得姐妹共侍一夫，要不然我再给你找一个小老婆，所有的这些跟知识分子没有关系，这就是一个男性的欲望问题。

我觉得在这个意义上，用鲁迅先生的话，我现在看见的都是欲望。这是我自己的问题，我是觉得从小说来看，其实这部小说我这么解释可能纯粹是我的解释了，我的解释和治辰的解释你会看见是两本书，完全不一样，也能够感觉到这部小说里面可能是比较杂糅，各种传统、各种风格、各种写法其实都有，见仁见智。

所以这部小说结构也不是一致的，我觉得前半部好像是在一个小宇宙里面，在欲望趋势里面，后半部有点跳出来，更多现实叙述，后半部我突然看见终于有一个有现实感的人，就是那个秋香变了，突然有现实感了，回到现实生活中了。那个时候你更多地是看见了对一种心理欲望状态的审视和剖析，作家的身份更多的是作为一个审视剖析和思考时代变化的身份。而在前面，可能是由于前面那段历史，我们也没有真正经历，都是别人叙述，更多的是一个欲望的想象空间，在这里面出现了不同的感觉，都是这样的一种混合。我觉得这部书本身最有意思的部分是这个，它有自己的不自觉，有描述、有症候，这是比较有趣的部分。

阅读小说的五个问题

孙海燕：我看这部小说的时候想到一个很古典的词“花开两朵，各表一枝”。作者采取回溯性的叙述，他追诉往事时花开两朵各表一枝，然后我就开始看，就想看这两朵花什么时候交叉，什么时候陈十三与夏木的人生开始交叉，顺着那个交叉的节点我们观察他们共同的精神的枝干，同时要拉开一个距离，因为陈十三是追诉性的叙述，他拉开一个距离去欣赏两朵花，在不同时代的不同的分枝。

作者每次在山重水复疑无路时，不是柳暗花明又一村，而是突然的峰回路转，我不知道这个描述是否准确。当然这种戏剧性让我觉得太妙了，比如说当夏木因为王秀秀陷入了困境，前面铺设了那么多的想象，你就会想他到底怎么突围？这个时候突然毛主席逝世了，一个特别大的事件把这个小人物拯救了。原来还可以这么处理。

还有就是他因为自己身体的一部分机能的丧失，他也丧失了求生的意志，这个时候出现了一条荒原狼，他通过与荒原狼的搏斗，来重新找回自己对生的那种渴望。但有时对这个戏剧性也存在不能认同的时候，比如王秀秀为了献身以死相逼，他为了和这个男人好一次，居然以死相逼。我当时也觉得至于吗？还有一个是彭教授为了放夏木一条生路，他不想两个人死在一起，为了放夏木一条生路也以死相逼。但是我不知道为什么，从个人来讲一个知识分子，我觉得他可以通过更巧妙的，或者刚才邵老师说，把知识分子可能看得太高了，我觉得他作为一个资深的知识分子，他应该有更好的处理方法，而不是说我以死相逼逼你走。这个地方我当时觉得是不是可以有更好的方法，我是期待看到和以死相逼不一样的地方。

第三，我特别佩服的是小说的叙述语言，写 80 年代的激情澎湃，语言和当时的时代是非常贴合的，到了 20 世纪 90 年代就慢慢地消尽了火气，开始变得现实，现实的同时开始有了更强烈的无奈感，语言也一致。

第四，我想提一个问题，是关于乡下人如何看待城里人这个问题。刚才丛师兄也有讲过，少年陈十三对城里男孩文清远的羡慕和追随，对城里来的女教师终生不变的爱慕，其实还有三朵姐妹花对夏木的仰望，村里人对北京人夏木的高高在上的仰望的目光，因为我是一个土生土长的乡下人，当陈十三讲述他对城里男孩文清远的那种羡慕和追诉，这种羡慕追诉里面有卑微，甚至有一点献媚，这个时候会让我有一种不适感。讲乡下人对城里人的态度会有一系列的文本，那些文本里面有不同的答案。在这部小说里面陈十三是如何看城里人的。其实我是想到了这个问题，这个问题我是没有解的。

因为看到了这，我同时对陈十三就有一种期待，因为陈十三他作为小说中的叙事主人公，他是一个被塑造成对历史文化哲学有着强大的思考能力和批判精神的主人公，他是这样的一个叙事者，我的期待就是我希望他能够对城乡二元对立结构有一个更深层次的反思，对等级有一个重新的审视。最后我对这个叙事者或者这个主人公就很失望。我觉得当你少年时的一种情结其实它会影响深远的时候，后面很轻地放弃了对它的重新审视和反思。

第五，可能跟刚才邵老师说的有点像，陈十三高中女友小曼，想与黄老师三人行，冬梅和秋香在不同时刻向夏木讲述二女同侍一夫的欲望。我可以理解这是一种男性欲望心理的投射，但是我不能理解为什么一定要从女人嘴里说出来。谢谢徐老师，希望能够得到您的指点，谢谢。

回应：从性到宗教

徐兆寿：刚才大家说了很多，我想回应一下。我很同意陈老师刚才说的那些。首先，关于王秀秀这一节，好几个作家认为我写得不够，他们觉得应该写得更极端一些。事实上出版时已经删了很多。其次陈老师说结构的问题，今天我这么一听也觉得挺有意思的，我自己当时没想那么多，就是想写两个知识分子，一个从城市到乡村，一个从乡村到城市，一个从很远的西部到北京，一个从北京到西部，对他们都从不同的角度去描述。

陈老师今天提出了一个性的暗门的说法，我比较赞同。有关这一方面，我得多一些解释。2002 年的时候我写了一部小说《非常日记》，被称为中国首部大学生性心理小说，因此也受到很多争议，甚至是批判。我当时也是非常尴尬。大概我在大学里工作的原因，这部书出版以后我就想告诉人们，大学生甚至人类的性问题是必须要重视的，于是踏上研究之路。到 2005 年的时候我开了一门课叫“爱情婚姻家庭社会学”，被称为性文化课。当时也受到很多的批判，媒体报道，说我是中国第一个开性学课程的学者。我的压力很大，但是我想告诉人们，这个课程真的是关乎人的幸福。在我看来，性的问题最终要在信仰层面上才能解决它，这就是为什么所有的宗教里面首先解决的就是两性伦理问题，包括《圣经》、《古兰经》。它们第一个就是解决男女之间如何相处的问题。这也是为什么作家从现代以来孜孜不倦地要写这个东西的原因。我刚开始就想写一部类似于《洛丽塔》的在修辞学和细节上精美的一部作品，但是后来我遇到了佛教，佛教引领我走向另外一个层面，所以我在后期修改的时候删掉了大量的东西，这样就把佛教和基督教莫名其妙地引进来了，这就形成了文化上的互文关系。

这里面性的东西没有删尽，还是留了些，因为即使对于佛教来说，性的障碍仍然是其超越的最难的一关，这是人类在艺术、哲学与宗教中共同面对的一大难点。

事实上，有关这一问题人类到今天并没有解决。我们现在只是在世俗层面上有一个伦理的界限，但是它的幽微之处还需要我们解决，恐怕这是永远也解决不了的问题，这就是人的两重性，精神与肉体、灵与肉的关系。这个问题说起来就太长了，刚才邵老师说的那些话也值得讨论，可能她说不会有这样的女性，事实上我在上爱情婚姻家庭这门课的时候，就不断有学生在跟我谈，很多故事都是这些学生来跟我谈到的，我把这些思考都写进小说中了。

为什么把陈十三写成这么一个人，我也非常赞同陈老师说的，信仰问题解决不了，身体就处于放逐状态，然后，主人公便用这样一种方式来寻求精神上的解脱。我自己的想法是，这个人的身上更多地反应了我们 80 年代以来一直到今天我们身体的放纵的历程，不光是写我们那一代人，80 后、90 后都想写一下，让他们都能看见自己。

第二个问题，道到底要去那里问？陈老师说的雅典进向和耶路撒冷进向，西方文化的两个端口，到底去哪里问，我觉得这也是可以去探讨的，实际上我想作为一个作家能够把这个题引出来就可以了，不是解决这个问题的人，这是我当时写作的一个想法。不是说我要解决终极问题，而是我提出问题，写了这个问题，引发这么一个思考就足矣。

陈晓明：我认为这本书是很值得讨论的，感谢兆寿给我们提供了一本非常值得讨论，应对当下很多大问题的书。

一部抗争命运的交响曲

张凡：这部作品是一部命运的交响曲。这本小说讨论的是知识分子的命运。命运的先天论者认为，自然变化和社会的运行与人的命运从某种意义上被某种超自然的力量所主宰，人必须而且只能屈服，今天上午和徐老师交流，他认为命运是可以通过自身的努力超越的，小说中夏好问就对他的命运始终是不满的态度，始终想去超越它。人类总是在不停地与命运抗争，就像古希腊神话当中西西弗斯一样，西西弗斯绑架了死神，想让死亡从世间永远消失，这一举动触怒众神，众神为了惩罚他，便要求他把一块巨石搬到山顶，由于巨石异常重，每一次在巨石还没搬到山顶的时候又下来。这个神话预示着，这个看似荒谬的悲剧性的行为却昭示出生命的激情与能量。人类在命运面前总是进行不屈的抗争，也许结局早已注定，但是正是这种永不屈服的精神彰显了生命的张力。夏木一生总是难以摆脱命运的捉弄，出生在书香门第，但是造化弄人，一首诗改变了他的命运。所以他与彭教授一起被送到了双子沟，由于条件比较艰苦，饥饿、疾病威胁着他脆弱的身体，无奈两人只能计划逃跑，途中彭教授遭到他人伤害，夏木逃了出来，然而真相却被掩盖和误传，夏木惨遭诬陷，来抓他的人认为彭教授就是夏木所杀。这种阴差阳错的命运使他最终无路可逃，为了活下去他又混入盲流之中，盲流在新疆在西部是很有意思的现象。茫然的流浪者，心甘情愿到农村当一个农民，他隐姓埋名的目的就是为了想在这个地方活下去，阴差阳错成了大队书记的女婿。从知识分子变成一个农民，他的人生轨迹就发生了一个剧变。

当得知自己的亲人悲惨死去之后，无边的悲伤让他对命运的不公感到异常的愤怒，小说里面有这么一句话，他不停地在荒原上奔跑，质问命运。几年的放养生活使他彻底地爱上了戈壁，他深切地感受到只有戈壁才是安全的。其实我觉得这就牵扯到人和土地的关系的问题。可以包容到他过去的一切，至此他断绝了再回北京的想法。

西北的这片土地可以说给予他新生的力量，教会了他生命的法则，但是周老汉的死使他再次陷入了一种混沌。后来他当了小学老师，重拾对知识的兴趣，在课堂上讲授人是怎么出生的，而被那些无知的老师告发，说他正在把孩子们教坏，他又去学了中医，并且也学有所成，可是王秀秀却无可救药地爱上了他。

总是被命运捉弄又摆布的夏木，虽然屡遭不幸但又没有被命运所吓倒，他始终是一种奋勇抗争的态度，在一番怒骂之后，消失许久的狼又出现在了戈壁。这也许是他与天公然挑战的后果，然而他没有畏惧。小说里面写道，既然这是你安排的命运，就让我回击命运。这是一种不服输的力量，在与狼殊死搏斗的过程后他活下来了。他在柳云村成了一个英雄，如果当时他有气馁或者有害怕，那么等待他的可能是搏斗之后被狼吃掉。但他胜利了。他得救了。所以当夏木再一次返回西远大学的时候，他不想再压抑自己，正如祖父曾经预言的一样，他只要写诗作文就会给他带来痛苦的命运。

其实从这些章节中我们可以感受到夏木始终是在以一种积极的心态去抗争命运的不公，虽然屡遭人生的低谷，但是他始终有一种积极向上的力量在促使他抗争。正如夏木自己所悟到的那样，命运真的是注定的吗？不，我过去就是太爱受命运摆布，而每一次新的命运转机，恰恰是我反抗命运的结果。

所以在小说里面徐老师总是在思考命运这个关键词，尤其是在与狼的生死斗争当中，他分明感受到大地赋予他的另一种精神，就是不屈不挠的战斗精神。他深刻地领会到了大地存在的真谛。我觉得夏木最终会走向他后面的命运是有一个过程的，是一个不断超越每个当下的抗争最终形成他命运的结果。

重返八十年代

陈晓明：落点在关于命运的抗争上，知识分子如何和命运抗争，这是夏木的方式。陈十三是另外一种方式，精神荒原上的放逐。我觉得有意思的是兆寿并没有把他写成无所不能的人物，夏木其实也是经常失手的，他背腹受敌。在农村的时候，他的命运其实也是落到进城去还是和农民结婚的境遇。夏木学中医，这一点形成了一个非常有意思的象征，他把夏木写成中国传统的杂家，传统的知识分子。这个知识分子如何保持传统的气节，所以我想夏木可能是有一点高尔泰的原形在里面（徐兆寿插话：是有参考高尔泰的原型），高尔泰本身很多的经历也非常有意思。不知道大家后来有没有读过高尔泰的《精神家园》。所以夏木这样一个人不是没有原型，他并不是没有真实性的。

我们也会看到其实这部书有一个非常独特的特点，重写80年代，重返80年代。在80年代风起云涌的历史中，夏木曾经充当过大学生们的精神导师。对于夏木来说，20世纪90年代是一种放逐，直到他走向荒原。同样，对于陈十三来说也是，80年代在他那里是充满理想的书写，20世纪90年代也是被放逐的书写。

我把这样一种结构理解为理想性和批判性的并存，一方面表达了理想性的知识分子存在，另一方面折射出中国知识分子的遭遇和他们面对的困境，以及今天这样一个可以说对荒原性的精神家园的批判。当今大学精神荒芜是徐兆寿提问的依据。另外一个维度，涉及了身体和性的那个维度，始终也在质询两位知识分子。在理想性和批判性的结构中，身体和性几乎是一个障碍，是一个魔法，是知识分子的另一面。当他们要回到肉身的时候，回到他原初状态的时候他们就必须去面对的难题。

夏木在农村开药、打针、挂瓶，但是他对王秀秀，最后他只有脱掉衣服给她治病，王秀秀不要他开药挂瓶，而是拿着镰刀架在自己脖子上，逼近夏木把衣服脱了，她身体的病只有靠身体去治疗。这怎么办？身体和精神、身体和医药，大家可以自己设想一下，这里面提出了很多的问题，中心与边缘的问题、疾病和治疗的问题。夏木在农村治病，后来他到了大学，在一个教室里私自治病。很多女同学找夏木看病，他还看妇科病，这是一个非常有意思的情节。有时候作者可能并不是有意识地去写，他也不是理性地去写，而是以感觉去写，他觉得这个时候一定是看妇科病。女同学找他看病是最有意思的细节，这是没有道理的，这可能不是一个理性的，也不知道它合理不合理，但是在那个时候一定是女同学找他看病。非常奇怪的是，女性会面对现代医学，会面对治病，会相信病这样一个传说，男人在年轻的时候都不相信病，暴饮暴食，他相信身体是万能的。但问题是，夏木真正能治得了女性的病吗？邵老师说这个小说处理了很多非常有意思的问题，而且这些问题都是相互关联的，我希望大家在这些方面多做一些回应。

散文的笔法和对道的尝试性回答

范芊婀：首先我对这部小说的写法跟传统的对话性很强的写法有一个不一样的理解，它带有一点散文化的笔法。我刚刚看的时候我觉得这种写法很独特，因为在看这部小说之前我正好看了刘震云的《我不是潘金莲》，那里面对话性的描述就特别丰富，这本小说没有直接的引领式的写法，所以这种散文化的笔法是另一种写法，我刚刚看的时候很吸引我。

另一方面，小说写到后面的时候多多少少有一些琐碎，我当时想到了萧红。萧红写了很多小说也带有散文性，但是萧红的文笔很有韵致。徐老师的语言，有一些语言是很有诗性的，有一些地方让我看了以后还想再看一下他的语言，写得很有感悟性或者是抒情性的语言，我很喜欢。但是有一些地方可能又正好走向了反面，这就是我对这部小说笔法的看法。

还有叙事者我一直有一个疑问，我还跟同学讨论了一下，可能观点不一样，这个叙事者我看整部小说，一开始在想这部小说叙事者是一个人，就是那个我，陈十三，只有这一个人，但是刚开始看的时候又在想在写到夏木知识分子的时候，很多时候都已经是一种全知叙事，所以我想这部小说是有两个叙事者吗？

第三点，我想提的一点就是，大地精神和城市文明之间的二元对应，在这部小说里面体现得非常明显，但是有一个问题，我其实很想明白作者在这里面他的观点究竟是一个什么样的立场。因为有时候我发现，代表城市文明的文清远也好，夏木也好，在作者笔下都是那种形象很高大或者是很圣洁，作者都给了他很高的地位，但是在作者的笔下其实又是在希望回到那种大地文明，大地的精神价值，那么我在想作者的立场究竟在什么地方？我的意思是说这里面存在一种矛盾。

第四点，这部小说里面有一些细节我非常喜欢，其中一个细节就是那个梦。我的那个梦在这部小说里面出现很多次，每次都是他梦见一只小山羊，进入到一个村庄，村庄很恐怖，在月光下面。这个意向我很喜欢，它所透露出来的知识分子那种精神的困惑、迷茫、找不到出路而且又很恐怖，我对这个意向的设立很喜欢。还有每次对荒原的那种描写，整部小说对荒原不光是景色也好，感悟也好，每一次我读到的时候都觉得很亲切，可能因为我也是从农村出来的吧，所以我对这两个意向很喜欢。还有这部小说里面提到的80年代出来的诗人黑子，我每次看见的时候觉得特别像海子，是不是作者在写的时候就是以海子为原型。这个人物的塑造我觉得很有代表性和典型性，对于80年代诗人们的那种概括很形象。

最后想说说道的问题。这本小说是讲两代知识分子的精神历程，刚才徐老师说他可能只是对这些问题提出来，没有给一个答案，但是我在看这部小说后半部分的时候，其实徐老师也给出了尝试性的解答。不管是夏木的出走，他晚年的时候对宗教还有易经那么迷恋，包括陈十三他也是，他到藏区去支教，其实他们最后找到了精神家园，包括后来的文清远也是，所有的人我感觉在这部小说里面都找到了精神家园，都是宗教或者是传统文化。这部小说是不是想要解答一个知识分子精神困境就是要我们回到传统，其实这个表达得非常鲜明，所以我觉得作者好像给了我们一些答案，对知识分子的精神出路给出了宗教性的解答。这个答案能不能成立，当然这是作者的一种思考。

陈晓明：这个意见非常好，我觉得芊娜谈得非常真实、非常直率，有她的思考。关于第一个问题我也有一点困惑，即叙述的问题，福楼拜之后当代小说的叙述都必须是你看到和听到的，这个界限是被福楼拜所设定的，后面的人怎么要从这个福楼拜开始。从这部小说来说确实我读到这里也有一个跟她一样的疑惑，这点等一下请兆寿解释一下。

西部文学的独特性：对精神信仰的书写

陈彦瑾：我自己在做西部小说出版的时候也有自身的一些困惑和想法，今天这么难得的机会便想交流一下。西部写作在当代文学中究竟处于一个什么样的状态，这是值得我们关注的。以前我们提到西部主要还是陕西，当然至今仍然是在当代文学格局里面属于一线的位置，但是除了陕西之外，其他的省份如甘肃、新疆等地的作家，其实也有很多非常好的作家和作品，有很深厚的原创性，而且一直是在创作，然而他们在当代文学现在的格局中，我个人感觉一直处于一个比较艰难的状况。尤其是在现在这样一种出版需要传媒传递出去，需要依赖很多手段，甚至娱乐化手段的时候，一个纯文学的有价值的作品，它被外界所知比80年代和20世纪90年代更加艰难，西部作家便更为艰难。

其实我发现一个很有意思的问题，莫言在一次谈话中也谈到过徐老师刚才那句非常有野心的话，他认为中国文学要有一个出路的话，将来可能最大的成果会出现在西部，他认为西部文学有一些共性，即对于人类的精神出路、精神存在和灵魂生命等非常关注，我觉得这个很有意思。西部文学究竟给当代文学带来了什么不一样的东西，和商业化的、都市的、东部的和其他的写作相比贡献了哪些不一样的东西，这是个值得思考的话题。西部人的生存经验我觉得是很独特的，西部文化的独特性，还有西部地缘文化和地缘心理都是值得我们去关注的。

我刚刚拿到这本书，大致翻了一下，我来有一种期待，因为《荒原问道》这个书名我觉得非常好，我就在想会不会在这个当中看到一些我关心的东西，刚开始没看到书的时候我想知识分子，我想是不是会比较书面化的东西，但是我翻了之后，我仍然是看到了一种西部写作的共性的东西。比如说在这部书里面，虽然刚才邵老师讲了很多种马文，什么性描写，我好奇怪，因为我翻了好几遍没有翻到那种段落，我们做编辑的，有时随手一翻大段的性描写很多，但是这本书我真的翻了好几遍还没有看到。

我觉得这不是最重要的，我所关心的是，这本小说也许是提供了西部的知识分子的生存状况，这是比较突出的地方。以前我们看到的总是西部的农民的生存，关于知识分子的很少。二是西部文化的独特性我在这部小说当中看到了。我们会发现人类文明的信仰文化，各个方面在西部都存在。我在这本书里面感受到这样一种非常杂糅的文化，人类文明在信仰领域上的探索几乎都有。

我理解的荒原，是我们这样一个世道就是一个荒原，甚至我们身处这样一个繁华的都市也是荒原，等等。可能在西部作家看来恰恰这里是荒原，而在西部某一个戈壁滩的沙漠，恰恰是道所在的地方。所以说《荒原问道》是否意味着，我们今天的人看来也许要向西部去问道。第二个问题，因为我本身的身份是做编辑做出版，所以我就会很关心一部作品它能给我们的当代文学贡献一些什么样的经验？有什么样的价值？等等。这样一种经验你如何转化为我们现在的人能够去亲近它，理解它，甚至于向往它，这对于作家来讲是可以去考量的。

同时作家如何去培养自己的读者群，也是不能忽视的。如何在这样一个世道里面寻找他的知音，他的读者，可能也是需要一些渠道的，需要一些有缘人共同推广，这样会利于作品的传播。晓明老师在我们心目中也是大师级的评论家了，一直对当代作家，尤其西部作家非常关注，这是很难得的。我们做编辑做出版的都知道，很多评论家更愿意关注现在已经功成名就的作家，而一些需要去靠评论家发现的，靠评论让外界和读者知道那些不为人知的作家，是太难得了。所以我觉得晓明老师我特别敬仰。

同时，我觉得去争论性别的意义不是很大。在这样一部问道的书里面，性肯定是作为世俗生活中一个非常重要的方面而存在的，是每个人要面对的。任何一个甚至求道者，他在问道过程当中要克服的最大障碍就是性，因为它代表了我们每个人最原始的生命力，它是一种生命的能量，这种能量会障碍你的精神，这也是身和心的关系。所以我觉得关于性的任何形式的出现都是可以理解的，我所关心的是人类在这样一种经验中如何超越欲望、超越世俗的表述，这也许恰恰是很多人没法理解的，因为那部分，凡是世俗之人，如果你没有达到的时候，你是无法体验和认证它的。

西部作家在这方面的超越，为我们提供了更多的经验，我觉得这是当代文学中非常宝贵的一部分。80 年代新潮小说在形式上的探索是一种经验，在精神上也应该有一种探讨，对于这种超验的文学在当代文学里面其实不是很多，而西部作家在这方面的努力是很明显的。我之前从雪漠的小说中看到了很多这方面的表述，确实这部分是最为我们所不熟悉的，这是研究者可以去关注的问题。在西方文学中，作家对信仰基督的超验表述是很充分的，《圣经》、《天路历程》、《神曲》、《浮士德》、《约翰·克利斯朵夫》、《卡拉马佐夫兄弟》等等，有大量关于他们在信仰世界所体验到的人类的超越世俗生活那部分精神生活的文学，而且西方的研究也很充分，我们中国文学里面这一块恰恰是弱项，很少看到。这是我觉得西部写作一个很珍贵的，值得我们去关注和研究的地方。

陈晓明：陈彦瑾谈的这个西部经验、西部写作的角度我觉得非常好，我们都没有注意到这个角度，确实有西部的风格，以及西部对当代问题、当代困境的一种看法。包括她提的那个问题也是一个典型的西部问题，出走、去哪、问道，去西部问道。这些东西是不是合理，我们都应该讨论。这部小说在问道这一点上最后提供的方案，还是一个出走的问题，是不是仅仅出走就能够解决问题？去雅典是问道，还是解道？夏木似乎是在解道，但是也不是非常的明确。所以在问道和解道这一点上，这本书有可以展开的广阔空间。

在过去社会主义革命文学中，这一点解决得非常概念化、观念化，也干净利落。

人物出现本身就是解道了，他的道路是非常明确的。在今天这样一个重估历史、重估价值，特别是一种精神家园荒芜的时候，这个道究竟在何方？我理解夏木作为历史的一代他出走了，他被历史的命运所裹挟，但他能够保持自己的独立性这本身就是一种抗争，保持了一种独立的人格。当下的实践性品格在陈十三身上又体现了出来，包括他解决家乡纷争的问题，以及他最后的选择，他没有留在城市，还是去了大西北，这个都可以看作也是他解道的一个方式。最后他也去考察雅典，去那里寻求一种东西，这也可以看成是他当下实践性的一种品格。我们怎么看他当下？因为在夏木那里还是理想性的，他所有的一切代表了一种历史强加于他身上的创伤，他能保持一种坚定的人格，成为一个伦理道义的象征，但是当下的实践品格在陈十三的身上怎么一点一点去体现出来，这是值得思考的问题。

独特而艰难的生存经验

漆永祥：我刚才在想，中文系各个教研室的各种活动就当代的我没参加过，今天就全了。我曾在西北师范大学历史系读书工作，徐老师在中文系，我们俩接触不算太多。徐老师在西北师范大学曾被形容为一个怪人，我听到过很多他的传闻。他是饱受议论的一个人，但是他仍然坚持写作，是非常不容易的。我自己虽然很笨，但是我也是怀揣着作家梦的一个人，一直到现在我都有冲动。我高考的时候之所以上的历史系就是因为语文考砸了，我现在整天在全国各地给孩子们讲怎么写作。80年代初期或者80年代中期的西北师范大学，大家不要小看它是一个远僻的大学，教育系、中文系、历史系，这三个院系各有那么四五位老先生，不比北京大学的任何一位先生差，如中文系的彭铎、郭晋稀都是全国的大家。

刚才大家都说到80年代，因为我刚好是1990年研究生毕业，整个80年代我都在大学里面待着，我的感觉就是1978—1986年的那种阳刚、那种向上、那种学习的风气真是让我现在想起来都恨不得回到那个年代去。我到现在还没有看到写80年代写得让我很满意的，哪怕论文也罢小说也罢。所以我说今天一定要来表示我最大的敬意和支持。

刚才大家谈到西部作家的问题，都知道陕西有一群很厉害的作家，就甘肃少全国性的大作家。我经常在思考甘肃的问题。甘肃这个地方，大家看它是一个狗骨头，两头粗，中间细，长条形的，两边是回族、藏族、蒙古族、维吾尔族，甘肃历来是中央政府在西北打的一块楔子，这个楔子把周围的少数民族有机地联系起来，所以甘肃这个地方就在于有用的时候它没用，没用的时候它有用。这是它的价值和作用所在。和平年代它是没用的，但是一旦打起仗来，一旦国家有事的时候，这个楔子就会立刻提起来，发挥它的作用。

你说它的特点是什么？是牛肉面吗？是黄河吗？是少数民族的花儿吗？似乎都不能概括它。甘肃很难被一个词所概括。我也经常想写写甘肃，30 岁的时候说 40 岁写，40 岁的时候说 50 岁写，现在马上到 50 岁了，我现在就想说 60 岁写，可是我 60 岁即便写出来又有什么意思呢？我这样说的意思是我一直在思考甘肃的问题。有时候我想，如果一定要说甘肃乃至西部特点的话，大概就是“生存”两个字。这种艰难的生存、原始的生存，赞美一点就是人性美的生存。

甘肃那地方的生存之艰难我深有体会，但最让人难以接受的是文化的贫穷，清代甘肃就没出过一个状元，我那个县叫漳县，明清两代出了 13 个进士，其中还有三个是武进士，不如江苏一大家族出得多。

所以，我觉得甘肃可写的事太多了，我希望徐老师接下来能写写西部的生存问题。《荒原问道》我刚才翻了一下，觉得写得很好，但是还不过瘾，因为我从一个西部人的角度来看，还想看到我理解的那个艰难的西部的生存状态。

刚才大家说的一些徐老师小说中不可理解的地方，可能觉得很荒谬，但是我觉得非常人性化，这才是真正的人性化。比如说农村人看城市人的态度，我上小学的时候，有时候兰州的小孩到我们那儿去，我们一帮人在泥潭里打滚，全裹上泥了，都一样脏，但是人家城里的孩子就是看着比你干净，那种气质就是胎里带来的。知识青年上山下乡时用的是香皂，我们叫洋胰子，那个味道我们觉得太好闻了，女知青梳个大辫子，走起路来那个辫子左右甩着，非常好看。那可能就是我们西部人的生存经验。

陈晓明：永祥教授谈得非常好，活生生的西部，充满张力的西部，感谢漆老师给我们提供了一个解读《荒原问道》的背景。

一部感伤主义的小说以及性的哲学问题

陈思：刚才听了各位的讨论，我的一些感觉清晰了一点。刚才徐老师说您以前欣赏的作家是张炜、张承志、史铁生一类的。小说中陈十三文学启蒙阶段读到的书，是显克微支的小说，《百年孤独》，这些书都有一个非常内在于 80 年代的一个脉络，这就是作为学生时代我们总是会引用的洪子诚老师说的作家的自我姿态，说到 80 年代的四种倾向，其中有感伤主义的倾向，抒情的、忧伤的倾向。往往是你不知道那个故事在讲什么，你也不知道那个人他讨论的是什么问题，但其基调是忧郁、伤感的，所以那个忧伤就构成了80年代文学记忆里一个非常重要的部分。

这本书总体的风格其实有浓郁的80年代的影子，就是有一个忧伤的抒情的声音。所以从这儿出发来读这本书，很多特点就会比较清楚。比如说作者为什么不在意一些写作技术上的处理，比如说陈十三，这个叙事人是怎么处理的，他怎么知道夏木的一切，不需要弄清楚，我们只要它抒情的声音，外在的技术处理就被这个抒情的风格遮掩起来，陈十三就可以用“我”开始讲故事了，他也可以很没道理地进入夏木的世界里面，这是感伤主义小说习惯的处理方式，不会那么精巧或者写实地去考虑视角的问题，当然视角的问题是可以永远再拿出来讨论的，只是在这个脉络里会有这样一个习惯性的处理。

邵老师说这本书读起来很好读，一部感伤的作品通常就是读起来会比较快，很好读，语言自身有节奏，如果要拉开一个反省的距离的话，有可能是在叙事者上面可以想一个办法，这是一个感觉。其实大家说来说去都在讲这部小说里面性太多了，很多人都会讲性太多了，对我来说这涉及你把性这个问题作为工具还是作为你的目的的一部分。如果你作为工具来说，大家就可以讲这个性太多，因为性是用来结构城乡关系、知识分子和民众的关系的一个象征的道具。城市引诱乡村，以性的方式，比如说英语老师，西方引诱东方，先进引诱落后，这个渴望和追逐的关系被性化了。把它作为一个工具当然就把城乡的关系当成一个性化的方法来解释，知识分子就被要求回到大地和不断回到生活经验。我们当然可以把性的问题理解为一个原始的非常美好的肉体，知识分子无法抗拒的引诱。这也没有问题，这是把性当作工具来处理，我们处理到这个程度就可以了。

大家都很熟悉法国理论的传统，一直有一个把性重新哲学化和思辨化这样的习惯，比如说以前的参考书里面至少有一本《色情史》，书里面你会发现这个性变成了一个非常严肃的宗教的神学的问题。它用“耗费”这个词来解读一切生命现象，而性是极度耗费的。上帝是极度耗费的，所以是神。接下来是人的耗费，人的耗费最大的便是性，最具有神性的意味。在动物层面上，耗费最多的动物在动物等级中最高。植物吸收所有的太阳能，储存能量，它耗费得少，所以比动物要低级。

再比如说《存在与虚无》，里面专门有一章是讲恋人之间的哲学关系，所以性是可以引发很多哲学思考的东西。还比如卢梭的《忏悔录》，写他每次去见他情人时的感受，在见到情人的时候总是离她更远，只有在想象中跟自己相处的时候会觉得离她更近。你不能简单说这是一个男性思考的性，它已经成为一种美学一类的存在。性在西方激进哲学中一直是作为一个没法概括的东西，一直作为一个破法，一个冲破世间障碍的思考方向。

所以如果把性作为一个认真思考的问题的话，它是可以很深入地探讨。为什么这个问题是一个不可以讨论的？或者不应该讨论的，或者这个问题应该怎么讨论？性为什么只是魔障，只是知识分子的魔障，而不是知识分子通过性来思考自身来达到一个精神高度的这么一个中介？性不能简单作为一个知识分子的魔障，不能作为一个世俗的性，世俗的性当然是魔障，世俗的欲望我们不断地把它扩张，简单就变成种马文了，就变成三妻四妾这么一个思路，然而性始终是一个哲学上的重要命题。一个神性的性，或者一个反世俗的性，我觉得这是非常值得期待的，而且我相信徐老师肯定有很多可以加进去的部分，而且肯定和您长期的一些思考是有关系的。我觉得这是非常值得去考虑的。

陈晓明：陈思追问对性怎么深化，如何在一个哲学的意义上赋予它一种神圣性和深刻性，这些见解都非常好。并且谈到感伤的叙述语调和文本的细节的关系，这些问题都是可以讨论的，这部作品在艺术上也提供了很多讨论的空间。

对小说结构的探讨

从治辰：刚才陈思讨论性到底是工具还是目的，实际上跟邵老师的发言异曲同工。邵老师把性当作本体，我的困惑就解决了。但是我觉得将这部小说看作种马文，又似乎并不妥当。倒是作者刚才的发言真正回答了我的疑问：小说几经修改增删，可能确实呈现出了拼贴的痕迹。这种拼贴一方面造成了主题层面的混乱；另一方面，如果将拼贴视为一种小说技术，《荒原问道》的叙述中其实借助这一技术也产生了一些有趣的效果。比如批判夏木一节，这一情节是从关于性的写作中生发出来的，夏木因为通奸而面临难以逃脱的灾难，但恰在此时，毛主席逝世这一更为宏大的事件从历史当中凸显出来，一下子把性所带来的困境解构了。这种突出奇兵在小说结构上形成一种相当奇异的效果。类似这种拼贴的手法一再被使用，使小说的节奏非常活跃，并在拼接的缝隙处产生颇具戏剧性的对照感。比如，小说中的每一小节一般而言应该处理相对集中和完整的故事情节，但我们会发现在《荒原问道》中，有些故事会拆散在几个小节，而有时候几个故事又并陈在一起。陈十三和李娜结婚的同一节中，他和黄老师重逢了。这样的拼贴让我们在陈十三的第二次婚姻的开始，就嗅到了不祥的气息。

彭超：本来我有一些疑问，听大家谈了之后都解答了。高大上的问题大家都谈过了，我谈一下自己的感受。刚才说秀秀那一节的问题，我自己觉得那一段没有给我特别强烈的冲击，我想起了《平原》里同样处理这种问题的那一章节，同样也写到一个女性对男性的向往，我其实觉得那个可能更有冲击力，我不知道是不是因为有一些比较极端更有冲击力的细节被删掉了，所以我特别想看一下原版。

还有一个问题，我刚看这个书的封面，写从西部到北京，遭遇从西方到东方。其实我没太懂，这个封面这么做西方到东方指的是东西方文明还是什么？有对应关系吗？

丛治辰：有。陈十三在西部的农村时，从黄老师那里获得的是西方的文化；而后来再到北京，却开始回归东方，跟随他老师到全世界弘扬新儒学。这种地理移动与问道所得的错位当中，有对荒原意义的复杂指认。另外有一点我和陈老师的看法不大一样。陈老师说陈十三到希腊是去问道，但小说中说他去希腊有两个目的，一是撒骨灰，二是去弘扬我们的传统文化。这样一来，希腊之旅其实一方面是向当初入道导师的祭奠，一方面倒是传道了。陈十三此时已经从西方转回东方，从城市转向荒原了。当然，传道的过程，在某种意义上其实也是自问的过程。

彭超：其实这也是我挺困惑的问题，我没太搞懂。

张凡：今天早晨我们跟徐老师做了一个访谈，我觉得徐老师在我们采访的过程中，对这个道还是有自己的阐释。刚才彭超说的一些问题我也得到了解答。小说在2010年完成初稿，到2014年经历8次改稿，从50多万字接近60万字要删到30万字，这不仅是一个痛苦的过程，可能也会造成文本上的一些缺憾。

《荒原问道》的悲剧意味

龚自强：我觉得可以尝试把陈十三还有夏木两个人的遭遇用命运观念去解释，可以感到两人的生命或生活非常沉重，少有的一点快乐或幸运也在转瞬之间灰飞烟灭，知识既给二人以超脱于荒原般的存在的凭借，也是致使二人命运更加悲惨的缘由。两人的故事分别来看都是悲惨的，难逃沉重的命运感。在如此严酷的生存条件下，精神之花才会如此倔强地开放！这使得这里的苦难叙事不再仅仅是苦难本身，它本然地指向超脱的精神层面。后来我们看到小说又从对命运的超越中抵达信仰层面，进入对玄之又玄的信仰层面的探讨。这本身是一条隐秘的精神线索，也许还是小说叙事表象之外的旨归所在。

因此，这是一部精神性很强的小说，并且小说中有相当大的部分直接探讨信仰问题、心灵问题、道的问题，这起码表明了徐老师强烈地探问精神的志趣。在当今时代，这尤其不易。小说涉及基督教、佛教、儒家、道家等各家教义，里面出现大量西方的经典文本，这些都很好地嵌合在小说对人物命运的展示中，人物命运与精神追寻并行不悖，也许二者在作者看来就是一体的。这样，小说将问道范围扩至非常广大，在对各种信仰体系进行冥想之后，道则逐渐归于一个本原：它的实体就是荒原本身，它的虚体则是信仰。

但荒原与信仰其实指向的是两种悟道方式，在小说中这也构成某种互相反驳，或者对话。小说对信仰体系的展示可谓蔚为大观，但信仰的获致却一般需要具备一个有知识的个体，只有有知识，才有反省能力，才能将外在存在逼入内在自我，将人生万象带入信仰问题的思索之中。换句话说，与信仰体系的获致不一样，荒原需要个体直接在荒原上体悟，放弃所有的知识，甚至放弃所有的东西，唯有如此，方可到达“道”的层面。这方面的矛盾一定程度上加强了小说对知识和信仰问题复杂性的开掘，但也不得不说，在最终对道的体悟上，这个矛盾也使得道或对道的追寻充满了方法上的困惑。道究竟在哪里？小说引人上升，但也让人困惑。尤其是求道的路径。这也许与道本身有关，如此抽象的东西，本身拒绝了各种表达或趋近的路径。作者只有自己开拓道路。

在当代现实日益五花八门甚至鱼龙混杂，不无后现代乱局之感的情势下，在文学一次又一次匍匐于金钱、商业、权力等外在规约的脚下之时，我们看到《荒原问道》以一种精神高蹈的方式对很多历史的和现实的种种问题进行呈现与表达，那种来自于生活又超越于生活的启蒙之光就突然闪亮了。徐老师早年有写诗的经历，过去10多年又一度在大学教授性文化相关课程，这就使得他的很多文学思考偏向诗性和心理层面，思想和美的层面，当然还有最有争议性的，性和色的层面。可以说，一种哲思氛围浓郁的诗化风格是徐老师此作的最大特色，小说对于叙事的经营很见功力，但叙事过程一般不会过长，而是经常戛然而止，凝练传神，只是定格一个让人怀念或怅惘的细节，哲思就顺接而来了。

从某种程度上，这本小说最后让人记住的也许不是那些充满命运感同时又充满痛感的人物与故事，而是那些诗化意味浓厚的哲理表达。值得注意的是，哲理表达在本书中并非生硬干涩的逻辑性的思辨过程的展示，而是一种由体悟而来的充满身体意识和和谐意识的自然叙事。这样的哲思是一种来自身体的哲思，也是来自大地的哲思，更是来自内心的哲思，所以能够成为一种人类共有的语言，能够直抵人们的内心，构成一股动人的文学力量。生存环境最为恶劣的戈壁荒原反而成为最无私、最博大的哲思和信仰的诞生之所，这种极致的反差常常兀自就构成了小说前行的一股力量，这是一股来自文字、来自信仰的力量。

西部作家由于特定的生活环境和文学传承，大多都有对于灵魂叙事和信仰问题的关注，这渐渐成为一个文学现象。西北人天然地距离天空更近，距离信仰也更近，这让我们能够释然何以徐老师这里搬出如此之多的各路神灵和信仰体系来解决自己的信仰难题，何以他们之间互相并不构成冲突。也许在徐老师内心里，也有那种对于信仰选择的困惑。从根本上说，每一种信仰体系也仅能解决人类所面临信仰问题的一部分，绝非全部。这就提示人们，并不是文学探查到了信仰层面就算了结，一旦面临信仰问题，信仰的复杂性就立刻凸显出来。

同时，信仰问题还是遍布着悲剧意味的一个问题。正如名目繁多的信仰体系互相潜在或显在竞争所显示的那样，信仰本身会面临各种各样的冲击，甚至包括其他信仰体系的冲击；另外，从内在的层面看，信仰问题其实不是一个形式问题，而是一个心灵问题。夏木最终的问道之旅是深入荒原，直接体悟，放弃一切，归于自然，陈十三也只是在真正深入荒原之后才得以窥见道，“直到此世不在，彼世来临”。这与当今现实的最大特征——欲望化——构成十分剧烈的冲突，这也使得信仰问题在当下现实语境中具有悲剧性。小说多次写到真正的荒原其实在城市，在置身于现代化之中并意欲将现代化进行到底的城市；乡村好像也并不比城市好多少，现代化正在用标准化的生活吞噬一切乡村，从而使得乡村越来越成为一个初步发展起来的城市。一段指向时间，无尽头的时间的前进式的叙事得以建立，在当下现实中具有彻底的合法性，这就与追求空间容纳、放慢心灵步幅的信仰问题构成不可避免的冲突。

对于“荒原”，徐老师的处理也具有这种正反并置性：一方面，“荒原”是现代人寻求心灵慰藉之地，在放弃知识之后，人们能够在荒原找到与自然的那个连接通道，感到自己是世界的主人；另一方面，“荒原”是那个最无力掌控自己命运的所在，现代化的机械，被现代机械力量所武装的人类以欲望为引擎，正在对它进行肆意的开发（破坏）。

小说全部叙事的一个重要的隐性关键词其实是“知识”，小说对知识辩证性的思考引人深思。正是凭借知识，夏木在农村才能够多少体会到做人的尊严，并将一再遭遇风险的生命继续下去，靠着思辨能够确认自己存在的根本；正是凭借知识，陈十三改变了自己的命运，从乡村人成为城市人。然而，也正是知识构成他们人生苦恼的根源，或隐或显。这让人在对道的思索和追寻中，更加感到困惑。也许正像老子所说"道可道，非常道"，道只是为人类确立一个超越的场域，以使得人们时时能够有自我反思的空间，道本身不能解决任何问题，甚至并非实有。徐老师也说，他只是提出寻求道的必要性，他不能指出哪条路可以通向道。因此，所有呈现在小说中的可能性的趋近之路都是在可能性的意义上所言说的。这样一来，悲剧意味就更加沉重了。作品却因此而更耐人思考。

与当代文学的互文关系

陈新榜：我在读这本小说的时候，注意到一个比较有意思的问题，在108页写到自己的时候，是用第三人称写我，变成他了，也就是说，小说的结构不是大家说的那么简单，而是更为复杂。这让我想到《你在高原》（两部小说都是追求荒原和高原精神性的作品），里面有一个"你"，陈老师以前说过，《你在高原》一般都认为是一个"我"的叙述，这个"你"是如何变成"我"的过程。一般来说，人们认为叙述要么第一人称，要么第三人称，就是内和外的位置，《你在高原》里面有第三个，有了对话性，这个对话性并不是说一个简单的内外两重的，其实还在自己内部又开发出一个新的空间来了。有了这重叙述之后，整个叙述就变得很丰富。《荒原问道》也是一样。

还比如第137页也写得很有意思，当陈十三跟黄老师的事情被校长发现之后，被处理的时候，他就想象到自己冲进了校长办公室，很勇敢地和黄老师结合在一起，然后马上又来了一个自我警告，说这是"我"虚构的，"我"想象的一个东西。这种叙述也很有意思。

关于问道，刚才陈老师提到最后那个他是走向希腊，走向雅典，最近徐则臣写了一部《耶路撒冷》，是否说明这个问道，我们这一代追求精神出路这个问题，您是比较认同理性化的，徐则臣注重信仰，他从这个意义上去寻找出路。

致谢辞

徐兆寿：非常感谢陈老师和各位。我从兰州来到北京，就好像陈十三到北京问道一样，今天我也是来问道的。各位从一种宽容的、爱惜的角度给了我鼓励，也给了我一些建议。感谢你们的善，感谢你们的爱，并感谢你们对西部的关注。

我在微信里面曾经说过这么一句话，这部小说，历经4年修改，今天来看有太多的不足，我甚至曾经有付之一炬的念头。但反过来讲，它又是我的一个新起点。再次感谢陈老师，感谢各位，感谢北京大学！

徐兆寿长篇小说《荒原问道》研讨会

时间：2014年10月6日下午

地点：复旦大学当代文学创作研究中心

主持人 栾梅健（复旦大学中文系教授）：诸位，我们下午的会议开始。由我们复旦大学中文系当代文学创作研究中心举办的徐兆寿《荒原问道》学术研讨会现在开始。

开这个会我们也是筹划已久，从去年就开始筹划到了今年，这也是陈老师首先提议，他说要给徐老师开个会，我想他当时提议主要有两个方面的原因，第一，兆寿现在虽然是西北师范大学传媒学院的院长，但他是我们这边的博士，我们开过很多会，像贾平凹老师、莫言老师等很多的会，可我们还没有怎么给我们校友开会，所以我想在我们复旦这个地方，给我们复旦毕业出去的学生开这个会，看他的成就，看他的长大，我觉得感到非常欣喜，所以我们做一些这样的评论，做一些跟踪，这是我们复旦大学当代文学研究中心的一个比较重要的任务，这是一个原因。第二个原因，复旦大学当代文学创作研究中心一直与甘肃很有缘，比如说陈老师是甘肃文学院的首席批评家，然后我们在陈老师领导之下，在上海开了好几次与甘肃作家有关的会议，比如说前几个月还在上海给新选的"八骏"开过会，兆寿也是甘肃的作家，理应受到我们的关注。基于这两个原因，今天诸位批评家放弃了休息的时间，来为兆寿研讨他的小说，我在这里感谢大家。

今天下午的会议人数和上午差不多，上午来的人我就不给大家介绍了，下午有几个要再一次做一下介绍：

北京大学中文系教授、教育部长江学者　陈晓明

中国现代文学馆的馆长、西安市常委、西安市副市长　吴义勤

复旦大学中文系教授、教育部长江学者　郜元宝

上海华东师范大学中文系教授、上海市作家协会副主席　杨扬

《小说评论》主编 陕西省作协副主席　李国平

上海师范大学都市文化研究中心主任　杨剑龙

复旦大学中文系教授　张新颖

上海大学教务处处长　王光东

南京师范大学文学院教授　何言宏

大连理工大学人文学院教授　张学昕

复旦大学中文系教授　王宏图

复旦大学中文系教师、青年批评家　金理

上海文学版资深记者、著名批评家　朱小如

中共中央党校文史教研部青年评论家　从治辰

《上海文化》编辑　张定浩

西北师范大学传播学院副书记　王德祥

本书作者、西北师范大学传媒学院院长　徐兆寿

下面我们用掌声请我们非常好的一个老朋友，我们北京大学的中文系教授陈晓明老师。

陈晓明：《荒原问道》带给我的时代冲击感

● 《荒原问道》具有很强的冲击力和鲜明的时代感。

● 《荒原问道》着眼于今天中国的现实、中国的文化、中国的大学教育、中国知识分子的精神状况。

● 《荒原问道》标志着一种价值意识，标志它对当代的一种态度，我觉得这是可贵的。

● 我喜欢这部作品，它强大的抒情叙事一直那么饱满，这也是很可贵的。

● 《荒原问道》是有一种精神气质的，这是我们读一部作品它能够上到一个比较高的一种艺术、格调的那么一个地步的一个标准。

陈晓明：我就简单谈几点想法，因为我也写过文章了，在北京大学我们也开过一个很长时间的对话会，开了四五个钟头，后来我们的对话发在这一期百家评论上。

读兆寿这部作品，感到一个很强的冲击力，就是他确实有一个很鲜明的时代感。其实我们这么多年说时代感，这个东西都说得有点烂了，以至于我们都遗忘了这个时代感到底是什么时代感，我们经常会看到很多底层写作等等，我们会说里面有时代感等等。我有时候也会怀疑一个底层写作的时代感，底层写作的时代感真的是从

我们当下提出来的问题吗？但是读兆寿《荒原问道》，觉得它确实是着眼于今天中国的现实、中国的文化、中国的大学教育、中国知识分子的精神状况，我觉得这个小说是有这么一种直接提问方式的。我们读西方的小说，它无所谓时代感这个问题。因为它们始终是在个人性、人性，在浪漫主义这样一个大的文化背景下写作，所以从某种意义上来说，因为它的普世性和永恒性，所以没有时代感、时代焦虑的问题。但是这部作品的时代感也好，焦虑感也好，确实是非常直接、非常鲜明、非常锐利，甚至是非常紧迫。我觉得这作为一部当代的文学书来说，它是非常可贵的。

当然用《荒原问道》这么一个题目，本身就标志着它的一种价值意识，标志着它对当代的一种态度。这部小说在叙述上选择了两代人的对话，塑造了两代知识分子，一个是夏木，一个是陈十三。这两代人的对话，在某种意义上说也是一种父与子的对话，其实这个问题回应了俄罗斯19世纪屠格涅夫《父与子》的问题。今天他以这种方式来回答，虽然夏木和陈十三并不是真正的父与子，但是我觉得他们精神上确实是有一种父与子的关系，在这两代人的关系当中提问。其实这种叙述在中国当代小说中，可以找到一种谱系。我们可以从张承志的《北方的河》里看到这种关系。那里面有一个父与子的关系，那个父亲是死掉了，一直是缺席的，所以他一直在寻找父亲，然后跳到那个河里面说，终于他可以很羞涩地叫一声父亲，他找到了这个父亲。他把这种民族国家的历史文化作为一个父亲来论，论这个父亲是非常抽象的，在伦理上说是一种空洞。但是在80年代，因为这种文化的背景、反传统的背景，这样一位父亲又被历史给做实了。后来我们会看到在不同的作品中也有反映。我看到《荒原问道》里把这样两代人的一种精神对话写得特别内在、特别直接。这是一种近距离的、零距离的对话，是可贵的。当然20世纪90年代是一个精神困惑的时代，当时有王安忆的《叔叔的故事》，也是父子两代人的对话，但是这两代人的对话有一个非常强大的精神张力，精神的一种距离，是告别父亲的一种历史。但实际上对那段革命的，或者说理想主义情怀的父辈告别和回望，我们是可以看到的。但是在《荒原问道》里夏木的身上，是如何重新建构一个精神上的父亲，可能也是我们今天可以去讨论，甚至可以去置疑的。

我觉得一部好的作品不在于它完整地回答了时代，而是它提出了问题。这个问题的提出又是这么的困难，这么的复杂，这么的有深度，这么的紧迫。这是《荒原问道》给我的一个非常大的触动。那么在这个意义上，怎么去理解这部作品的完整性呢？很多人会提出这个疑问，小说一开始就说他要去雅典，这个跟徐则臣要去耶路撒冷一样，大家都觉得非常奇怪，就当代年轻的知识分子他们的精神焦虑和精神困惑而言，怎么会跑到西方去？这本身包含一种极大的反讽，我后来也一直在思考这个问题，当然从哲学史上来说，在西方既有耶路撒冷进向，也有雅典进向。我觉得兆寿不管是有意还是无意，在这个文本中我把它看成是一种反讽。其实荒原问道，去雅典是一个借口，是一个托词，他将要去，但是去那里干什么都不知道，他只说要去那里。实际上他一直在写荒原里的问道，一直写的是夏木这个形象，他还是对夏木这个形象吃不准，一直在看，一直要把这个精神给它做实。所以这倒是小说非常奇特的一种结构，它的提问以及回答的结构，我觉得恰恰是他的困惑。

这部小说有种非常充沛的生命质感，这使我读这部作品觉得非常痛快、非常鲜活，这又让我们想起张贤亮的那些作品，那些对西北的书写。所以西北的作品一方面有非常强大的精神的活力，另一方面它又有非常丰厚的、丰润的生活质感。而且这部小说细节非常棒，它有一些非常荒唐的情节，比如看病发疯的叫王秀秀的女人，搞得非常离谱，但你会不知不觉进入他所叙说的那个圈套，最后觉得这是合理的。他能够把那种荒诞的东西做得那么实，这得力于每一个细节，每一个环节都做得非常到位。

还有一点就是关于他的抒情性的叙事，语感和精神气质问题。我喜欢这部作品，那种强大的抒情叙事一直那么饱满，从开头到结尾，这是很可贵的。我们今天看很多作品有抒情，也有叙事，但是我觉得在语感和精神气质方面没有完成。但这部作品在语感和精神气质方面，做得很充沛、很完整，使我能感受到它里面的精神气质。精神气质弄不好是一个装腔作势的东西，但是这部作品会这么的自然。我觉得这一点作为一个作家非常可贵。这是我们评价一部作品是否能够上到一个比较高艺术格调的标准。

吴义勤：《荒原问道》直面当代知识分子的精神问题

- 能够达到现实和历史对话的一个程度。
- 总体来说我觉得是一个非常好、非常有特色的一部小说。

吴义勤：因为我原来北京开会的时候就没有参加，后来这本书我也没有收到，现在收到这本书。但是我拿的这本书很奇怪，是不全的，第 330 页开始就到第 347 页，缺 16 页，因此我现在看的也是不全的。但也不是盗版，这是兆寿寄给我的。

这部小说我是因为之前没看，但上次一些会议的内容我看了，包括从微信上看了一些主要观点，我觉得自己也是学习了。最近几天看了这部小说之后，我挺吃惊的，因为我原来以为兆寿是搞评论的、搞研究的，又是陈老师的博士，没想到小说写这么好。我觉得有时候我们搞研究和写小说其实是有两种思维方式的，当然宏图也写小说，也写得很好。有时候我在看这些问题，就是荒原问道问的这些问题还有多少意义？在我们这个时代，这些问题是真问题还是假问题？你会觉得有一点疑问，就是我们从80年代到现在，我们知识分子还在考虑一些什么样的问题？就这些问题在我们今天，如果从一个思想的角度来说，它是原创的还是既有思想的再阐释或者重复，有时候你会有这样的担心，但是我读了小说之后，这个担心还是消除了。

我觉得这两代人对话的逻辑，在这部小说里是非常清晰的，就是说两代人其实处理的是不同的精神问题。夏木当然是历史感更强，他是跟过去那个时代的结合，是过去时代的精神问题延伸到当代。然后，“我”这个主人公主要是更多联系今天知识分子的精神问题。我们有的时候讲，知识分子今天介入我们现实的能力或者对现实的思考究竟是怎么样？我觉得有的时候是很让人怀疑的。那么他在这部小说里面，用两代人的两种思考方式，在今天能够达到现实和历史对话的一个程度。但是这个对话又是以个人的生命经历和体验为依据的，因为夏木也是因为个体的悲剧，造成了他的思考深度和最后的选择，这个陈十三也是因为从小谈恋爱太早，把老师爱上了，这也是一个洛丽塔式的不伦问题。因此有时候我就想，这个事是不是给自己寻找正当性呢？就是说你把一个自己的个人的精神问题扩大为一个知识分子普遍的精神问题，但是我觉得这恰恰是一个小说好的地方。小说就是这个问题，它不是单纯停留在一个思想问题上，而是把个人的悲剧、个体的体验放大到一个非常大的层次之后，不至于因为那些思想或者精神问题而影响了小说本身的丰满性、感性的、血肉的那些东西。

其实这个知识分子对现实思考的问题，刚才晓明说的我也同意。从张贤亮、张承志那个时候，再早像鲁迅那个时候，《伤逝》那一类的小说开始，到今天其实也是一个传统。而在今天讨论这种主题已经不是很新了，这部小说的写法也是一个比较旧的写法，但是我想恰恰是这种方式它有力量。这部小说我读了之后也同意刚才晓明说的，就是我们在今天把知识分子的精神问题指出来，最后我们找解决办法，这个解决办法与我们想要说的办法其实是有矛盾的。你说到荒原这是什么解决办法？这还是对现实的一个逃避，包括你到雅典去，那也算是一个解决办法，你要讨论这样的小说，如果说他表现知识分子对今天这个现实的强烈的思想能力、介入能力，他应该有别的办法，或者说有更尖锐的一种办法。因为像返回荒原，或者跑到希腊这种办法还是太传统，或者说是太经典的处理方式，因此我这一点还是稍有不满，总体来说我觉得它是一部非常好、非常有特色的小说，我就说这么多。

郜元宝：小说中诗化语言下的朴实感

● 徐兆寿写东西没有一点城府。

●《荒原问道》是对80年代的正面书写。

●《荒原问道》好的地方就是直接写故事本身、场景本身、人物本身，所以他非常质朴，质朴到有点赤裸裸的，这一点不像是小说的，但我觉得恰恰是小说的精华部分。

●《荒原问道》写出了比有人的地方更有人情味的荒原理想。

郜元宝：我很抱歉，这本书我5月份就拿到了，可是我到现在为止还没有全部看完，这是有原因的，一个原因是它迅速被反应，我就对这个迅速被反应的现象一直不以为然，我想不至于这么好吧，心里面就产生一个抗拒心理；第二个原因是我拿到后马上就看了，看了前面去希腊之前，他去藏区跟几个朋友告别，我觉得这一段入题入得不好，我有点拒绝，我说这不是“转山”的小说嘛，现在不是流行转山嘛，像安妮宝贝他们在山里面转转，然后悟道。我就把它放下来了，始终拒绝看。

我后来看了以后发现我们俩的气质一样，一点城府都没有。兆寿写东西一点没有城府，我就学不来那个城府。我真的是从前天才开始猛看，现在正好看到177页，正好是这本书的中间，就是那个师生恋被棒打鸳鸯。夏忠在一个“文革”揪斗中，因为毛主席的逝世，他起死回生，以高龄上大学，写到这地方。我觉得这个好像是爬山爬到山的脊梁上去了，再爬可能就要往下到山的另外一面了，所以我很期待下面的阅读，上到另外一面的风景如何。但是我觉得我之所以敢说话是因为这一段它已经相对比较完整，我不知道这个地方是不是这本书的转折点，如果是的话，那么我这个抛砖引玉，要跟看完全书的人对话。

另一个有趣的是，前面正好写80年代之前的这两个人的历史，所以是我们非常熟悉的，我们这一代人的生活，还有我们这代人所看到的我们父辈的生活，讲得过于经典化，恐怕就指这一点。他写的确实是已经被很多作家书写过的，而且是在80年代的文学氛围中书写过的那些生活，吴义勤说这个是不是有点多余，但是我看了以后觉得还是很新鲜，因为当时80年代的生活我们这一代人还没有权利书写，都是被张贤亮、王蒙这些作家写完了，等到我们这一代人写的时候，比如说苏童、余华他们写的时候，已经把80年代这一页翻过去了，就不写这个了，他们就写“文革”，“文革”中的童年生活，所以真正我们同龄人的80年代，兆寿是正面地去写。这个是很可贵的，虽然写得很经典，但是这个经典是打引号的经典，当然是正面强攻。晓明说的时代感确实就是这些，我还强调兆寿这部小说真的如巴金所说的是无技巧的技巧，他在里面某些呈现为技巧的因素，反而不是他所长，也不是他咀嚼的最好的地方，他好的地方就是直接写故事本身、场景本身、人物本身，所以他非常的质朴，质朴到有点赤裸裸的，这一点好像是不像小说的，但我觉得恰恰是小说的精华部分。有些作家写油了以后，他把一个素材进行各种各样的包装，但是徐兆寿很老实，就把它完全端上来了。

这两个故事完全可以分开来写两部长篇，而现在他写成了一部，所以他在文本的互动中有很多巧妙在，有很多妙笔在。因为徐兆寿是个诗人，他语言处处有诗，把一些本来略带畏怯的、自卑的，那种对于女性的崇拜，被他一写写得理直气壮，而且超越了畏怯，达到了美的境界。比如说第37页和第38页，写学生看女老师的背影，她的臀部如何如何，这个写得一点都不夸张，这就是郁达夫的笔致。李敬泽说我们这边谁是郁达夫的转世还魂，我觉得徐兆寿倒真的，他虽然是个西北汉子，但他的细腻和真诚，西北风和东南风奇妙的遇合，然后导致这一场雨水下来了，这一点我觉得特别好。处处有诗，他说躺在荒原上，让太阳把他身体有泪的部分晒干，因为我这人不会写诗，尤其见到这些略带诗意的句子我就感动得不得了，也许在诗评家看来是不是小儿科，但他里面有很多很到位的描写。

我特别觉得这两个故事写得很精彩，先写夏忠在岳父家里备受尊敬和宠爱，但他依然孤独地生活。其实这个我们不陌生，我们在张贤亮那里已经见识过了，但是他虽然是从张贤亮的小说中一脉相承下来的，可是我觉得他写的并不比张贤亮的差；第二他写那个少年的那段生活，先是写近乎于同性恋的，对文清远的爱，这也是郁达夫的。郁达夫写一个弱女子，不过男女角色的换位，弱女子是写女性同性恋。他写少年时候朦胧的同性恋，好像是很符合人类学的，一开始性对象总是同性，如果正常的话很快就转到异性了，这写的就是一个正常的少年。这里面有一点苏童、余华的笔致。但是我觉得他比他们更加质朴，没有他们的怪味道。像吴义勤讲的更经典的笔法，这个经典就是我们所熟知的现当代文学的主流，也可以说是新文学的某种文艺腔，这个文艺腔在这一点上用得很对。他特别写师生恋，这个师生恋写“我”

对英语教师的痴爱、崇拜，确实是从郁达夫来的，但是他比郁达夫的人物更加朴实，郁达夫往往是写男人抱上女人以后就知道流泪，他更深一步写了他们的真实生活。所以我觉得他从夏忠和“我”这两代人身上写出了我们每个人心中都有过的，比有人的地方更有人情味的荒原理想。吴义勤说可能拔太高了以后感到有点失望，如果把徐兆寿的这个荒原理想作为整个问题解决的理想，恐怕就太让它不堪重负了。他写得很真实，我是一个南方人，非常体弱多病，一旦很烦恼的时候我就想象大漠戈壁是不是很好，如果有几个朋友在那边住上一两个月，或者是一生一世。他确实写出了这两个人，或者这两个人和周围的一些人，他也知道荒漠再往前走就没有了，又走到有人的地方，所以荒漠是有限的。但是恰恰是这个有限的荒漠对他是不可替代的，这一点他写得非常真实，我们不必把它预先提高到一个道的高度。

如果要说有什么不满意，我觉得这书的名字不像小说的名字，我很同意晓明讲的何必问道呢？荒漠就可以了，因为我只看到了80年代的书写，20世纪90年代以后的东西我没看到，是不是更加有深度的思考，但是仅仅就他这部小说的前半段来说，已经写得非常充实，尤其在我们这个思想极其盘杂，而文学的内涵又极其萎缩的时代，还不如让思想休息一下，让我们的感情、感觉、记忆放松一下。恰好他这个80年代的书写是经过记忆过滤的，所以带着徐兆寿本人的、个性的书写，我很担心这个进入20世纪90年代以后，到了当下的现实中他怎么写，我很期待这个。他出生于凉州，唐朝的王之涣、王瀚的凉州词中写的那个地方，那在唐朝就是非常引人入胜的一个地方。但是我刚才也讲，他不像我们所预想中的那种戈壁、荒漠，他里面有中国的每一个地方都能够上演的一些喜剧和悲剧，就这个是共同的人性的东西，被他捕捉到了。我觉得除了这部小说的题目不太理想以外，他的某些部分也不太小说化，比如说英语老师教他整本的欧洲文学史，这个可能他有原型，但是我读起来好像比写他们感情的那个地方要逊色一点。还有一些大段转折的时候，“是不是累了，是不是要听听我讲别的故事”。其实我觉得兆寿始终保持赤裸裸的真情就够了，我觉得在我们这个时代衡量一个作者的厚度和高度，最终恐怕不是你的艺术技巧，也不是你的视野，你的读书面，最终还是看你对于生活的诚实度。因为我们现在生活变化太大了，像兆寿能够那么清晰地记住我们的80年代，当然是很特殊的80年代，这个本身是很不容易的，因为这总是很容易被新的文学诒谀。我觉得徐兆寿也许在这一本书上挖得还不够深，但是他如果保持这样一个品质，继续写下去，挖得更深一点，也许在下半部他已经挖得更深了，我还没看到，所以我就先论他的《荒原问道》

的上半部分，就讲这些。

张新颖：强烈的抒情性和强烈的知识分子气质的结合

张新颖：我的意思特别简单，就是兆寿的气质，他的精神层面，是一个知识分子特别强大的气质，再加一个限定，是一个抒情知识分子，不知道有没有这么一个词，抒情知识分子气质比较强，所以他的书和他的个人精神气质之间的那个关系就是不曲折，就是强烈的抒情性和强烈的知识分子的气质结合起来，再加上他个人的青年时代，应该是青年时代或者元宝说的80年代，就是成长时代的这个记忆，然后做成这么一个东西，这个就是我的理解。谢谢！

杨扬：《荒原问道》的历史和地域书写

- 《荒原问道》对历史具有很独特的书写方式。
- 兆寿的小说，给我感觉非常强烈的确实是地域写作。
- 《荒原问道》的书写跟他在西北的生活经验是有关系的。

杨扬：我觉得兆寿的这本书和贾平凹的书可以形成一个对照，贾平凹的小说经常是写历史，兆寿的书里面也有很多是跟历史相关的，贾平凹是从民国一直写到今天，他的小说实际上是“文革”那个时代一直到今天。我觉得蛮有意思的就是贾平凹的小说、人物、故事看完以后，你要复述起来是很困难的。我看莫言说张贤亮死了以后他去看张贤亮的小说，看完以后就是复述，看能讲出多少。他以此来衡量一部小说成就的高低，所以讲得清楚的或者把一个人物讲得出来的，我们说这部小说好。因为我们以前评托尔斯泰的小说、《红楼梦》，总是讲有没有几个人物站住了。但是贾平凹的小说不大讲得清楚，而且这个现象实际上也不是我看到的，上海原来一个作协副主席叫赵长天，《古炉》出来以后赵长天写了一篇文章批评贾平凹，说你写了这么一部二三十万字的小说，写了一两百个人物，没有一个人物记得住。我当时看也是有这个感觉，就是说为什么贾平凹的小说会变成这个样子？对照起来兆寿的这部小说，我想看过的人都有感觉，这部小说一路看下来，故事还是能够复述出来的。几个中心人物的活动轨迹也是非常清晰的，所以我想这个是他在处理历史题材上的一个特点，不管你喜欢不喜欢。

我评论小说是不大喜欢用好还是不好，因为做文学史出身的人，评论家总是要问这部小说好还是不好，非常强悍。但是我觉得放在文学史来看，这种观点都是因为以前“五四”的时候把鸳鸯蝴蝶派讲得一塌糊涂，今天看还是很了不得。时过80年，它还拥有这么大的市场和读者。而且今天我们看张恨水的古文基础不会比鲁迅差，所以张恨水的儿子开学术研讨会，有人做报告，说张恨水是一个了不起的作家，比鲁迅强，张恨水的儿子非常不高兴，说我父亲跟鲁迅差不多，一个是文学史上占主流的现代文学那一路，一个是我父亲走的另一路。现在想想看也是有道理的，你说《三国演义》跟《红楼梦》哪个更伟大？就是路数不一样，你要写到像张恨水这样的路数也是不容易。所以在对待历史问题上，我觉得兆寿他走的路数确实是跟平凹是不一样的，这孰好孰坏，孰高孰低，这个只有让历史去回答。

可能对于他来说，这仍然是一个大问题。实际上不仅仅是他一个人的问题，你看莫言写《生死轮回》，好像这个问题在很多作家的笔下，特别是在今天中国当代作家笔下，变成一个非常重大的问题，所以这个我想是一个。第二个就是我看兆寿的小说，给我感觉非常强烈的确实是地域写作，他是西北这方土地养育的一个人，对很多问题的思考跟我们是不一样的，因为我们现在很多的评论家、作家也好，实际上都是东部地区的，他们这样的经历、这样的感受，人生经验所思考的问题，包括思考问题的侧重中心是不一样的。所以前段时间我到新疆跟以前去的几次感受完全不一样，以前每次到西北去，回来都是留恋得不得了，西北实在是太好了，如诗如画，这样的一个境界。但是这次去了以后回来我就感觉到一种恐惧感，我以前恨不得像元宝一样，就是到西北扎根在那边，搞一片土地，搞一个破房子住在那边，有几个三五知己喝喝酒，晒晒太阳，这个蛮好。所以这让我想到郜元宝的师兄朱立元教授，“文革”的时候，复旦最早贴出来“要到祖国最需要的地方去”的大字报时，王文英说“我要到新疆去”，当时他们还是谈朋友，两个人立马到新疆去，后来我就问朱立元老师，我说朱老师，你到新疆感受如何？他说我去了一个月之后就后悔了，但是后悔已经来不及了，他说好在他们是在乌鲁木齐的一个中学里面生活，所以把两个小孩就留在上海，等到粉碎“四人帮”一结束以后，朱立元立马考研究生就考回来，王文英第一年没考取，第二年也考回来，她说那个地方不行。那我这次也有这样一个感受，它确实是一个荒漠。当然荒漠不是说一无所有，就是人在这样一个自然氛围当中，要抗拒自然，要抗拒很多东西，简直是无能为力。所以这一次，我原来跑到新疆觉得很高兴，10年以前我去，半夜三更我还跑到新疆人家中喝酒，跟他们花天酒地，高兴得不得了。这一次去就不敢出去了，就在宾馆呆着。我因为起先也很浪漫，后来发现这个浪漫是伪的，一碰到生死考验，就发现这种东西都经

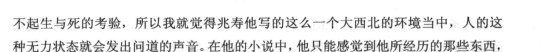

不起生与死的考验，所以我就觉得兆寿他写的这么一个大西北的环境当中，人的这种无力状态就会发出问道的声音。在他的小说中，他只能感觉到他所经历的那些东西，很多东西他是碰不到的，比如政治。他这个是碰不到，他碰到的只是女教师，然后系里面的几个老师，都是这样一个圈子，所以他的角色，他们的人物出场都跟他在西北的生活经验是有关系的，我看这部小说就这两个方面给我感触是比较深的，谢谢。

李国平：荒原问道的传递性、浪漫性、思辨性

● 我觉得这本书是兆寿在作家这个意味上确立身份的一部书。

● 这本书的表述方法有很隆重的古典色彩，但是在超越表述之上，我觉得也是有多元素组合的，多重的元素在里面。

● 我最看中的就是这本书的知识分子主题。

李国平：我这个发言是比较荒唐的，兆寿给我寄过书，我当时人不在，书没找着，后来说开个研讨会，我说再给我寄一本。太忙了，没好好读，我就讲几点感觉。

一是兆寿实际上的创作历史比较长了，创作成就也比较大了，但是人们一直不把兆寿认为是一个作家，好像就是一个学者或者是一个研究者，一个大学老师，一个大学教授。我觉得这本书是兆寿在作家这个意味上确立身份的一部书，我也看到有些兆寿自述或者别人说，这是兆寿的滴血之作，呕心沥血之作。但是因为兆寿多才多艺，有多重身份，那这本书我们就要问一下，会不会说是兆寿的顶峰之作，或者说是他的隆重出场，然后作为自己的精神终结。这种可能性有没有？我觉得是需要我们观察的。因为他是我们西北人，我们是朋友，我就这样讲。另外一个，我们西部文学、西北文学是一个什么样的历史景象，过去西部文学很微弱，我们所说的西部文学是以流亡作家，比如王蒙，比如张贤亮，他们都不是本土的，是以流亡作家为主体构成。但是这些年发生了变化，比如徐兆寿，比如我们陕西的红柯，比如新疆的刘亮程，就是本土的这一批作家已经起来了，我们比较一下，就是这两类作家对西部的感知或者对人和自然的认知是有差异的。比如说刘亮程，他的自然观、人生观、宇宙观，和我们东部作家也是有差异的，和上一代的西部作家也是有差异的。这里我觉得是能找出来一些可以讨论的，能挖出来一些东西。

兆寿这本书文体表述很统一。我觉得这本书的表述方法有很浓重的古典色彩，我们会想到19世纪西方的传统古典小说，但是在超越表述之上，我觉得兆寿这本书也是有多元素组合的，多重的元素在里面，比如我觉得他这本书对现在的读者来说

很有传承性，但是对我们老派的读者来说它不传承。另外一个，它有浪漫性。我觉得激情的尺寸或者激情的度，值得兆寿以后继续琢磨。另外很奇怪，它有很浓重的思辨性，就是在激情和思辨相结合上在找一条路，实际上传导出了他本能的、本真的一种思维方法或者创作方法，这是一个感觉。另外一个就是都在讲80年代或者讲重返80年代，我觉得这本书是重返80年代。很值得重视的是它不是以言论的形式重返80年代，而是以文本的形式。我觉得如果再讨论“重返80年代”这个话题，兆寿这本书可以作为一个重要的参照，或者一个话题。当然如果简单地重返80年代，那我们评估兆寿这本书是有极限的。它应该作为80年代的一个起点或者一个出发。实际上兆寿这本书的主题我觉得是一个无解的、未知的、迷茫的或者是困惑的，它不是有答案的主题。

另外，我最看中的就是这本书的知识分子主题。知识分子主题，这些年有所分化，已经呈现两种情况，一种就是写知识分子在社会主义市场经济的、商品大潮时代下的种种样态，比如说现在出了好多写大学生活、大学教师的书。我觉得这一类题材几乎都流于肤浅、流于表面，游离这个时代的尖锐主题，或者隐蔽了尖锐的主题。另外一类就是还在悄然地接续传统，在顽强的生息，例如最近的《陆犯焉识》，还有兆寿的。这一类的作品和文本不多，但是我觉得它还是接续了一个脆弱的传统。改革开放30年，实际上我们的新时期文学已经形成了一些传统，可以讨论的或者可以继承的、可以总结的一些传统。但是这些传统都很微弱，有时候被外力所破坏，有时候是被我们自己的文学所破坏。尤其在这些作品接续传统这一点上，我就非常肯定兆寿的这部长篇小说。

杨剑龙：我从书中看到了作家个人的人生体验

● 我从这部作品感受到了那种西北戈壁风光的雄浑开阔。

● 我觉得兆寿是一个很有激情的作家，包括他的叙事语言，包括他小说中很多的表达方式。

● 这部小说在整体上应该说作家投入了他自己的人生体悟和感受，然后把这两代知识分子放在社会发展的背景中来写，写出了那种人生的追求。

● 他企望给予这部作品一定的哲学高度，人生哲理的追求高度，这是一个作家所期望的。

杨剑龙：很高兴参加这样的会，徐兆寿跟我有同好，他是学者，我刚才问他写了多少部长篇小说，说写了7部。我觉得我也想写，但写了一部以后却不敢写了，可是他的这种精神感染了我，以后我肯定会写，刚刚有学者问徐兆寿这部作品是不是高峰，他是不是以后还会写？我觉得他肯定会写，创作有一种愉悦感，跟批评不一样，更有成就感，所以前不久上海电视台放了我的一个专题，叫《大河奔流出的岁月》，以我的知青生活为主，很多人看了觉得更了解我了。我想文学可能是人生的一部分。

我先讲一下对《荒原问道》这部作品的一些基本想法，这部小说的叙事很有特点，从去希腊始到去希腊终。我刚跟徐兆寿也说过，我6月份去新疆开会，去新疆之前我特地去了敦煌，那天傍晚有个朋友从火车上接我，然后在戈壁滩上开车那种感觉，而且那个朋友在车里放的音乐是英雄交响曲，我觉得这个曲选得好，这样你不自觉地就觉得心怀开阔了。从大城市的水泥生命到戈壁滩，这么开阔的地方，一望无际，这时候人的心胸肯定是开阔的。所以我感受到他这部作品描写的那种西北戈壁风光的雄浑开阔构成了他这部小说的一种基调。

他还写出了两代知识分子人文命运的坎坷多难，但最根本的是，他始终想在人生这一问题上“荒原问道”，他把想法延伸到这部小说里面。我想陈子兴身上肯定有作家本身的经历和感受。通过两代知识分子来写中国社会坎坷而多难的历史，以两个人的故事和命运的平行时空来叙述，展现出这样一个历史空间和心灵空间。小说以陈子兴为第一人称的叙事来作为小说的基本叙事方式，然后第三人称叙事主要是叙写夏木，小说把人物的生存环境置于大戈壁中，以荒原问道来叩问人生之道、宇宙之道，主人公夏木成为问道的主角。他写这样一个人物，是一个奇人。这个小说人物形象非常特别，20岁被发配到大西北，当过农民，然后与秋香结婚，放羊，当小学教师，当医生，然后再考回大学当大学教师，最后说“我生于道，隐于道，从来处来，到去处去”，这样很艰深的人生哲学问题。所以写出这样一个知识分子的人生坎坷与执着追求，写出这样一位奇人，一位才子，满腹经纶，然后淡薄处世，甚至连讲师都不是，在大学里面学生特别推崇他，粉丝无数。在夏木的人生里面，他跟不少女性有着这样一种关联。妻子秋香，冬梅，包括痴情于他的王秀秀等等。

陈子兴的人生是侧重于女教师黄美伦的师生恋开始的，小说在这个地方也是比较尽兴的，14岁的陈子兴与30多岁的黄美伦相恋，成为人生磨难的开始，后来考入大学，然后与小曼、张蕾、张霏霏等恋爱，与李娜结婚，后来又离婚，36岁当教授，然后去大学读博士。我想这个人生跟兆寿的人生很切合，到复旦大学读博士。他把自己的人生体验、生活感悟放进去，所以刚才有位朋友说郁达夫，我觉得有点像，有点自序传的意味，但自序传不等于自传。他最后又回西北大学，然后又邂逅葛艾羽，就是原来的女老师后来又改了名字，然后旧情萌发。这个女主角后来从事慈善公益活动，最后是在地震中去世的，然后陈教授就去处理后事，甚至把她的骨灰带去希腊。这样一个写法我觉得兆寿是一个很有激情的作家，包括他的叙事语言，包括他小说中的很多表达方式。所以有人说他是诗人，从他作品的语言中确实可以看出一个诗人的功底。

所以我想这部小说在整体上应该说作家投入了他自己的人生体悟和感受，然后把这两代知识分子放在社会发展的背景中来写，写出那种人生的追求。他企望给予这部作品一定的哲学高度，人生哲理的追求高度，这是一个作家所期望的。谢谢大家。

王光东：《荒原问道》使我非常感动

- 《荒原问道》是一部精神性非常强的作品。
- 小说使我们重新思考某些被时代忽略的大问题。

王光东：我第一次读完徐兆寿这本书以后就有点感动了，我觉得这本书可能在艺术上还有这样那样的问题，但是确实让我非常感动。

我感动的原因可能有两个方面。第一个就是说读完这本书之后我就想到几个词，比如说苦难、困境、青春、激情，这样一些精神归宿。我觉得这本书通过对这两代知识分子生活经历的描写，实际上还是要去表现一个人的青春成长，和青春之后怎么回答自己的存在和精神的一些问题。在这个过程里，我一度在想，这两代知识分子在这个世俗人生的环境里面，都是在不断追随、不断流浪、不断去探索。所以在这个地方、在这样一个时代，我觉得能读到这样一部精神性非常强的作品，内心确实非常感动。

第二个感想，就是从知识分子这个角度来讲的话，引发我们对某些被时代忽略的问题的重新思考，这一点也是让我感动的。在想到这个问题的时候，这里面我也想到几个词，比如说人力、劳动、低层，还有荒原、土地。我觉得这些词在我们现在这个好像一切都在物质化的时代，知识分子在精神上能够与这样一些名词发生关联的时候，我就会想知识分子精神的成长和资源是不是在今天也要引起我们的重新思考。我简单地说这两点，谢谢。

张学昕：知识分子对“荒原”的问询

- 小说有一种诗人的自我情怀。
- 兆寿的小说表现了一种内在的自我绝望性，一种无奈。

张学昕：我一般都是认识人了，知道作家了才看书。我跟兆寿以前不熟，但我知道兆寿，他在西北，这次他提前寄给我了。这一次开会昨天才见到人，小说我看的时候没有别的因素，没有觉得这个人是朋友，是哥们。但是这本书非常好看、非常好读，以前也喜欢读在大学当教授的朋友们的小说，比较早的像格非的《欲望的旗帜》，还有后来写知识分子的《桃李》，还有阎真的小说，还有杨老师的小说，都喜欢看。

这部小说表现知识分子的精神生活和命运，本身我们的视角就是知识分子的视角，它不是纯粹的作家视角。因为知道兆寿是诗人，所以我对元宝刚才说的非常赞同，他的语言确实是一个很诗性化的语言，所以有他自己表现空间的开阔性，就是说他很自我。诗人这种情怀就很自我，他进入现实的时候就是非常自我、内在的东西，所以他是一个内在的路径。

我觉得他写出了知识分子的脆弱，写出了慌不择路，就是荒原。像元宝说这个题目，我觉得他立意、构思的时候他就说为什么问道？你不必把这个话说清楚，你到荒原去，就是表现对非荒原地带的无奈。有一句话叫“大道无门”，兆寿最后给知识分子找到的几个门，一个佛门，一个希腊，各种路径，其实是一种对我们身处的这个时代，这种知识分子呈现的一种脆弱性、一种困境、一种焦虑。所以去哪里取经？去哪里找《圣经》呢？我觉得最后“荒原”在这里也是一个比较大的意向，那种驳杂、空旷，有问天的感觉。在整个意境上是一种追问的姿态，所以兆寿选择这个忧郁的人物。其实这个忧郁的时代是很可怕的。我们说精神分裂说是气质性的，忧郁是对环境的一种恐惧，那种压力是对心理的一种强迫，外部环境对自己的一种强暴，所以就会忧郁。诗人之死最后就是没有路了，绝望了。其实兆寿的小说也表现了一种内在的自我的绝望性，一种无奈。其实他是通过这两代人，在寻找一个东西。两代人是无法契合的，一代又一代人，后面这个出路就是把自己推向一个荒原式的存在里面。所以像诗人之死，顾城也好、海子也好，包括我们高校里面像陈超这些我们熟悉的学者，我觉得这是兆寿身处其中，他在高校里面知道我们身处这个时代中内心的焦虑。大家都知道怎么回事，但是怎么突围，兆寿有他自己的思考。

因为时代在向前推进，所以他寻找一个更加开阔的空间，就个人的命运和时代的关系，最后现实成为了他的一个背景墙，他回述了半个世纪知识分子的这种寻找，甚至自我的沉溺，所以我觉得这里面兆寿介入现实的时候，是有一种无力感的，把自己推到了一个边缘，扔到一个苍茫中。所以不要问道，大家就知道你看到了一个荒原，很无奈。看完之后就觉得兆寿也是倾尽自己内心之力、情感之力，给我们呈现了这么一个迷茫的心态，主人公到哪里已经不重要了，重要的是兆寿通过这部书在问，像我们一样，我们也在问，只不过我们没有才能用这种方式表达一种问，我就说这么多，谢谢大家。

王宏图：《荒原问道》给当代知识分子的启示

● 《荒原问道》的恋母情结表现得非常深。

● 这部作品话题很多，我印象很深的就是里面对于知识分子那种困境的描绘。

● 作者通过对两代知识分子经历的描写，书写达到了非常娴熟的层面，展现了那个时代的精神风貌。

王宏图：《荒原问道》我是读完了，但是现在回想起来印象还是很特别，我当初就像义勤说的有些感动，特别是男主人公陈子兴跟女老师之间的恋爱，我印象很深。刚才有的老师是从文化、文明的角度理解，我更多从精神分析学这个角度来看，发现恋母情结在这里面表现得非常深，就说你看他后来跟几位女的这种关系，就是因为他沉浸在这种固定的恋情当中，无法顺利跟其他女性建立关系。所以后来想起义勤说的，是不是作者在把一个个人的东西变成整个社会。但我发觉这可能也是一个文化创造，因为有很多宗教创立者，很多人就是把自己个人问题变成整个世界的问题，叫大家跟着他走，这也是一个心理解脱的方式。

这部作品实际上话题很多，我印象很深的就是他里面对于知识分子那种困境的描绘。刚才也说到，可能刚读的时候觉得新鲜感不多，因为这是个已经被反复书写的经典主题。实际上从浪漫主义开始，一个孤独的英雄跟一个臃肿社会的对立，或者具有现代文明洗礼的人，跟周围环境之间的冲突，到中国现代文学当中也是一个启蒙者。那么书写延续了很多这些方面，而且他通过对两代知识分子经历的描写，把书写达到了非常娴熟的层面，展现了那个时代的精神风貌。我读到这里以后，实际上感到一点不满足，刚才晓明老师开始也说到，主人公到雅典去。因为这部作品跟贾平凹作品不一样，贾平凹不是以思想性见长的，他本来就是以丰满的生活细节，也不能从那方面苛求。那么兆寿这部作品本质是思想性很强的，因为这个主题在知识分子当中花了很多篇幅。关键我觉得没有朝前面再推一步。我发觉这两代，特别是在那个年轻知识分子陈子兴身上，相对缺乏自我的审视和怀疑。因为他实际上还是延续了80年代以来的一种文学书写模式。

知识分子有一种自我美化、自我神圣化的趋势，暗地里标榜自己是公知或者是天下的良心，实际上，有的人说正是这类知识分子给自己国家和人民造成了很多苦难。那么关于这里面的精神资源，实际上是那种自我，当然自我怀疑、自我审视的批判力度还是不足的，如果这方面再突破，这部作品不但对文学，而且对知识分子的书写方面也会有很大的启发。因为实际上到现在，我们的思维水平比那个100年以前的“五四”前夕高多少，我们还是沉醉在这种自我幻想当中。

我因为读了这部作品，联想到很多事情。我们很轻率地移植国外各种时髦的学说，又那么轻易地抛弃自己的传统价值。像现在文化民族主义快速兴起，一下子又急速地回到古老的传统当中去，乞求亡灵的保佑，解决现在复杂的精神困境。所以我读他的作品时，想到这些问题。我发觉本来小说可以给我们很多启示，包括这两代知识分子，他们实际上是这几十年中国知识者的代表。他们身上当然有光荣的一面，但实际上是有罪责的。不能把罪责都推给别人，把光荣都留给自己。在某些意义上来说，实际上每个人都是有罪责的。谢谢各位。

金理：知识分子应从自身开始反思

- 我在读这部书的时候，有很多细节特别震撼我。
- 这是一部有鲜明启蒙色彩的知识分子小说。

金理： 我就讲得短一点，我觉得通过兆寿老师这部书讨论这样一个问题，就是文学的能动性。因为我刚刚听各位老师发言的时候，记录了一些关键词，比如说抒情性，比如说思辨，比如说知识分子精神。我觉得这其实跟我们今天的时代契机是背道而驰的。今天我们谈到这样的词总是疑虑重重，这种疑虑其实也影响到了我们文学的基本面貌。所以我们是不是也可以反过来，比如说改变我们文学处理生活的这样一种方式，重新树立我们对于生活的信心。

我在读这部书的时候有很多细节特别震撼我，比如说其中主人公跟狼王决斗之后有这样的感悟，他说“在大地上没有一种生命是匍匐着生活的，没有一棵树是低头生长的，一个也没有，所有的生命都应该昂首生活”。读到这几句话以后我就觉得非常激动，觉得在任何一种困窘或者闭塞当中，都会有像徐兆寿这样的作家抬起头来。他一丝不苟地把重大问题推到我们面前，逼迫着我们思考，滋润我们的心田，让精神不要在暗夜当中枯萎。所以在这个意义上，我同意雷达先生的一个判断，他说这是一部有鲜明启蒙色彩的知识分子小说。第二点我觉得这部小说问道的姿态很特殊，它其实也不是一个往外的寻理，还有很多是往里面走，向内探索的。这当中肯定凝聚着作家自己多年的知识和思想的积累。我们如果去分析这部小说当中的知识来源的话，其实是非常丰富的，其中肯定也有他自己的体验，肯定也能够体会到他自己，如作家一路行来的很多牵绊、很多挫折、很多困惑。

我读这本书的时候就想到鲁迅的《文化偏执论》里面引尼采的话，“吾行太远，孑然失其侣”。我觉得这句话点出了现代中国知识分子一个恒常的处境，在荒原上不断的流浪，找不到方向。我其实同意刚刚几位老师讲的这样一个说法。如果借这本小说当中的这两个意向，西北的高原或者蓝色的爱琴海，我觉得问题不是说我们精神家园要搭建在高原上面还是搭建在大海上面，其实是提醒我们，当一个知识分子感觉到无所皈依的时候，毋宁就把一切归于自己一生，就从这个地方开始行走在当下。其实我们应该从每一个夏忠开始，从每一个问道者开始，也就是从我们每一个人开始，从每一个自己开始，从每一个“我”开始。我就讲这么多。

朱小如：文学要有一种“非常道”的精神

- 小说表现出很强的精神气质。
- 我觉得作家心底有一个“非常道”。

朱小如：我跟兆寿认识的时间也比较早，我看了他前几部小说，基本上都是写性心理的小说。我其实对兆寿精神气质这方面，就像大家前面都谈到的，我特别同意王宏图说的这些问题，就是实际上在这本小说中，兆寿还是表现得比较突出。上次在一起吃饭的时候我已经跟他谈过我的感觉，我就问了一个问题，我说你是不是在废墟上问道？他说是的，这给了我一个感觉很深，确实如大家所说，就是要在这个时间结点上，这个时代上去问道。这可能非常困难，也会非常困惑。

这本小说最突出的问题，就是上次我在杨剑龙那个小说会上，他们提出说教授写小说。我说既然是教授小说，那么精神思想的高度应该高一点，这本小说倒是有这样的感觉。当然有这样的感觉不等于一定是我所喜欢的，其实这中间有“常道”和“非常道”的问题。那么文学应该更张扬的是“非常道”，而不是“常道”。我可能更倾向于比如像一些高官知识分子，你要问他道是什么，他可能就会跟你说，我天天在跟魔鬼打交道，我早就学会。但是兆寿好像就没往这方面写，我不知道对不对，其实在他原有的那些小说中“非常道”非常突出。说起来文学教育其实是一种负面教育，不是正能量的教育。我们的小说家如果现在都变成正能量教育，那文学其实没多少好玩的，会呆板很多。所以我们说到“非常道”的时候，其实还是我们自己的力量薄弱了，我们内心不强大。

他这部小说我觉得跟《陆犯焉识》，跟《英格力士》，包括跟雪漠的那些西部的小说都有的一比。他的苦难我觉得和西部原来那些小说有相同之处，然而又很不相同。西部小说当中有这样直接谈精神的作品还是比较少，西部作家当中更多还是生活、苦难的那样一种路数。我曾经说过雪漠，但是雪漠最近好像突然改变了一下。其实我一直认为兆寿是心底里有一个“非常道”的教授，就得把这些“非常道”写得很“常道”，写得很有理由才行。

所以我总觉得“非常道”的地方不太足够，是什么道理？比如说陈子兴跟老师的爱情，发展到最后他又回过头去。这中间我就觉得缺少点现代性，好像太老实了。这是个永恒性的东西吗？我有点怀疑。我还问过他，自己生活中是不是有这样的经历。因为我看写得这么好，肯定是自己生活中有这个人，才能写出那样的东西。我确实是觉得有的，但是他否认了。其实体验非常深，但这中间是不是还有一种自我带来的，其实我们现在的知识分子有智慧的话，可能不会这么着迷，不会那么痴。是不是可以再提升一下，写出一些更合理的，更有非常道性的一些，哪怕你把坑蒙拐骗的原则写好了，理由写明白了，写到你内心了，可能那样更能打动我，我是这么理解的。

当然我觉得这部小说很好，我就发言这么多。

张定浩：小说家和《荒原问道》给我的强烈感受

● 在情爱方面，这部小说给我一种很强烈的感觉，就是他的密度是前后不太一致的。

● 在中国的荒原这一点上写得非常丰富，内在充满很多生机和未知的东西。

张定浩：不敢称老师，我今天很忐忑、很惶恐。因为兆寿老师的夫人跟我正好是今年一届在现代文学馆被聘为客座研究员，其次我自己也是复旦出身，在座复旦的老师都是我之前的老师，我也想有机会过来听一下，所以本身纯粹作为一个旁听者出现的，没想到被拉上来了，这让我很慌恐，我就谈几点简单的感受。

因为这次没准备，我现在搜刮自身最强烈的感受有两点，第一点他写情爱。他写的不仅是爱情，还有情爱。我觉得情爱是比爱情更加高级的东西，更加丰富一些。关键他写情爱写得不猥琐，我觉得这一点非常好。就是说文如其名了，我们看到兆寿老师本人的时候就是非常阳光、非常正面的，也不猥琐，这一点我觉得特别好。因为有些小说家你看他长相就不太想看他小说。第二点，我们知道现在有一个流行的词，叫正面强攻性，这部小说里面他企图正面强攻思想，这是更加让我很感动的地方。无论他最后做成什么样子，这代表了一个小说家很巨大的努力。因为我也看到兆寿老师的一些散文，关于敦煌的，关于老子、庄子的，在这点上我想说他文如其人，就是说他的虚构也如他的非虚构，这一点也很重要。一个作家应该一体化，是一个整体。他有能力写小说的话，也应该有能力去写一些非虚构的，同样表达思想的东西。在这点上我觉得是一致的。

就这两点来讲，我想谈另外一点印象。就是在情爱方面，这部小说给我一种很强烈的感觉，就是他的密度是前后不太一致的，元宝老师看过的前半部的情爱密度是非常大的，他会一个人集中写很多，但后半部就不停走马灯地换女朋友或者换对象，密度上面是不太一样的，我不知道是不是有意识的，因为写小说写到一定程度会松弛下来，这种紧张感就欠缺。第二点就是关于思想方面，因为荒原这里面一方面既有中国的荒原，也有西方的荒原，我觉得在中国的荒原这一点上，他写得非常丰富。就是所谓的外表一片黄沙下面，内在充满很多生机和未知的东西。我觉得中国的荒原在这一点上写得很好。但涉及一些西方荒原的时候，相对来讲可能没有看到西方20世纪艾略特所说的荒原之后的，在西方本身也有内在的生机和巨大的可能性。我很同意刚才王宏图老师说的所谓对自我的审视。我想到20世纪西方有一本也是以荒原为名义的小说叫作《荒原狼》，里面的主人公哈尼，他的困惑不仅是外在世界的精神困惑，而且还困惑自己的困惑到底有没有价值。每天最折磨他的不是外在的折磨，而是自我的认识到底对不对？他不停会反省自己的认识，我觉得这一点也是西方从柏拉图以来的一个传统，就是所谓的未经省察的人生是不值得过的。我觉得至少从这点上已经跨越了比浪漫主义更古老的西方传统。我觉得这也是荒原背后的一种生机，在20世纪的西方其实是有的。所以可能这部小说里的主人公在这方面没有更多看到的东西。我就简单说这些，谢谢。

王德祥：我眼中的徐兆寿和《荒原问道》

● 从作品本身来讲，主要是探讨知识分子面对的荒诞、空虚的现实。

● 是他对前20多年创作的一个总结，可能应该也是他自己创作的一部转型之作。

王德祥：徐兆寿现在是我们传媒学院的院长，他大概40多年的历程，先是从诗人开始的，大学时代就写诗，当时是我们前后几届本科同学的偶像。在那个八九十年代的大学校园里面，他已经是一个著名的校园诗人。毕业以后又做记者，也在新华社做过，再后来写作，成为作家，这几年又转而做学者。他作为学者也写过很多著作，发表了很多文章。他这样的经历，在现在这部小说里可以看到，他是有着多重身份的。

这部作品他是在复旦大学读博期间创作的，原来很长，我们也见过他的原稿，五六十万字的稿子，后来直接修改成这样的情况。从作品本身来讲，它主要是探讨知识分子面对的荒诞、空虚的现实。这是第七部小说了，可能是他对前20多年创作的一个总结，可能也是他自己创作的一部转型之作。作品出版以后，6月份就在我们甘肃当地开过研讨会了，甘肃的一些评论家包括作家参加了评论。7—8月份的时候在北京大学中文系以及中国作家协会开研讨会；在上海我们参加过一次新书的推荐会。当时的几次研讨，我也是在发言的过程中听取大家的意见。两代知识分子几十年的这样一种遭遇，尤其是在政治、商业、情感中的挣扎或者纠结，一个时代、一个时期中国知识分子的面貌，也能让我们感觉到作为一个个体，生活在这样一个大的背景下的无助、无力和困惑。

当然作为他的同事和搭档，我也十分感谢复旦大学、北京大学这些高校给予他的支持。可能通过大家这样的一个鼓励，徐兆寿将来可能有更大的创作空间，创作更多的有分量的作品，谢谢大家。

徐兆寿：感恩复旦

● 我这个精神气质可能有点太敏感，所以写作的过程中间尽可能地克服自己的这样一些东西，也就是说复旦成就了我这部小说。

● 我到复旦来以后，3年学了很多，克服了很多，写了这一部小说实际是向我自己问道。

● 这本小说原来有58万字，后来删减了。

徐兆寿：今天早上发了一个微信，就这么几个字：回到复旦，感恩、惭愧。三种意思，前年的时候在1101做的是复旦博士课题，去年的时候在这个地方是论文答辩，好几位老师都都参与过我这个过程，所以到复旦来以后非常忐忑，非常不安。曾经一直在想，再回到复旦可能是一种什么样子？但是每一次回来都跟我想象中的不一样。

我在读博士期间，这本书就写完了。写完以后就去找阮老师，阮老师说如果有可能，有一天给我开个研讨会，那个时候的夙愿今天终于实现了。所以我是怀着一个非常感恩的心情，首先感恩陈老师，我的恩师，给了我一个在复旦读书的机会，然后在这个期间栾老师、郜老师、张老师等很多老师都给予了我很大的支持与帮助，他们都把我既当学生又当兄弟来对待，这点我很感动。我年龄大，入学迟，来了以后非常忐忑不安，但是终于读完了。这个博士我一直希望能读6年，但是因为工作关系，很快就把它结束了，为什么要读6年？我是想更多地接触复旦的很多思想。但事实上我在这3年接受到了很多复旦的思想。现在好多人，特别是我兰州的很多同事，说我已经有海派风格了，这个可能真是有一点。至少我从诸位老师身上学到了一点，真的是海纳百川的胸怀，我原来写诗，斤斤计较，自我感觉非常良好，后来写小说有一点变化。到复旦读书，我的变化是最大的，真的是非常感恩复旦。

至于我小说写得好不好，实际上在来复旦的时候根本没想这个事，我就是想来还一个愿。尤其复旦这么深厚的一所大学，给了我一种精神，一个新的人生，我曾经在复旦读书的时候，还想到美国，到其他地方去访学，有非常宏伟的蓝图，结果没有想到顷刻之间我就回到了西部，这是我现在想起来非常遗憾的一件事。另外一个事呢，就是为什么写这本书，要感恩复旦。我原来一直生活在西部，虽然也到北京，到上海，到广州很多地方去过，出国也很多次，但是从来没有在一个地方待下来，特别是像上海这样一个地方，跟西北形成一个非常对立面的这么一个地貌或者说文化，各个方面相对的一个文化和地理上的高地生活几年。我来到复旦最大的感受就是当我一个人睡下的时候，回想起我生活的西部，包括兰州在内，一片荒原，看不到一个村庄，看不到一个人，为什么西部是如此的荒凉？那时候我就在想很多事情，后来当我回到西部去，又觉得东部实际上精神上也存在着同样的困境，只不过西部更有这样一种困境，所以我在那个时候就觉得绝望，到底到哪里去才能找到生活的信心？我的精神气质可能有点太敏感，所以写作的过程中间尽可能地克服自己的这样一些东西，也就是说复旦成就了我这部小说，这是我感恩复旦的一个原因。

今天到这已经是第四次研讨会，第一次是在兰州，有很多同仁，是由一个很小的机构发起的，结果很多同仁都来了。可能是很多年没有写小说了，所以他们都来支持我。第二次是晓明老师，非常感激在北京大学给我开了一个小型的研讨会，从那以后就开始有各种发言。然后到中国作协，这个时候就要感谢吴馆长，很感激。我感觉自己在很多时候都是得到贵人的相助，我现在的一个感触就是一个人哪怕走一步，都要很多老师和朋友给予支持和帮助，我为什么感恩？可能也是到了不惑之年，昨天是我的生日，47岁，昨天晚上定浩和治辰给我过生日，我说来到了上海的“心脏”过一个生日。我就想可能真的是到了一个懂得感恩的时候了。我这个人可能过去也是非常锋芒毕露的，对很多事情不屑一顾，越走越觉得人生路越窄，这个时候就想到过去走得多么不应该，今天再想到原来一路上有那么多人支持，中午的时候陈晓明老师说实际上做到批评很容易，做到不批评，很宽容太艰难了，因为首先你要克服自己，克服自己里面的那些锋芒。每个人身上的锋芒都非常多，要克服自我是非常艰难的，这是我的一个感受。而且我看到，在文坛，能做到大师级别的，那都是能够克服自我弱点的，而往往不能克服自己的只能是单兵作战，那么我就是走到这一步，仍然在想下一步怎么做。

我到复旦来以后，三年学了很多，克服了很多，写了这一部小说实际是向自己问道。这部小说在北京开研讨会的时候，作家出版社总编辑张陵四次向我道歉，他说没有想到可以出这么一部书，没有一点点市场气息的一部小说，我当时也很感动，我说当时写的时候，因为已过了成名的年代了，也没有想说用这部小说来干什么，真的是想写自己内心深处的困惑，而这种困惑可能带来很多的问题。比如说像定浩说的，宏图老师说的，这些都是我自己写的时候没意识到的，他们说的时候马上意识到这个问题，因为我也经常跟学生讲苏格拉底的一句话，“不经过思考的人生是不值得过的”，所以我今天特别感动。

除了感动，另外说一点就是这本小说原来有58万字，后来修改8次，删到了现在这样的一本书。

每一部小说都有自己的命运，出版了以后也没有想到这么多研讨，所以说到底只有一句话，就是感谢所有给予指导、批评和帮助的老师、朋友，感谢栾老师，感谢复旦，谢谢。

主持人：上午贾平凹老师最后说，他希望能够在复旦继续开他的研讨会，同样的愿望我们也准备一两年内，再给兆寿老师开研讨会。好的，我们今天下午的活动就到这里。

我们已然面临文化的荒原

——徐兆寿、朱大可等在上海书展上的对话

主持人：非常感谢朱大可老师。今天我们现场来了很多文化学者，包括我刚才介绍过的，复旦大学、同济大学、香港中文大学各位博士、学者们，接下来，我们就邀请他们来说一下这本书。有请郭晓林老师。

郭晓林：徐老师好，朱老师好，参加书展的各位朋友，你们好。我是通过同学介绍看了徐老师这本书。应该说，这本书给我的震撼是蛮大的。因为我个人感觉他这本书写的是两代知识分子的心灵史，还有他的人生的整个的心灵史跟生活史的有机的一个结合。总是在他的心灵的曲折的追问当中，拓展了他的生活史，所以我个人看了之后，我的内心也是充满了复杂的情感。比如说，这本书当中一些故事跟情节，给我留下了深刻的印象。我想问一下徐老师一个问题，您书中写到一个梦，梦里总是出现一只小羊，一个小村庄，这个梦境在主人公的梦境里出现了无数次，我想，这是不是一个隐喻或者是不是折射的是他的迷茫以及曲折的人生当中那种心灵的纠结？我想问一下这个问题。

徐兆寿：这个梦，是我以前经常做的一个梦。当然，我在书里把这个“我”变成了一只小羊，“我”在寻找这只小羊。现在来讲，我还是要来到一个世界文化的背景之下，如果说有象征意义的话，村庄更多的象征我们的东方文明。小羊呢，在西方文化里象征上帝看人类的小羊，小羊始终在迷失，“我”呢，在寻找，是这个意象。我自己也想过这个问题，怎么去解读。我自己只能去这样解读，不知道再怎么解读它。

郭晓林：所以我又想这可能是因为徐老师创作的态度以及他所要表达的这种志趣，可能跟很多的作家不一样，所以才让这部小说展现出一种别具一格的一种艺术风格，我读了以后感觉蛮欣喜的，但是，它让人感觉读起来没有那么轻松，因为它

反映的那些问题都是比较深刻、比较重大，特别是做人文知识的这样一些年轻人，激发的共鸣是非常强烈的。比如说，当读到有一个情节，黑子，一个诗人，他最后走向了一种不好的悲剧结局。当时我就想起海子，我想大概这当中可能就跟80年代那一场诗歌的盛宴文化的狂欢，可能最后一个无情的结局，是相映照的。这部小说给我一个非常大的启蒙就是里面有非常多的隐喻，非常多的意象，还有非常多的追问也激发了我自己的思考，所以读了这本书我也是非常荣幸的，谢谢徐老师。谢谢大家，说得不好，请大家原谅。

主持人：郭老师是很谦虚啊，明明说得非常好，然后结尾还非常谦虚地给我们说说得不好，其实说得非常棒，谢谢您。接下来让我们有请香港中文大学哲学博士陈瑞瓶女士上台，有请陈老师。

陈瑞瓶：很高兴能参加徐老师的读书会分享感受，我想先说一下我刚来这里的一个感觉。我刚在外面排了15分钟队，然后进来又排了15分钟队，感觉到处都是人。在排队的时候我想到的是什么呢，就是我们都生活在城市当中，今天的中国的社会是在不断地进行着城市化的运动，但是，同时大家知道的是，中国其实是一个农业大国，而且传统的文明是农耕文明。我们13亿人中，据说有8亿人户籍还是农民，但是未来的政策走向是要把所有人都变成城镇户口，也就是说这意味着什么呢？意味着，即便我是在城里出生的，但是我们的祖辈还有这么多的人，大家都是和土地有着一种亲缘性的，但是今天我们已经都进入了城市当中，然后我们就生活在城市当中，我们习惯了周围有那么多的人，包括当时排队的时候，我心里其实在想，哎呀，这么多人，我真受不了了。但是我发现，大家其实都已经习惯了那种感觉，就像我在香港的那种感受，就是大家已经习惯那种狭隘的空间，熙熙攘攘的人群，对这样的环境已经接受下来了。然后，包括未来的城镇化的趋势，有更多的人已经没有办法回头了。为什么我们没办法回头了呢？因为这不是中国的一个命运，在我的一个理解当中，这是一个世界文明的一个进程。200年前的工业文明不仅仅对西方产生了作用，中国不得不进入接收到世界的这种格局当中，所以你伴随着工业文明，包括科技，带来的这样一种你必须要承受的。随之带来了这样一种痛苦，为什么呢？因为曾经我们的精神取向和文化的认同，和土地是有一种亲缘关系的，包括中国的传统文化，它其实是人和自然、天地的互动，比如说，《周易》、中医的理论、五行，都融合着各种自然的元素，就是人和自然原本是融合在一起的，但是，今天我们已经没有了这样的一种格局。现在的很多年轻人有可能理解不到，但是，有一点，大家是知道的，我们都喜欢旅游，都喜欢到旷野地方去感受一下，其实这就是在缅怀这样的一种乡愁。我觉得这就是徐老师带给我非常大的一种启示，如果你去读这本书的话，一定会感受到这种痛苦和无奈，你和土地，你越想亲近它，却没有办法，因为这就是一个时代的命运，这就是文明的进程。我前两天在读马克斯·舍勒的作品，他是一个德国哲学家，他说到，人类文明，我们一直在说文明是进步和发展，但是，其实呢，它同时伴随着一种衰败。所谓的“衰败”，就是说文明好像在进步，某种意义上可以说是在进步，但是，其实也失去了某种能力。比如说，为什么小孩子或者原始人更容易产生一种信仰，因为认知的能力当中，一种理性的能力和一种感性的能力，它们是处在一种张力当中的。但是今天，当文明进程不断前进的时候，理智的认知能力就盖过了感觉的能力，所以，今天，在一个工业社会、科技社会里，我们更加能够去认同一种经济的或者一种丛林法则的这种规定，但是，另一方面，只要是有敏感心灵的人，他一定会感受到另一种失衡的痛苦。这就是知识分子的一种命运，我觉得。另一方面他又会被嘲笑，好像柏拉图隐喻中走出洞穴的人，他感受到一种痛楚，但是别人会说：你痛楚什么呀？今天这个城市多好呀。熙熙攘攘的人群，各种丰富的物质文明，你在痛楚什么呢？他的一种问道会表现出一种无奈的、沧桑的感觉。这本书的结尾，那个主人公，好问先生，最后向老子一样，西出函谷关，采取这样一种办法。这是一种个人式的取舍，但是另一方面，这也是我想问徐老师的问题，就是留下的，还有这么多的大多数的人，我们怎么办呢？我们没有办法像夏老先生一样一走了之了，我们还生活在这样一片城市的森林当中，生活在这样一种工业文明的格局当中，并且就目前的一种趋势来看，工业文明在中国还没有完成，不像西方社会已经到了一个相对稳定的阶段，已经形成了一种市民社会的结构，但是中国没有，我们传统的一种价值已经被摧毁掉了，土地已经没有了，大家想要迁回成农业户口已经是不可能的了。所以大家都在城市当中，我们好像是一个文明人，但是其实是，就像是，人家说三十而立，我的理解，你立了，但是另一方面，其实你缺失了很多东西，缺失了童真，我们没有办法回到那种时代，所以我希望徐老师再说一说，未来，我们在城市当中应该如何生活。即便《荒原问道》它是在揭示这样一种困境，但是，我们毕竟没有办法在荒原中生活，我们最终还是必须在城市当中，心中怀着荒原，这样纠结着去生活，但是，我想未来应该是有一个前景的。您应该也不完全是一种悲观的想法吧？

徐兆寿：应该说不完全悲观，这个问题，朱老师在上海生活了多年，您应该有更多的感触。这个问题……我们继续问道，我相信每一个人都会找到自己的精神归宿。我非常赞成朱老师刚说的，在整个西部，是整个周朝文明的起源地，在高高的昆仑山上诞生了我们的神话。后来，周穆王是第一个向西域去寻找玉石的帝王，所以打开了玉石之路。这就是朱老师在探讨的一个命题。第二个人是汉武帝，汉武帝通过一系列的行为方式打开了一条新的道路，这就是丝绸之路。丝绸之路一直通到了西方。但是后来呢，伊斯兰世界占领了丝绸之路，整个世界的文明从此阻隔。中国开始向南发展，西方社会，200 年的“十字军”东征，不得已向海洋发展，结果中国又寻找了另外一条丝绸之路，这就是海上丝绸之路，上海等等这些城市就开始发达起来了。但是，我们现在忘了我们曾经生活过的那一片，就是刚才朱老师说的，那一片高地，到现在仍然保存着很多传统的文明。比如说，在我们那个地方，神话、传说，各种古老的宗教信仰，还有萨满教，这些都是存在的。所以我们西部呢，存在很多神话的东西，我觉得西部还非常神奇。为什么现在大家还喜欢到西部，到丝绸之路啊，到西藏啊，到甘南啊，到青海啊，到新疆啊，这些地方去旅游呢？因为那些地方土地非常辽阔，但是大家都是看的表面，没有真正地走进民间，去看那些非常非常具有精神性的东西，我们现在可能不太清楚为什么在通向西藏的道路上，会有很多人在匍匐，一步一步用身体来丈量大地，去虔诚地信仰。我们现在很多人把它称为愚昧的东西。刚才瑞瓶说了一句话，现在小孩子为什么更容易信仰，从我的角度来讲，我们现在都有知识障碍，我们很多人被知识障碍了，所以佛陀在他入禅定的时候说，当时人们都被知识障碍了。当然，我们现在还有一种障碍，就是人性的障碍，在我们通向真理的道路上，我们知识的障碍太多了，所以我觉得我们现在应该回头再往西部去看一下，也许我们会找到我们中国人信仰的根。再加上整个世界文明的这样一种营养，我觉得我们会找到一种很好的解决的方法。这是我自己的解决之路。朱老师不知道怎么想。

朱大可：我觉得这个问题已经消化了。关于荒原，到底怎么理解，实际上兆寿刚才讲了，就是西部看起来是一个荒原，但是它却只是表面的荒原化，它的深层却是一个富矿。上海这样的东部城市，看起来非常富有，高大上，但是它的内部可能非常的贫困，这就是我们面对的一个悖论，是不是这样？

主持人：感谢陈瑞瓶老师。接下来我们就有请一位年轻的诗人，同济大学哲学硕士郁迪，有请郁迪来与我们的徐老师交谈。有请。

郁迪：首先，我在这里对徐老师的到来表示感谢，他也不是第一次来上海，但是，估计是第一次在上海书展这样的一个场面，所以，我们用掌声对徐老师表示欢迎。其次，我想说，要感谢徐老师给我们带来这样厚重的一部小说，这个厚重并不是指它的篇幅，因为现代文学中这种洋洋洒洒几百万言的书我们可能已经见得太多了。我想说的，它的真正的厚重体现在它的主题。作为一个读者，我认为它在处理两大主题。首先是对当代知识分子文化命运的关切，在书中有很多情节表现出了两代知识分子的成长。其实，这些都不是空中楼阁。其实，你们仔细阅读的话，就可以看出，它可能牵扯到一些“文革”，提到80年代的真理大讨论，甚至出现了一个诗人，叫黑子。黑子，实际上可能就是海子。而海子之死，对80年代，又是极其重要的一个问题。朱大可老师对这个问题也有很多的探讨。这是小说的一个脉络。如果这个脉络我们可以将它定为人世的脉络，那另外一个脉络就是自然的脉络，而在这个脉络中主要是通过对于西部荒原，对土地问题的探讨。其中表现出了两种对于土地的原则和两种态度，首先是以夏好问老师，以及陈十三这么一个学者，他们作为文明人，对于土地的一个看法，而他们的看法就特别倾向于西方式的主客对立的方式，我们可能要利用自然，是自然的主人，去征服它，去怎么样，但是，同时它隐性的又有另外一种原则，它体现在钟老汉以及另外一些乡土边民们对土地的认识，他们对土地充满了敬畏，认为土地是具有神性的，具备无尽的宝藏，而人对于土地来说是太过渺小了，而这两方面的冲突，就像陈瑞瓶女士所说的，它其实也是我们当代城市人所面临的很大很大的一个问题。然后，我自己阅读之后，我有两个问题想要请教一下徐老师。

首先是，之前关于人世的那个部分，您似乎真的对“文革”处理得很少。这是因为夏好问这个人的个人经历导致了这种经历的缺失，还是您有意在这个问题上有所保留？

然后，第二个问题呢，就是说，当代的知识分子以及你书中描写的那两代知识分子有很大的区别，那就是当时的那些知识分子，他们的出场似乎是闪着光的，他们带有一点神性，不管是陈十三所遇到的中学女教师，还是夏好问到乡村所接受的各种待遇。也就是说，知识分子他天生所带有的那种光环当今已经缺失了，那这个时候知识分子如何定位？如果他自己也放弃了这种光环，那就是一种操守的丧失，但他如果过分强调这一点，似乎他又是不断地在把自己孤立化，那在这个问题上我想听听徐老师以及朱老师的看法。

徐兆寿：第一个问题，你问我为什么“文革”这一段过于简略，一方面，我这部小说当初写了58万字，最后删掉了32万字，这中间删了很多。这是其中的一个方面。第二个方面就是，因为两个主人公的篇幅要大致一样，所以，不得已就把他这一部分略去了一些。另外，我觉得，当代很多作家在这一块写得已经比较多了，我再重复也有嫌疑。第二，你是说80年代的知识分子带有神性的光环，现在已经基本上没有了。但是，现在应该说知识分子中很多人还是有这样的光环，比如说朱大可老师对主持人来说就是很大的光环。

主持人：朱老师在我心目当中是有光环的，我刚才看到朱老师，我觉得，哎呀，总是在媒体上，在《南方周末》，在《财新网》，在《新周刊》里见到的这个文化学者，那么好的文字的书写者和作者突然间出现在我的面前，我就感觉一个神一样的存在了。所以，你看我们这个话筒也是，看到朱老师，看到徐老师就紧张得频频出现声音，看来它们遇到大腕也是跟我一样了。有请徐老师继续。

徐兆寿：所以，我是这样来想，可能我们今天的知识分子太少了，但是他们身上的神性仍然存在，只不过我觉得这个时代太喧哗，太平庸了，我们不需要他，但是真正来讲，我觉得很需要这样神圣的知识分子存在。我觉得我们首先是自我选择，就像朱老师这样，他自我选择这种神性的存在，不要看着他现在是非常的简单，但是如果他不在场的时候，他恰恰是散发着一种神性的。我们如果选择了这样的存在，我们也会散发这样的光芒。所以，我觉得首先是自我选择，其次才是别人的选择。

朱大可：不能说我们有什么神性，首先是，有人性就不错了。在这个时代，你要捍卫人性，捍卫最基本的人性，能够把它保全了就不错了。因为我们知道，这个时代，人性是匮乏的，金钱性、物质性似乎超越了一切，它似乎支配着我们的所有价值，所以呢，真的谈不上神性的问题。80年代确实有这个问题，因为知识分子还有高度，他在一个启蒙者的状态，民众是被启蒙的。到了互联网时代，每个人都是启蒙者，于是，知识分子的意义价值就被解构了，他的神性就掉下来了。他的偶像就跌碎了。网上也有很多人在骂我。没有神性了，所以呢，我在想，在我们今天这个时代，保持神性是很困难的，但是，我们唯一能做的就是尽量地保持我们的人性，保持一个正常的人性、一个善的人性。我觉得这就是我们的目标，能够做到这点，中国就有希望。

主持人：非常感谢今天到场的各位来宾以及所有专家学者对我们这本书的支持。由于时间的关系，我们专家的发言就到这里，不知道在座的各位读者和媒体朋友们有没有什么问题想跟徐老师进行交流的。

因为今天是我们的新书发布会，有很多在座的读者还没有看到过这本书，所以他们一旦拿到这本书，看到了中国的两代知识分子的心灵史之后，肯定会有所感慨，那么最后的时间，我想面对这么多读者，这么多喜欢您的学生们，他们拿到这本书后肯定在想应该从哪个方面来看，带着什么样的疑问去看呢？我想在最后的这点时间，请在座的嘉宾用一两句话来向读者推荐一下这本书，徐老师，您先来，好吗？

徐兆寿：我就不自我吹捧了。

主持人：您觉得这本书您想让读者们最想读懂的是什么？

徐兆寿：我想让人们重新来思考一下自我，自己如何存在，如何幸福。这是非常简单的一个问题。

主持人：好的，谢谢徐老师，谢谢您。那么朱老师也请您用简短的话来向我们普通的读者来推荐一下这本书。

朱大可：如果你觉得你面对的是一个荒原的话，那么这本书可以帮助你思考如何走出这个荒原。

主持人：好的，谢谢，谢谢朱老师。那么，今天由于时间的关系，接下来的时间就留给所有热爱您的读者。读者朋友们，如果买到了这本《荒原问道》，可以拿着新书到这边排队，找徐老师签售。

今天的活动就到这里，感谢大家的光临。

徐兆寿的转型之作

——《荒原问道》西北师范大学研讨会

彭金山（甘肃省当代文学研究会会长，西北师范大学原文史学院院长，教授）：《荒原问道》是徐兆寿的转型之作，但仍然是一部直击时代生活的小说。徐兆寿的最大特点就是一直背负着知识分子的使命，一直在思考时代生活尤其是精神生活中的最大问题来书写。

朱卫国（甘肃电大党委书记，西北师范大学文学院教授）：这是一部让前几代人深思的作品，因为小说是一部将1940年代以来的一系列历史大事件都涉及的作品，知识分子在这些事件中到底扮演了什么角色？怎样存在？哪些问题值得深思？这些都是催人思考的话题。

马步升（甘肃省社科院文化所所长，甘肃省作协副主席，研究员）：在当代文学中，与《荒原问道》类似的小说不是很多。这部小说与史铁生的《我的丁一之旅》有共同之处。它们涉足的都是人的精神性问题。这类小说在德国小说中常见，如黑塞的《荒原狼》等。

杨光祖（甘肃省委党校教授，甘肃省文艺评论家协会副主席）：这是徐兆寿在创作“非常系列”长篇小说之后的一大转型。之前徐兆寿所关注的是大学校园里的大学生问题，多属于“问题小说”。此次转型在题材上有点类似托马斯·曼的《魔山》，但它切中的是中国当下的文化问题，思考的是中国的问题。中国社会文化目前就处于一个“荒原”的境况，中国人怎么办？中华文化怎么办？这都是非常巨大而迫切的问题。而我们目前的物质消费主义、大众文化成为文化主流，从某种意义上降低了中华民族的精神高度，人们过多地沉溺于肉体的狂欢，而忘记了灵魂的救赎。这个时候，《荒原问道》的出版，直击痼弊，颇有振聋发聩之作用。《荒原问道》，无论艺术水平，还是思想冲击力，都是他此前作品的大超越，呈现了作家多年潜伏所获得的高度和深度，是一种优秀的钙质书写。相信它的面世，一定会获得比《非常日记》更大的社会反响，对迷茫中行进的人，也是一种精神鼓舞，和一次难得的反思机会。

王为群（兰州交通大学国际汉学院院长，教授）：这是一部文人小说，带着哲学思维的小说，小说中讲述的两代知识分子的故事更是体现了人们从物质到精神上的思考历程，探讨的主题围绕着“人性要到哪里去”而展开，精神境界更耐人寻味。

韩伟（西北师范大学文学院副院长，教授，博导）：这是一部信仰叙事小说，也可称为精神叙事小说。文学院副教授孙强也认为，《荒原问道》涉及的问题很大，这是一部在长度、厚度、深度上都值得肯定的作品，在一定程度上将西部文学带向一个新的美学之境。

唐翰存（青年评论家，兰州交通大学国际汉学院讲师）：这是一部涉及此岸与彼岸生活的小说，涉及中国文化中最深邃的道，是徐兆寿多年思考中国文化及中国人命运的一个成果，值得人深思。

王德祥（西北师范大学传媒学院副院长）：徐兆寿小说书写的是人类正处于一个精神的荒原阶段，叩问的也是人类的出路和前途问题。小说主人公不断思考命运，思考人生，深入人的精神世界，深入人的灵魂深处，是一代知识分子精神重建的代表，有敢于担当的呐喊！综观百年中国史，有清末民初“师夷长技以制夷”之魏源，有倡导变法之康梁等；有“五四”新文化运动；有20世纪70年代末80年代初之伤痕、反思文学，有反映一代人心声的朦胧诗派。自兹而去，商业时代世俗降临，市场经济的功利价值渐蚀人心，知识分子也不能幸免，于是，知识分子何去何从、何以担当便成了迫切需要回答的问题。从这个意义上来讲，《荒原问道》的出版，使徐兆寿或许成为另类异出之先行者！

孙强（西北师范大学文学院现当代文学研究所所长，副教授）：《荒原问道》涉及的问题很大，这是一部在长度、厚度、深度上都值得肯定的作品，在一定程度上将西部文学拓向一个新的美学之境。

聂中民（青年作家，记者）：对于他们这样一些在精神上处于荒原的青年来说，这部作品无疑会把他们带入深刻的思考。人到底该怎样活着？人存在的价值是什么？我是谁？我从哪里来？我到哪里去？这都是这部作品一直在不断地催促人思考的问题。

甘肃文联研讨《荒原问道》纪要

时间：2015 年 2 月 6 日

地点：甘肃省文联会议室

主持人：高凯（甘肃省八骏文艺人才研究会常务副会长）

叶舟（甘肃省作协副主席 作家）：兆寿的创作、思考的轨迹从诗歌到小说到文学评论，横跨了几个领域，从写小的东西到大的东西，比如说最早写抒情诗，后来一跨，就写了几千行的长诗，连续写了好几部。我觉着前面这些所有的写作，不管是诗歌、文学评论、散文、还是小说，都是在为《荒原问道》做准备。而且我知道这本书已经删去了 20 多万字，删掉的比保留的还多，可能更精彩的是在删去的那一部分。这本书本质上是徐兆寿的一个精神自传，这个精神自传也可能就有我的一部分，因为我们是从同一个时代过来的。

《荒原问道》是一个漫长的诗篇，是一幕诗剧。从那个年代走过的人，历经了 80 年代末那个夏天，又经历了 20 世纪 90 年代。我们知道，南巡讲话一下子就将空气全部抽干净了，整个从黄金时代过来的这一批人，从精神上变得赤野千里，变得无所适从……兆寿的“荒原问道”这四个字经常让我想到的是“荷戟独彷徨”。

《荒原问道》里包含了大量西方的辞藻，西方的典籍典故，那些漫长的诗篇，中间突然就来一首诗，像布道一般。那些诗歌的源头都是来自《荷马史诗》，都是来自希腊、罗马神话，都是来自整个西方的精神传统。想起西部，我就想起《圣经》上的一句话：只有旷野上才有神啊，人间是没有神的。这是一个弑神的年代，在兆寿的精神背景里面，是像昌耀、张承志这样的荒原问道者，其实这个书里面有很大一部分就是张承志。兆寿曾经发过一个很长的关于张承志的评论文章，我觉得那篇文章可以和《荒原问道》做对照。那篇文章是我看到的有关张承志的《心灵史》写作中最漂亮的一篇散文。所以《荒原问道》书写的精神历程是有精神谱系的，我从里面看到了少年时候的我的影子，包括那些鲁莽、跌倒和张狂。所以我觉得《荒原问道》不是去问道。

我记得茨威格写哥伦布，哥伦布为什么也是在地球上问道，在海洋上问道，其实就是在寻求一种伟大的“庇护”，这种庇护可能首先来自对一个人的肉身的庇护，另外一个，更形而上的，可能来自对灵魂的庇护。那么问道是在哪里呢？所以这本书提出来的是我们这个时代的精神分子的一个难题：出口在哪里？方向在哪里？我相信到现在问道还是一种现在进行式。什么时候才能得到伟大的庇护呢？我觉得这就是我们的问题。

弋舟（作家）：《荒原问道》自去年出版以来，引起了很多人的关注，在关于长篇的各种总结中，《荒原问道》也是必定要被提及的一部作品。

《荒原问道》我认真读了，有这样几点感受。

我想起了作家张炜，我觉得兆寿兄的这部作品在浪漫主义、理想主义甚至精神主义的方面和张炜是很相似的。作品里讲到了两代知识分子的境遇。当主人公夏木落难的时候，是荒原承接了他，养育了他，庇护了他。我就在想，今天当荒原已经不在，当知识分子再要落难，什么地方会成为知识分子的又一个庇护地？刚才叶舟也讲了说《荒原问道》是兆寿兄的一个精神自传，我是非常赞同的。

《荒原问道》里反复出现的内容，包括十三的成长经历，包括听的一些歌曲，那些翻天覆地的变动，对于我来讲都非常亲切，感同身受。我羡慕兆寿的是尽管到今天荒原已是荡然无存、大地残破，他在他的成长的阶段，还多多少少地领受了荒原给自己的哺育。我是没有这种经验的人，我从某种程度上可能更像夏木那样的知识分子。我的困惑也是，如果再遇到一个强力的挤压的时候我可能不会像夏木那样有幸受到大地的承接。

从技术上来谈，这部小说有一种很大的野心和精神诉求。有很多细节，我觉得写得非常好，夏木和狼搏斗的场景写得真的是漂亮至极，也充满了隐喻。

他的内容中的辽阔感，将西部放在世界位置上的那样一种眼光，恰恰可能是我们在进行文学创作时应该关注的。同样，他的创作也使甘肃文坛的书写更加立体化了一些。像张承志这样的一些作家，他理想主义的一面，英雄主义的一面，恰恰也需要兆寿这样的一个承接者。我觉着现在有兆寿这样的作家和《荒原问道》这样的作品出现，也是我们甘肃文坛的一个重要收获。

马步升（甘肃作协副主席，甘肃省社科院文化所所长）：首先，这是一部反映知识分子受难、沉沦、挣扎和寻求自我救赎的长篇小说。我觉着这部小说比较明显的价值有三个：其一，作者延续了现代以来知识分子反观知识分子自身的文学传统；其二，作者全身心的投入，全方位的关照，试图在厘清知识分子本身面貌的前提下寻找破解救赎之道；其三，作者写的是小说，很明显的是，他把描述的客体也放进去了，也把自己的主体放进去了，客方主方都成为被观察、被解剖的对象。这一点尤其难能可贵。

第二部分我就想说一下和这部小说有关，但是不完全是由这部小说引发的我的一点浅显的思考。我们经常说鲁迅所说过的话，“用手术刀去解剖别人，也解剖自己”。但是反观几十年来中国知识分子所走过的心路历程，即使是经常打着鲁迅旗号的很多人和鲁迅的精神也是背道而驰的，所以鲁迅所说的这句话是知识分子之所以成为知识分子的核心所在。这些年来关于知识分子题材所存在的问题，在写作上主要是知识分子的立场问题。就是一味地解剖别人，从来或者很少针对自己。解剖别人的目的在于反证自己的光明正确。具体来讲，第一个表现就是，即使解剖别人也不是对解剖对象负责的态度，没有找到病源病根，缺少诊断必要的环节，将手术刀胡乱地扔出去，扎到哪算哪。他的目的是什么呢，当把别人都扎得稀里哗啦，血肉模糊的时候，方显出自己的权威。说到底，这是缺少善意的表现。其二，就是遇到问题陷在道德至高点上，却把所针对的问题抛向了一边。这种文学中的流弊从伤痕文学开始一直延续到现在。作者将自己置于受害者的地位，一切错误都是他者的错，自己是受难者，便理所当然有了道德上的优势。这样的作品一直贯串到现在。因此，我们很少看到对社会制度和文化传统的反思，也谈不上对国民精神的疗救。其三，到处都是裁判者，乃至终极裁判，唯独缺少承担者。我们在这些作品乃至日常的交流中经常可以听到各种愤世嫉俗的声音。愤世嫉俗本来也没有什么不好，但核心是所愤之事所嫉之俗并不包括自己，愤世嫉俗时往往给人一种真理在握的架势，认为我就是理所当然的裁判者，完全不顾及自己的裁判权从哪里获得。

从关于知识分子题材的作品还有理论文章引申开来再结合《荒原问道》，我要说的是，《荒原问道》最可贵之处恰好在一个“问”字。

《荒原问道》而不是荒原“布”道，套用一句古诗话的话“一个问字，境界全出矣”。问是一种平等的姿态，一种对话、交流的姿态，一种还有自己不明白的事情而寻找的姿态，而非真理在握的霸道姿态。当然从小说本身而言，《荒原问道》还存在着这样那样的问题，我个人觉得，比如叙事场景还有些分散，有些章节、有些人物还有一些理念化，有一点先验化，等等，从叙事的角度来讲还不够，还有这样那样的问题，但是尽管有这样那样的问题，这样一部作品不失为近年来国内我可能所看到的有分量的一部长篇小说。

王登渤（甘肃省文联副主席，甘肃省曲艺艺术家协会主席，剧作家）：这次我不打算说这部小说的优点，我想直面缺点。刚才大家谈的所有观点我都同意，但是我读完这部小说之后，我觉得作为小说文体它的弱点也很明显，至少在我个人的理解层面当中是这样。因为在读小说的过程中我也能感受到他在写作中始终是处在矛盾当中的，他所思考的理念这种力量的东西可能模糊了对小说本体的一些敏感。问道之路湮没了对小说叙述层面的争议，我觉得在这个层面很突出。

从结构层面讲，他采取的方式，大家看得很清楚，就是花开两朵，各表一枝。因为他写的两代人，那么在他自己体验和积累的这一块他写得很厚实，当这两条线合并到一块，或者说是两代知识分子真正走到一起的时候，小说已经到了结尾。很多写长篇小说的人到这时候就有点心乏了的感觉，恨不得尽快结束，恨不得尽快发表，所以沉浸在亢奋与疲劳中，往往在这个时候他就确实缺少了一些手段和厚度。就是在夏木与陈子兴两个人真正见面纠葛起来的时候，我觉得作者已经没有手段了，这一点碰撞，我没有看出更多东西，也没有回应“道”的东西在里头，这一点我觉得比较明显。就是在夏木与陈子兴交集后的段落，作者有些力不从心。那么同样，开篇之后写的那段不伦之恋，当最后他又相遇黄美伦，和黄美伦沉浸在不伦之恋的那段心理层次的剖析，和黄美伦再次见面的心理层面的剖析，不是一个等量的部分，这一段就显得很单薄。

从这个角度讲，花开两朵的这个结构没有问题，关键在于，从叙事角度讲，走到一起的时候更见作者的功力，因为前面花开两朵各表一枝的铺垫，是为了让两个人邂逅，是为了让两个人见面，而用两个人的碰撞去升华出新的东西的时候，我觉得作者的力量不太够了。

这部作品还有一个感觉就是理念先行者。理念先行毫无疑问是在问道，那么承担这个问道的职责的无论是夏木，还是陈十三，都很有问题。当陈子兴几十年之后再次遇到黄美伦，仍然把黄美伦作为精神导师的时候，黄美伦能不能承担这样的责任？因为这个时候，两个人的差异已经是巨大的，她不是一个成熟女性对一个中学生，而是一个大学教授对一个社会爱心人士的差异，在这个时候黄美伦能不能够承担这种东西，我觉得作者没有给我们回答出来。因为你写不出这一次跟黄美伦见面之后的情感和心理和之前你所渲染的不伦之恋的这种心理状况的差异，所以我觉得这次黄美伦的形象远不如之前清晰。

再一个，让夏木再一次遁入荒原，这个可以承担，他要找的东西很明确很具体，但这时候，荒原的意向究竟是什么，它的隐喻色彩是什么？我又产生了一种恍惚，因为在你所大量渲染的荒原中我所看到的还是心理状态下，如果说是一种传统文化，或者说是中国传统道法的隐喻载体，这时候夏木想要寻找什么我又产生了疑问。与之对应的陈子兴爱琴海的归宿又是一种什么隐喻，我也有点不太明白，是东西文化的碰撞还是什么，没有太清楚。

第三，我觉得这部小说在重大的情节关口采用了偶发事件的处理办法。这是一个很冒险的事。其中最大的一个偶然事件就是夏木背负了一生的精神枷锁，当他用一个偶然的解扣方式把它解掉之后，它是非逻辑的，即便它是成立的，这样一个荒诞的玩笑对夏木今后的心理冲击和思想变化是什么，我没有看到。是两个外在力量，从不出现的两个强盗因为饥饿产生的犯罪导致这样一个偶然因素，让夏木背负着整整 20 年的精神枷锁，当你用偶然的方式把它解密之后，我觉得在这种荒诞中夏木的形象是模糊的。身处其中的夏木在这个状态下我没有看到他更深层的东西，我觉得这是一件很可惜的事情。

同样，对夏木人生中几个偶然事件改变他的人生的方式在小说当中过于戏剧化。陈子兴的人生脉络中也存在这样的问题。在小说当中完全靠偶然性来支撑小说故事的话就显得比较脆弱。我觉得这是很大的一个问题。

再一个就是，这里大量写了人的爱欲与生理欲望，包括王秀秀，陈十三。其他的我不说，在陈十三第一次不伦之爱的时候我觉得作者写得很细，他的心理，情感指向很多东西都是清晰的，但是后来作者赋予陈子兴这些东西的意义在哪里，我看不清楚。这种情况下我觉得作者缺少走进人物心理，对人物当时心理动因的结构。这就淡化了陈子兴的问道。因为他有纵欲，所以理念先行中支撑了非理念的随意性的东西，所以使得这个人物是不是有点分离，在这个过程当中我感到有一点担心。

我们熟悉的东西都是共同的，大家刚才都在讲，大家都经历了那个时代。这让我想到了高尔泰，夹边沟的这一段我还认认真真去采访了，他在夹边沟的种种表现。我也看到了高尔泰在敦煌研究院写的检查和揭发材料。所以这一代人的东西，我们很熟悉的时候，当置身于此时此刻的徐兆寿的时候，我觉得在这一段缺少疏离感，缺乏冷静地归纳提炼，所以你的小说在最后后半段写得隐晦，特别是结尾大大淡化了问道的力量。我觉得这部小说在主题思想、意义和写作目的上无可厚非，你想解决的问题也很多，但是在具体操作的层面上，也确实存在很多问题。同样，夏木的回归、荒野的意味，是不是就是你问的所谓的道。回归归隐，当代的归隐作为一种得道的话，我觉得这种层面是低还是高，对于黄美伦也罢，对于其他人也罢，对于宗教，对于博爱在文学命题上也不是特别新鲜。

大概我对这部小说就是这些建议，好的我都同意，不好的就是这些感觉。因为不懂，所以胆大。

邵振国（甘肃省作协主席，作家）：在当下作家普遍回避宏大叙事的时候，徐教授的《荒原问道》却是在时代精神这一指引上，这一意义上敲叩我们心灵门窗，我认为这是作为对时代精神指引的宏大叙事。因为他的主人公有着历史的延续，试图涵盖当代人的历史生活，精神脉络和去向。这与赫尔曼·黑塞的“荒原”不同，黑塞的作品全然是个体自由的揭示，对社会的无尽的指引，时间的段落明晰，并非历史的全景。这部作品也不同于徐则臣的《耶路撒冷》，它的人物设置局限在某一社会层面的个别性中，这一人物群落只能指引当代经济社会背景，而无法展示当代知识分子的精神全景。相比而言，在《荒原问道》中，像夏木、陈十三的河西走廊艰难的精神策源地的这种铺陈，有涵盖当代历史的企图，这点很明显，属于这个宏大叙事。刚才大家也提到，关于这种意象，形而上的悬置，这种对荒原的回眸审视，展望，虽然没有一个恰到好处的结论，但是，我认为文学本质上不需要明晰的回答，特别是形而上的悬置，本身不能回答，这不是文学的任务。但丁的《神曲》就是如此，它不回答什么，它仅能让我们听到人的理性所不能走遍三维立体众神所走的无穷道路的探析，这就足够了，这就是作者给予我们悬置的全部。

上述大家所说的优点我都同意，我简单地说一点不足，兆寿对于情节的叙述，是粗糙的；细节的缺乏是存在的，有些情节的段落，并非发自生命的情感而是服从于情节或者旨韵的表达的需要。这一点也是比较明显的。比如夏木对原系主任被认定必然是杀害老教授的逻辑推定，无论是出于迫害者对于目的的认定还是被迫害者害怕受到怀疑的规避，都是非逻辑的，并且失真的。因为它仅仅服从于情节的需要了，它不是处于一种生命的情感的必然。

再有，包谷地里的王秀秀与夏木被发现，不是说被发现不可能，而是这样在叙述上简单化产生，让我们觉得是王秀秀故意陷害夏木，没有充分细节化的表现，叙述没有完成这样的情景。另外一点，只是为了投掷意蕴的需要，这必须要专业化，意蕴的表达是非常重的，需要小说家的技巧和能力，比如陈十三，在勾勒知识分子宏大的历史使命的曲折性时没有叙述好，需要细致的过程才能够描述可能，而不是突然变又突然转过来，我们要问，这样的过程可信吗？他还能读博吗？再如黄美伦去甘南遇到泥石流，地震而死，我认为这是无力，这不是建立一种心灵的冲突的世界，建立起必然的对立面的世界，这很重要，就是说我们需要人物内心的两个世界的对立面。

这种结局是偶然性情节的结局，您这是为了故事，不是一种必然的。我倒是赞成一种平淡无奇而不是必然的。

谢谢大家。

张存学（甘肃省文联理论研究室主任，甘肃省文艺评论家协会副主席）：《荒原问道》的终极问题是问道，道是什么，怎么问。这么多年来，兆寿写诗，写文学评论，维持着较高的精神维度，这在甘肃这一方水土是难能可贵的。我们的写作者保持着自觉性和敏锐感，这是我们不同于东南作家群之所在，同时这也是兆寿小说的独到之处，不管是做学问，还是搞创作，他都有放眼于全国的视野。今天大家的发言畅所欲言，对于作品的优点以及不足，这也是每一个写小说的人所面临的问题。我就说这些吧。

徐兆寿（《荒原问道》作者，西北师范大学传媒学院院长，甘肃省当代文学研究会副秘书长，作家）：谢谢各位！今天是一个充满了仪式感的活动，这本书也算是我生养的一个孩子吧，在甘肃这儿生的，走到今天，在这个地方搞一个仪式，一个成年礼，在这儿落户了。所以这个活动对我来说意味着一个非常重要的角色问题，我觉得这可能就是一个朋友聚会。但是来一听，我感到今天这个研讨会是我所开过的所有研讨会里最为亲切而珍贵的一次。

今天是老朋友聚会，我觉得每一个人都怀着非常真诚的心。有两种，一种是怀着非常友爱的心对我赞赏，我听出来有些批评也是非常不忍心，这是充满了人情味儿的。第二种，我听到了站在文学正义的立场上，无私的、严厉的对文学给予批评。我觉得这是必须的。我也做批评，如果说没有这样一种正义的立场，批评就不会存在。我认为这恰恰敲打了我内心最敏感的地方。那么，第三点我想说的是，这部小说对我来讲似乎是非常重要的。重要之处在于这样几点。

第一点我是在复旦写的这部小说，那一年也是命运的赏赐，我被陈思和先生招为博士。这对我来说意义非凡，我到那儿去以后就想也许我可能在文学评论方面会有一些新的发展。我没有想过我在写作方面会有什么新的收获，但是去以后很快就和那里的氛围发生了冲突。我突然发现必须要在上海写这部书，我内心深处觉得上海才是真正的荒原。如果说我不到那些地方去，真的会认为那些地方就是中心，我就在边缘。而我去以后，每天晚上在博士楼的宿舍里，一个人睡下，回过头来看西部的时候，没有一个村庄，没有一个人，就是沙漠戈壁。这只有在那个地方真实生活的时候才会有这种感觉。我也明白为什么北京人不会跟我们这样去谈，但是到上海和广州去，好多人都会说，“你们现在还骑着骆驼走吗？”我就知道他们对我的感受，跟我是完全不一样的。这也是上次我们和李敬泽谈到西部的问题时谈论的一个话题。我一直想找回这样一个中心。实际上每一个地方甚至每一个人在后现代的时候都有一个中心，一个角色。但是为什么我们没有，我们一直把北京、上海当作我们的中心，而北京、上海又把纽约、巴黎和斯德格尔摩当作中心。那我们到底在哪里漂泊？这是我一直在想的一个问题。但是在上海，我第一次清晰地看到了整个世界都进入一片荒原，这是我写这部小说的一个非常真实的理念。如果说有理念先行，这就是理念先行。

下面我想说说我在这里面为什么要写中国传统文化。从2004年开始，我教了两门课：一门就是中国传统文化，一门是西方文化。两支文化我都探索过，最后发现，到我们40多岁，50多岁左右的时候，可能也是叶落归根这样一种意识，我们不得不对我们的中国传统文化进行一次非常深的探索。也许它是错的，但是我今天认为，那是必须的。说到这儿，我仍然认为在若干年前张承志说的那句话是非常有力的，他说“中国的中心不在北京上海，而在以西海固为中心的广大地域”。我们也会发现，张承志是第一个把西部文学引向西方去的人，而不是引到北京、上海去。我说的这个西方是西域。他是顺着古老的丝绸之路一直往西走，往中亚，往西亚在走。而这条脉络恰恰在中国历史上让我们中国人自豪的脉络。而我们从1840年开始，往西的另一条脉络就是一条文化自卑的道路，到今天仍然如此。所以，我写这部小说时，如果说有野心，如果说有理念，都是因为它。

但是我也知道，这部小说肯定是速朽的。这个原因来自于两个方面，一个方面我相信鲁迅当年说的，希望他的文字速朽的时候，肯定是真诚的。我今天仍然认为，它是速朽的。我记得雷达老师一次给我打电话说，他最近觉得什么都没有意义，写了那么多，有什么价值？当时我正在复旦读博士，他在说完那句话的时候，我也突然觉得我这个博士有什么价值呢？因为他不是站在今天中国文学评论界需要“中国第一评”的虚妄之名上，而是说他在人类的历史文化命脉中间，到底扮演了什么角色，他对人类这样的理性精神给予了什么。他很茫然。另一个，我们那次给李敬泽开完研讨会，晚上我送他回住处的时候到滨河路上转了一圈。我就问他今天这个研讨会你是第一次开，觉得怎么样？他说，我觉得一切都没有意义。他说，百年之后我们都是小人物，甚至说没有任何的痕迹。所以，我经常在想，就说我们这些写作，如果说我们只是为了一点稿费，一点名誉等等之类的东西，可能百年之后我们什么都不会留下。但是，如果我们站在另外一个角度去想，也许它对我们来说这些顾虑都不存在，它就是为写而写。

我最近在写《鸠摩罗什传》，重新读了《金刚经》。过去我没有力量读懂它，但这一次，我终于理解了鸠摩罗什为什么同意结婚？为什么姚兴逼他娶10个妓女时他娶了。就是因为他心中怀有大义：要把佛教传播到东方。我在写这些东西的时候，就在想那个时候人们是信的，当人们在指责鸠摩罗什（包括他的师父说，你犯了两次戒）就是因为他娶了老婆，娶了10个妓女。所有的和尚都在笑话他的时候，他做了一件事，他把一把针放到了饭菜里头说，谁像我一样把针像吃菜一样吃下去的时候，你们就可以娶老婆了。他真的是像吃土豆丝那样把针嚼碎吃下去了。我相信今天所有人在读这些的时候是不会相信的。有人说他用的是西域幻术。而这一点恰恰在《金刚经》里面写得很清楚，500年之后不会有人再去信这部经典。如果信它，那就是天下稀有之事，而所有人都会嘲笑他。而这一点让我想起老子的《道德经》里面说：上士闻道，勤而行之；中士闻道，若存若亡；下士闻道，大笑之，不笑不足以为道。我们今天就是缺乏这样的信。所以我一直在想我为什么要写作，我觉得我可能不是为文学而写作，我经常在想我还是在寻求道义。包括写鸠摩罗什，没有任何人给我这个任务，我就是想写。写的过程中，我就觉得所有事情，的确有很多疑惑。今天怎么去信？这个问题我还在想，所以我又一次进入巨大的迷茫中。这个社会正如《金刚经》所说的进入末法时代，在末法时代我们的文字是不幸的，是被唾弃的。而在这个意义上来说，我们所有的写作又有什么意义和价值呢？所以真的是又遇到了巨大的迷惑。这个迷惑可能也是我新的写作的开始。到底怎么走，怎么去做，是我们今天面临的一个新的问题。我也希望诸位老师，诸位好朋友，包括今天我的学生们，能给我力量，能给我新的写作下去的力量。谢谢。

王登渤（甘肃省文联副主席，甘肃省曲艺艺术家协会主席，剧作家）：感谢大家，今天这个会我也觉得开得很好。咱们很真诚，也很直面作品。以后开会我觉得就这样挺好。其实，我刚刚发言之后，有点直话直说，我是不是说得过分了。首先就是因为我曾经向兆寿检讨过，像我这样老搞三板斧的人是成不了事的。大家的发言我觉得质量真是高，这种研讨会对我来说参加得也比较多，包括到北京，到上海。有的时候也就是听听而已。今天这个会的质量就很高。所以，我们以后就接着开下去。希望大家继续参与我们的活动。这次主角是兆寿，下一次我们再换别的人。我们也希望能够不停地换人，不停地给我们这样的机会。

高凯（甘肃八骏文艺人才研究会常务副会长）：今天的研讨会开得非常成功，起码主角徐兆寿感到了肯定的热枕和批评的严厉。专家们的发言既是针对具体作品的研讨，又是一次文学经验的交流。有共识也有争论，特别是两类发言者，一类是作家，一类是评论家。作家更注重小说的体验，评论家注重构建，都有很高的水平。

一部成功的文学作品对于作者来说就是一面镜子，因此这个研讨会的作用仍然是帮助作者在作品里进一步审视文学的面孔，能使更多的作家得到启迪并从中获益。而且作品研讨会也不是作品验收会。今天的这个研讨会，不可能给《荒原问道》什么定性的说法。《荒原问道》问世还不到一年，它的价值还有待更多的读者和时间的检验。我想这个问道的荒原是问道的目的，也是问道的过程。愿兆寿在这个自己的荒原上进一步问这个文学之道。

另外，今天的这个研讨会也是兆寿创作的加油会。愿兆寿以此为界，创作出更多无愧于人民，无愧于文学的作品。

（根据会场录音整理）

后　记

徐兆寿老师的《荒原问道》自2014年5月出版以来，到现在已经整整一年了。编这本评论集却是我2014年年底的想法。

我是在徐老师写《非常日记》那一年认识他的。当时他的这本小说还未出版就以打印本的形式在兰州地区的大学校园里热传，他在西北师范大学开了一个小小的读者见面会，想听听大学生们的读后感。那一次，我认识了他。那一天是2002年的一个春天。

那时我是西北师范大学文学联合会的负责人之一，常常能见到他。之后，我毕业、创业，备尝各种生活的艰辛。我在兰州、北京、武汉三地流转，匆匆就是十年。2012年冬天，我从武汉去看正在上海复旦大学攻读博士学位的他，他带我去杭州参加张炜新书《你在高原》的研讨会。路上，我认识了陈思和先生。

那一次，我才知道自己的文学梦仍然在心底涌动，于是，我又回到了兰州，进行新的创业。在兰州，我便跟着徐老师参加各种文学方面的活动。

《荒原问道》出版后的所有活动我都是见证者、参与者。在北京大学、复旦大学、中国作家协会、甘肃作家协会以及各种小的研讨会上，我都是坐在他后面的那个人，一直默默地倾听各种声音。凭心而论，这部小说是2014年反响最大的长篇小说之一，全国最有影响的评论家们大部分都参与了它的批评，但是，在各种评奖和排行榜中，我没有看到它应有的位置。

于是，我便萌生出编辑这部评论集的想法，想让人们更多地了解这部小说，更重要的是，让更多的人去思考小说中提出的一系列关于中国文化命运的问题。我便请了陈思和老师来做本书的主编，请杨华博士与我一同来编辑这部集子。

必须要说明的一点是，评论集本来的书名是《为中国文化叫魂——众说〈荒原问道〉》，但后来出版社经过讨论后更名为《中国文化之魂——众说〈荒原问道〉》，为此，我与徐老师商议，他起初是坚决反对。他说，这个书名太大，他个人和他的小说无力承担这样的主题，如果不更名，他就不赞成出版了。后来，我与出版社和他一再地商议，他也只好勉强同意，但他仍然说，他还是保留自己的意见，但因为不是自己署名，只能如此。

这件事僵持了半个多月近一月之久，但我还是决定出版。我跟出版社的编辑也沟通过，他们是很看重这本书的，认为这是一本值得讨论和重新去认识的小说。当然，我也理解徐老师的谨慎。

以此为记。

姚海涛

2015年7月